KLUNTJEMORD

Martina Aden, Jahrgang 1982, wohnt mit Kind, Freund, Pferden und Katzen im beschaulichen Ostfriesland. Sie arbeitet als Verwaltungswirtin im öffentlichen Dienst und widmet sich neben dem Schreiben dem Tierschutz. »Kluntjemord« ist ihr erster Roman und der Auftakt einer Reihe um die Ermittlerin Elli Vogel.

MARTINA ADEN

KLUNTJEMORD

Kriminalroman

emons:

Bibliografische Information der Deutschen Nationalbibliothek
Die Deutsche Nationalbibliothek verzeichnet diese Publikation in der Deutschen Nationalbibliografie; detaillierte bibliografische Daten sind im Internet über http://dnb.d-nb.de abrufbar.

MIX
Papier aus verantwortungsvollen Quellen
FSC® C083411
FSC
www.fsc.org

Umschlagmotiv: complize/photocase.de
Umschlaggestaltung: Nina Schäfer, nach einem Konzept von Leonardo Magrelli und Nina Schäfer
Umsetzung: Tobias Doetsch
Gestaltung Innenteil: César Satz & Grafik GmbH, Köln
Lektorat: Marit Obsen
Druck und Bindung: CPI – Clausen & Bosse, Leck
Printed in Germany 2018
ISBN 978-3-7408-0302-5
Originalausgabe

Dieser Roman wurde vermittelt durch die Literaturagentur Kai Gathemann, München.

Für Mama

Du fehlst.

1

Es gibt nichts Trostloseres als eine Beerdigung im November. Nach dem ganzen Gerede von Tod und Vergänglichkeit hatte ich das Gefühl, als lauerte der Sensenmann nur auf die passende Gelegenheit, mir den Lebensfaden abzuschneiden.

Wir verließen das überheizte »Teehuus«, in dem nach der Beerdigung die Teetafel stattgefunden hatte, und traten ins Freie. Ein Windstoß peitschte mir die Haare ins Gesicht und wirbelte Dianas Locken durcheinander.

Ich steckte die Hände in die Jackentaschen und sog die Luft in tiefen Zügen ein, bis ich mich wieder einigermaßen lebendig fühlte. »Ich hasse Beerdigungen. Und ich hasse Teetafeln. Warum muss man nach einer Beerdigung zusammensitzen, lachen und Kuchen essen?«

»Dafür hast du aber ganz schön reingehauen.« Diana gab mir einen Schubs mit dem Ellenbogen. »Wie viel Kuchen hattest du? Vier, fünf Stücke?«

Gute Frage, mitgezählt hatte ich nicht. »Aber ich habe nicht geredet und nicht gelacht!«

»Konntest du mit vollem Mund ja auch nicht. Außerdem hätten wir die Teetafel ebenso gut sausen lassen können.«

»Keine Chance.« Ich trat nach einem Kieselstein, der sich von einem der umliegenden Grundstücke auf den Gehweg verirrt hatte, verfehlte ihn aber. »Der Habicht macht gerade die Abrechnung, und wenn er und ich länger als eine Stunde im selben Raum sind, gibt es Tote.«

»Also war deine Kuchenorgie ein Akt der Nächstenliebe?«

»Sozusagen.« Und ein Akt der Gefräßigkeit. Die Sache mit der Nächstenliebe klang aber eindeutig besser.

Wir erreichten die Fußgängerzone und stiefelten die Burgstraße entlang in Richtung Marktplatz. Die wenigen Passanten, die unseren Weg kreuzten, verschwanden so schnell wie möglich im nächsten Geschäft, um dem Wind, der von der

Küste ins Binnenland sauste, zu entkommen. Das einzige Pärchen, das sich von der Wetterlage nicht beirren ließ, saß auf einer Bank vor dem Historischen Museum, allerdings handelte es sich dabei um eine Skulptur.

Aurich liegt etwa dreißig Kilometer von der Nordseeküste entfernt und gilt als heimliche Hauptstadt Ostfrieslands. Kein Wunder, schließlich war Aurich zu früheren Zeiten Häuptlingssitz und Residenzstadt der Grafen und Fürsten von Ostfriesland. Auf unseren Ortsschildern wird neben dem hochdeutschen Stadtnamen auch das plattdeutsche »Auerk« aufgeführt.

»Kommst du noch mit ins ›Marlowe‹?«, fragte ich Diana.

»Du willst es wohl nicht allein mit dem Habicht aufnehmen?«

»Ertappt. Der war heute Vormittag schon so unausstehlich, dass ich am liebsten nie wieder hingehen würde. Gleich darf ich mir bestimmt was anhören, weil er mich während der Beerdigung vertreten hat. Ein bisschen Unterstützung könnte ich da schon gebrauchen.« Ich versuchte, möglichst hilfsbedürftig aus der Wäsche zu schauen.

Diana lachte. »Vergiss es, Elli. Ich muss in den Salon zurück.«

Wir verabschiedeten uns am Kugelbrunnen auf dem Marktplatz. Diana machte sich davon, um sich die Füße im Haarstudio McCut platt zu stehen, und ich schlug den Weg zur Norderstraße ein, vorbei am Sous-Turm und der gläsernen Markthalle. Nach drei Minuten erreichte ich meine Arbeitsstätte und stieß die schwere Kneipentür auf.

Vor ein paar Monaten hatte ich meinen Bürojob über Bord geworfen und als Kellnerin im Marlowe angeheuert. Ich verdiente zwar weniger als vorher, befand mich dafür aber ständig unter Leuten und musste nicht mehr den ganzen Tag auf einen flimmernden Bildschirm starren. Klar, manchmal haderte ich mit dieser Entscheidung, bereute sie aber nur, wenn ich direkt in das blöde Gesicht meines Chefs blicken musste.

So wie jetzt.

»Das hat aber ganz schön lange gedauert, Fräulein Vogel«, krähte mir Peter Habicht entgegen, noch bevor die Tür hinter mir ins Schloss gefallen war.

»Danke, ich freue mich auch, Sie zu sehen.« Ich zog die Jacke aus, die warme Heizungsluft kribbelte auf meinen Wangen.

Auf einem Barhocker an der Theke saß Alexa. Sie trug eine neongrüne Sweatjacke und winkte, so als könnte ich sie darin übersehen. »Elli, mein Schätzchen!«

»Hallo, Alexa«, sagte ich, verkniff mir aber das Gewinke und verzog mich hinter den Tresen.

Alexa wurde von acht finsteren Typen umzingelt. Ich zählte fünf Glatzen, zwölf sichtbare Tätowierungen sowie einen deutlichen Testosteronüberschuss und schloss daraus, dass sie heute mit der Gruppe ehemaliger Strafgefangener aus dem Kontaktzentrum unterwegs war.

Alexa ist meine Cousine mütterlicherseits, nur wenige Jahre älter als ich und als Künstlerin mächtig erfolgreich. So erfolgreich, dass sie von der Kunst leben und sich zum Zeitvertreib ehrenamtlich im Kontaktzentrum engagieren kann. Sie wohnt in Greetsiel, einem beschaulichen Fischer- und Künstlerdorf an der Küste, treibt sich durch ihre Arbeit im Kontaktzentrum aber beinahe täglich in Aurich herum.

Der Habicht versperrte mir den Weg zur Personalgarderobe und stemmte die Fäuste in die Seiten. »Sie wollten schon vor einer Stunde hier sein.« Er richtete die Spitze seines Kugelschreibers auf mich, zwischen seinen Augenbrauen bildete sich eine Zornesfalte, so tief, als hätte sie jemand mit einem Beil hineingeschlagen.

Ich zuckte die Schultern. »Ich wollte auch reich und berühmt werden. Manchmal läuft es nicht so, wie man es sich vorstellt.«

Die Kugelschreibermine schoss vor und zurück, Habichts Truthahngesicht unter dem lichten Haarkranz nahm einen ungesunden Rotton an, seine schmalen Schultern versteiften sich. »Haben Sie eine Erklärung für Ihre Verspätung?«

»Ist das Ihr Ernst? Sie haben mir doch selbst für Lisas Beerdigung freigegeben. Schlimm genug, dass Sie als ihr Chef nicht hingehen wollten.« Der Habicht war der beste Beweis dafür, dass hässliche Menschen nicht zwangsläufig mit innerer Schönheit gesegnet waren.

»Ich habe Ihnen nur für die Beerdigung freigegeben, danach sollten Sie gleich zurückkommen.«

»Das habe ich doch auch gemacht.« Fast jedenfalls.

Habichts Teint wurde noch eine Spur dunkler, sein Adamsapfel hüpfte auf und ab. Er sah zu den Gästen an der Theke hinüber, presste die Lippen zusammen und schüttelte den Kopf. »Sie können jetzt übernehmen.« Er stieß den Atem durch seine Raubvogelnase aus und verschwand in der Küche, die Tür ließ er angelehnt.

»Alles klar, Boss.« Ich betonte das letzte Wort, weil ich wusste, dass er es nicht leiden konnte, schnappte mir einen Lappen und malträtierte damit die Oberfläche des Tresens.

In der Küche klirrten Münzen, untermalt von halblautem Gebrumme. Ich hörte Wortfetzen, die wie »immer zu spät« und »Kuchenfressen« klangen, verdrehte die Augen, wischte die letzten Zuckerkrümel von meinem Shirt und atmete erleichtert aus, als der Habicht das Marlowe mit prall gefüllten Taschen verließ.

»Der hatte ja mal wieder prächtige Laune«, sagte Alexa.

»Wie immer. In seiner Gesellschaft lernt man die Einsamkeit schätzen.« Ich warf den Lappen in die Spüle und gesellte mich zu ihr. »Was macht das Kontaktzentrum?«

»Läuft super.« Alexa warf ihr schwarzes Spaghettihaar über die Schultern. »Die Jungs entdecken langsam ihre Leidenschaft für die Kunst.«

So wie ich das sah, entdeckten die Jungs ihre Leidenschaft für Alexa: Sie schmissen sich in Pose, spannten die Muskeln und beäugten einander wie futterneidische Löwen. Ein Glatzkopf mit Muskelshirt, ich schätzte ihn auf Ende dreißig, lehnte sich neben Alexa an den Tresen und ließ seinen Bizeps spielen. Es sah aus, als wackelte das daraufttätowierte Krokodil mit dem Schwanz.

»Ist Karl nicht hier?«, fragte ich. »Er war nicht auf Lisas Beerdigung, und ich dachte, er sei bei dir.«

»Nein, er hat sich noch nicht blicken lassen.«

Ich sah über Alexas Schulter zur Fensterfront. Kein Karl in Sicht, nur ein paar versprengte Fußgänger, die sich ihren Stadtbummel nicht vom Novemberwetter vermiesen ließen. Auf der gegenüberliegenden Straßenseite lockte Kikis Klamottenkiste mit Jeans im Sonderangebot. Schade nur, dass mir der Hosenkauf – genauer gesagt die Anprobe – ungefähr so viel Spaß machte wie eine Darmspiegelung. Und beides hatte ungefähr den gleichen Effekt auf mein Selbstwertgefühl.

Mein Blick blieb an dem ovalen Wandspiegel neben der Eingangstür hängen, der mir auf schonungslose Weise vor Augen führte, dass sich meine Haare zu einem dunkelblonden Vogelnest verknotet hatten. Ich versuchte, sie notdürftig mit den Händen zu glätten. Vergebens.

In diesem Moment betrat Karl die Kneipe, kam zu uns und ließ sich neben Alexa auf einen Hocker sinken. Er trug eine dunkelgraue Anzughose, einen schwarzen Rollkragenpullover und einen langen grau melierten Wollmantel. Sein Lieblingsoutfit. Man sah ihm wirklich nicht an, dass er ein Penner war.

»Ich habe dich auf Lisas Beerdigung vermisst«, sagte ich nach einer kurzen Begrüßung.

»Ich weiß.« Karl senkte den Blick. »Ich konnte nicht. Ich musste die ganze Zeit an Lisas kleine Janneke denken, die jetzt ohne Mutter aufwächst.«

»Bei der Teetafel hieß es, dass die Kleine bei Lisas Schwester aufwachsen wird«, sagte ich. »Wenigstens kann die arme Maus in der Familie bleiben.«

»Trotzdem, es ist einfach nicht richtig, wenn ein so junger Mensch stirbt. Sie wollte doch wohl nur auf dem schnellsten Weg nach Hause, und dann passiert so was. Das Schicksal kann manchmal wirklich grausam sein.«

Tot im Hafenbecken zu treiben würde ich nicht unbedingt als Schicksal bezeichnen, aber Karl hatte die Angewohnheit, alles darauf zu schieben. Egal, ob Umweltkatastrophen, Krankheiten oder graue Haare – an allem war das Schicksal schuld. Und nun eben auch an Lisas Tod.

Ich räusperte mich, verkniff mir aber einen Kommentar.

»Warum so schweigsam?«, mischte sich Alexa ein. »Müsstest du uns jetzt nicht deine neueste Mordtheorie präsentieren?«

»Von Mord habe ich nie gesprochen«, verteidigte ich mich. »Aber Lisa konnte nicht schwimmen und hatte Angst vor ungesicherten Gewässern, sie wäre nachts nicht allein am Hafenbecken entlanggelaufen. Jemand muss bei ihr gewesen sein, jedenfalls bis zu dem Augenblick, als sie ins Wasser fiel.«

»Meinst du, sie ist mit jemandem aneinandergeraten?« Karl überlegte einen Moment und schüttelte dann den Kopf. »Du kanntest doch Lisa, mit der konnte man gar keinen Streit haben.«

Alexa setzte zu einem längeren Vortrag über meine ausschweifende Phantasie an, aber ein neuer Gast betrat das Marlowe und zog meine Aufmerksamkeit auf sich. Er war dunkelhaarig, etwa einen halben Kopf größer und vielleicht zwei, drei Jährchen älter als ich. Er sah sich kurz um, blickte unschlüssig zu den Eckbänken an der Wand und setzte sich schließlich an einen runden Tisch am Fenster, nachdem er den »Ostfriesland-Reporter«, unser regionales Revolverblatt, aus der Zeitungshalterung gezogen hatte.

»Bin gleich zurück«, sagte ich, bewaffnete mich mit Tablett und Notizblock und stiefelte zum Tisch des hübschen Fremden. Der hob den Blick und lächelte, wobei sich Fältchen in seinen Augenwinkeln bildeten.

Seine Augen hatten die Farbe der Nordsee an einem stürmischen Tag. Unwillkürlich umklammerte ich das Tablett wie einen Schutzschild.

»Ich hätte gern einen großen schwarzen Kaffee«, sagte der Fremde.

»Mit Milch?«, fragte ich.

»Schwarz.«

»Ach ja. Zucker?«

»Schwarz. Mit nichts.«

»N-natürlich. Kommt sofort.« Ich hastete in die Küche.

Zum ersten Mal war ich für Habichts Geiz dankbar. Er hatte kein Geld für eines dieser modernen Kaffeemaschinenwunder ausgeben wollen und stattdessen eine einfache Filterkaffeemaschine in die Küche gestellt. In der Kanne befand sich ein winziger Rest, den ich ins Spülbecken kippte. Während ich Kaffeepulver in den Filter gab, atmete ich tief ein und aus. Beim ersten Gurgeln der Maschine wagte ich mich in den Schankraum zurück.

»Was war das denn gerade?«, fragte Alexa. »Sah ja aus, als wärst du auf der Flucht.«

»Ich hatte nur was im Auge«, sagte ich.

Alexa drehte sich halb auf dem Hocker herum und betrachtete den Fremden. »Ich sehe schon, was du im Auge hattest.« Sie zwinkerte mir zu. »Hübscher Kerl. Ist der neu hier?«

»Keine Ahnung, gesehen habe ich ihn jedenfalls noch nie.«

Das Marlowe lebte von seinen Stammgästen, die größtenteils aus Besuchern des nahe gelegenen Kontaktzentrums bestanden, hinzu kamen noch ein paar Teilzeitakademiker und Vollzeitalkoholiker. Fremde verirrten sich eher in den Sommermonaten hierher, wenn die Urlauber in Aurich einfielen, um die Nähe zur Nordsee und das großzügige Radwegenetz auf dem platten Land zu genießen.

»Mit den Planungen für deine Lesung sind wir übrigens so gut wie durch«, sagte Alexa.

Mein Puls beschleunigte sich. »Ich hasse Lesungen.«

»Hass ist ein ziemlich großes Wort, wenn man bedenkt, dass du noch nie eine gehalten hast.«

Okay, das stimmte. Aber wie sollte man etwas mögen, das einem solche Angst einjagte? Der bloße Gedanke daran verschaffte mir ein Gefühl, als stünde meine Hinrichtung bevor.

Die Kaffeemaschine zischte. Ich ging in die Küche, zapfte einen Becher für den Fremden ab und brachte ihn an seinen Tisch.

Er klappte den »Ostfriesland-Reporter« halb zu, damit ich den Kaffee abstellen konnte, und tippte auf einen Artikel im Veranstaltungsteil. »Das sind ja Sie.«

Ich verstand nicht sofort, was er meinte. Erst als mein Blick an dem Foto hängen blieb, begriff ich. Die abgebildete Person war ich, auch wenn sie nicht viel Ähnlichkeit mit mir hatte. Meine Haare wirkten dunkler, und meine Augen hatten dieses helle Whiskeybraun, das ich mir schon mein Leben lang wünschte. Keine Ahnung, wann dieses Foto entstanden war – aber ich konnte mir denken, wer es an den »Ostfriesland-Reporter« gegeben hatte.

Ich überflog die Bildunterschrift, die der Fremde in diesem Moment vorlas.

»Eleonore Vogel liest morgen um zwanzig Uhr im Kontaktzentrum aus ihrem Roman ›Fremd und Gänger‹.« Er sah zu mir auf. »Klingt vielversprechend. Wo finde ich denn dieses Kontaktzentrum?«

Ich wies mit dem Arm in die Richtung. »Folgen Sie einfach der Straße und biegen Sie vor dem Marktplatz links ab. Wenn Sie dann an der Wallstraße noch mal links abbiegen, kommen Sie automatisch daran vorbei.«

»Und Sie heißen Eleonore? Ein schöner Name. Wurden Sie nach Ihrer Großmutter benannt?«

Ich verzog das Gesicht und war kurz versucht, ihm den heißen Kaffee in den Schritt zu gießen, besann mich aber. Immerhin war ich auf diesen Job angewiesen.

»Meine Mutter ist Historikerin bei der Ostfriesischen Landschaft. Sie hat während ihres Studiums einige Zeit in Wien gelebt und ihre Doktorarbeit über Eleonore von Schwarzenberg geschrieben. Sie fand die Fürstin so interessant, dass sie mich ihr zu Ehren so genannt hat.«

»Muss ich die kennen?«

»Meine Mutter?«

»Eleonore von Schwarzenberg.« Der Fremde lächelte ein verschmitztes, schiefes Lächeln. Ein Lächeln, das einem die Klamotten auszog, wenn man nicht aufpasste.

Wie auf Kommando schoss mir die Hitze ins Gesicht. Ich stammelte eine Entschuldigung und verdrückte mich mit der Zeitung, mit deren Lektüre der Fremde gerade fortfahren wollte, an den Tresen. Dort hielt ich Alexa den Artikel unter die Nase. »Hast du das Foto an den ›Ostfriesland-Reporter‹ gegeben?«

Alexa bedachte das Bild mit einem beiläufigen Blick. »Klar.«

»Warum hast du mich nicht vorgewarnt?«

»Weil ich genau weiß, wie du dich immer anstellst. Von wegen nicht fotogen und so.«

»Hier bin ich aber ziemlich gut getroffen.«

»Photoshop macht's möglich. Ich habe das Bild aus ein paar anderen Aufnahmen von dir zusammengeschnitten.«

Ich seufzte. Immerhin hatte sie bei der Gelegenheit meine Denkerstirn glatt gebügelt.

Ich organisierte drei Becher Kaffee aus der Küche, zog einen der Drehhocker an den Tresen und setzte mich Alexa und Karl gegenüber.

»Du musst morgen auf jeden Fall eher Feierabend machen, Elli.« Alexa versenkte zwei Stücke Zucker in ihrem Kaffee. »Vertritt der Habicht dich, oder kommt Judith früher?«

»Judith kann nicht, Diana vertritt mich. Sie kommt direkt aus dem Salon hierher.«

Diana sprang gelegentlich als Aushilfe ein, um ihr Gehalt als Friseurin etwas aufzubessern. Sie hatte kurz mit dem Gedanken gespielt, Lisas Job zu übernehmen, war aber zu dem Schluss gelangt, dass sie Habichts Anblick nicht jeden Tag ertragen konnte. Was ich durchaus nachvollziehbar fand. Ihr Angebot, die zweite Hälfte meiner Schicht zu übernehmen, hatte ich jedenfalls gerne angenommen, auch wenn das bedeutete, dass sie nicht zu meiner Lesung kommen konnte. Ich hätte mir lieber die Zunge abgebissen, als den Habicht noch einmal um Vertretung zu bitten.

»Hat Habicht immer noch keinen Ersatz für Lisa eingestellt?«, fragte Alexa.

»Doch, hat er, aber die Neue fängt erst morgen an. Ich glaube, sie heißt Katja. Judith wird sie in den ersten Tagen unter ihre Fittiche nehmen.« Eindeutig die bessere Wahl, denn von mir könnte Katja nicht viel lernen.

Karl sah von seinem Becher auf. »Dein Chef betreibt die Kneipe jetzt schon seit Anfang Mai, und ich habe ihn immer noch nicht kennengelernt.«

»Du hast nichts verpasst. Er ist krankhaft geizig und führt sich auf wie ein kleiner Diktator.« Ich zuckte die Schultern. »Er ist ein Idiot.«

»Ein reicher Idiot«, sagte Karl. »Wie man hört, kauft er hier Immobilien am laufenden Band.«

»Bei unseren Immobilienpreisen kein Wunder«, entgegnete ich. »Mit Ostfriesland hat der doch nichts am Hut.«

Es war ein altbekanntes Problem, dass viele Auswärtige sich von den vermeintlichen Schnäppchen locken ließen und mit völlig falschen Vorstellungen nach Ostfriesland zogen. Im Nachhinein hagelte es dann Beschwerden wegen der schlechten Infrastruktur, denn Aurich besitzt seit Jahrzehnten keinen eigenen Bahnhof mehr, und regelmäßige Busverbindungen gibt es fast nur während der Schulzeiten.

»Der Habicht soll kürzlich die alte Brauerei stadtauswärts gekauft haben«, sagte Alexa. »Vielleicht bringt er die auch wieder auf Vordermann, genau wie das Marlowe.« Mit ihrer Hand strich sie andächtig über das Mahagoniholz des Tresens. »Ich mag gar nicht daran denken, wie es hier früher ausgesehen hat.« Sie schüttelte sich. »Ich glaube, auf dem Teppich, der hier lag, war die DNA von halb Aurich verteilt.«

Der Fremde verließ seinen Fensterplatz, bezahlte und gab ein ordentliches Trinkgeld. Ich sah ihm durchs Fenster nach, als er in Richtung Marktplatz verschwand. Zu blöd, dass ich Diana nach der Pleite mit Jörg versprochen hatte, mich von dunkelhaarigen Männern fernzuhalten.

Alexa warf einen Blick auf die Uhr über der Eingangstür und sprang auf. »Ach herrje, ich muss wieder ins Kontaktzentrum.« Sie zog sich ihren Mantel über. »Wegen morgen haben wir ja alles geklärt. Bevor ich es vergesse, Elli, die Jungs kommen auch zu deiner Lesung.« Sie machte eine Geste, die ihre Begleiter einschloss, und strahlte, als hätte sie mir soeben den Deutschen Buchpreis verliehen.

Mir entgleisten sämtliche Gesichtszüge, aber ich widersprach nicht. Der Typ mit dem Krokodiltattoo, den Alexa mir als Henry vorgestellt hatte, sah aus, als verspeiste er am liebsten junge Schriftstellerinnen zum Frühstück.

Alexa ging vorneweg durch die Tür, ihre Schäfchen trotteten hinterher. Wohl weniger aus Höflichkeit, als um ihr besser auf den Hintern glotzen zu können.

»Ich mach mich auch auf den Weg. Muss noch zum Friedhof, mich von Lisa verabschieden.« Karl zog eine Handvoll Kleingeld aus seiner Hosentasche.

Ich winkte ab. »Geht aufs Haus.«

»Ach Elli, wenn dein Chef wüsste, dass du immer so gut zu mir bist, würde er dir bestimmt –«

»Den Kopf abreißen«, sagte ich.

Karl sah mich irritiert an.

Ich lächelte. »War nur Spaß.«

War es nicht.

Der Habicht behauptete immer, jeder Euro, der ihm durch die Lappen ging, brächte ihn eine Stunde früher ins Grab, und mein größter Ehrgeiz bestand darin, dieses frohe Ereignis um einige Wochen zu beschleunigen. Vielleicht sogar um Monate, wenn ich es richtig anstellte.

Meine Hoffnung, für heute von meinem Chef erlöst zu sein, wurde derbe enttäuscht. Als Karl das Marlowe verließ, stießen die beiden in der Tür zusammen. Karl stolperte und musste sich an der Wand abstützen, um nicht hinzufallen. Statt sich zu entschuldigen, bedachte der Habicht ihn mit einem stechenden Blick. Definitiv nicht der passende Augenblick, um die beiden einander vorzustellen. Der lag eher in Richtung Sankt-Nimmerleins-Tag. Ich mochte Karl viel zu gern, um ihm eine solche Bekanntschaft zuzumuten.

Die gute Laune, die in Karls und Alexas Gesellschaft bei

mir aufgekommen war, wurde vom Habicht absorbiert wie von einem Schwarzen Loch. Zum Glück wollte er nur Einkäufe ins Lager bringen und hatte nicht vor, noch länger für schlechte Stimmung zu sorgen. Nach ein paar Minuten verschwand er wieder, das Handy ans Ohr gepresst, wie es sich für einen Geschäftsmann gehörte.

Kurz vor Schichtwechsel betrat eine Gruppe gegelter Anzugträger das Marlowe, ließ sich am großen Ecktisch nieder und gab sich hochgestochenen Unterhaltungen hin, in denen Begriffe wie »Kündigungsregelungsfristen« und andere Zungenbrecher fielen. Sicherlich arbeiteten sie für eine der umliegenden Banken.

Ich arbeitete die Bestellungen ab, setzte mich auf einen Hocker und zog mein Notizbuch aus der Handtasche. Es begleitete mich auf Schritt und Tritt, um jede noch so kleine Eingebung für mein nächstes Buch festzuhalten, denn das Schlimmste für einen Schriftsteller ist, den Kopf voller Ideen zu haben und sie nirgends festhalten zu können. Hilflos sieht man zu, wie sie einem wie Sand durch die Finger rinnen und am Ende nur winzige Körnchen einiger einst großartiger Gedankengänge hängen bleiben.

Zum Glück war ich heute nur mit dem zweitschlimmsten Problem geschlagen: Mir fiel absolut nichts ein. Erstaunlich, wie die Ideen fließen, wenn man sich im größten Gefühlschaos befindet, und mit welcher Geschwindigkeit sich der Strom legt, wenn man wieder auf dem Damm ist. Vielleicht ist wirklich etwas Wahres dran an der Sache mit der gequälten Künstlerseele.

Nach einer Viertelstunde war ich immer noch meilenweit von einer Eingebung entfernt, konnte aber das Haus vom Nikolaus in einem Zug zeichnen, ohne den Stift abzusetzen.

Mein Handy klingelte. Ich tastete meine Taschen ab, erinnerte mich, es in die Jacke gesteckt zu haben, und nahm den Anruf entgegen.

»Elli, bist du das?«

»Karl?« Ich drückte den Hörer dicht ans Ohr und hielt

mir das andere mit dem Zeigefinger zu. »Ich kann dich kaum verstehen.«

»Können wir uns gleich treffen?« Karl klang abgehetzt, sein Atem rauschte stoßweise in meinem Ohr. »Ich brauche deine Hilfe.«

»Klar, Judith löst mich gleich ab. Kommst du ins Marlowe?«

»Nein, wir treffen uns bei deinem Auto.«

»Okay«, sagte ich verwirrt. »Ich parke am Ende der Nürnburger Straße. Was ist denn passiert?«

»Gleich, nicht am Telefon.«

Er sprach abgehackt, und sein Tonfall gefiel mir überhaupt nicht. »Karl, du machst mir Angst. Was ist los?«

Karl zögerte. »Verdammt, Elli, ich glaube, du hattest recht.«

»Womit?«

Am anderen Ende der Leitung wurde es still. Ich dachte schon, die Verbindung sei abgerissen, aber dann, nach einer gefühlten Ewigkeit, sprach Karl weiter.

»Plötzlich ergibt alles einen Sinn.« Er atmete schwer und senkte die Stimme, als fürchtete er, belauscht zu werden. »Es geht um Lisas Tod. Von wegen Schicksal!«

2

Ich spurtete die Norderstraße entlang und bog am Marktplatz in die Lilienstraße ein. Kurz hinter der Abzweigung zur Nürnburger Straße parkte mein roter Golf am Straßenrand. Karl war noch nicht da. Ich lehnte mich an meine altersschwache Karre, was diese mit einem traurigen Quietschen quittierte.

Ich sah die Straße rauf und runter. Keine Spur von Karl. Auch sonst war kein Mensch unterwegs, an dunklen Herbstabenden verirrte sich kaum jemand in diese Straße. Mit ein Grund, warum ich lieber den weiteren Weg am Marktplatz entlang nahm, statt durch die Norderstraße in Richtung ZOB zu laufen und dort in die Nürnburger Straße zu biegen.

Es war kalt. Um zwanzig nach acht konnte ich meine Zehen nicht mehr spüren und setzte mich ins Auto. Ich wählte Karls Nummer, aber er nahm nicht ab. Ich schickte ihm eine SMS.

Als Karl um Viertel vor neun immer noch nicht aufgetaucht war, ließ ich den Motor an und fuhr nach Hause.

Ich wohne in einem Vier-Parteien-Haus in Aurichs Multikultiviertel. Die Gegend ist gerade noch so anständig, dass ich es wage, im Erdgeschoss zu wohnen, und zwielichtig genug, dass ich mir die Miete leisten kann. Meine Wohnung besteht aus zwei Zimmern, einer kleinen Küche und einem eher praktischen als schönen Bad. Das breite Wohnzimmerfenster bietet einen bezaubernden Ausblick auf die angrenzenden Blockbauten mit ihren Betonbalkonen. Unter diesem Fenster steht ein Schreibtisch, der eher dazu dient, mich an das Schreiben zu erinnern, als tatsächlich daran zu arbeiten. Von der Küche aus gelangt man in den Garten, der aus einer kleinen Überdachung besteht sowie einer von dichten immergrünen Büschen gesäumten Rasenfläche, die sich um das Haus herum bis vor mein Schlafzimmerfenster windet, dabei aber nicht viel breiter als ein Handtuch ist.

Durch den schmalen Eingangsflur ging ich ins Wohnzimmer, pfefferte meine Schuhe in die Ecke und ließ mich aufs Sofa fallen, wo ich meine Zehen rieb, bis sie wieder durchblutet wurden. Ich zog mein Handy aus der Tasche und schaute aufs Display, in dem sich aber nur mein ratloses Gesicht spiegelte. Keine Nachricht von Karl. Ich probierte es noch einmal bei ihm, aber mein Anruf lief wieder ins Leere.

Es klingelte an der Tür, ich sprang auf. Bestimmt Karl, der mich durch einen blöden Zufall an unserem Treffpunkt verpasst hatte.

»Hallo, Eleonore!« Meine Mutter drängte sich an mir vorbei in die Wohnung, meinen Vater im Schlepptau. Er trug ein halbes Dutzend Einkaufstüten, mit denen er sich durch den Flur zwängte. Als er endlich im Wohnzimmer angelangt war, leuchteten rote Flecken auf seinen Wangen.

Meine Mutter sah ihn streng an. »Warum schleppst du die Tüten rein, Rüdiger? Du solltest sie im Auto lassen.«

Er warf mir einen verzweifelten Blick zu. »Ich habe die Dinger gerade drei Stunden durch die Stadt getragen. Ich glaube, ich bin daran festgewachsen.«

Seit meine Mutter zehn Kilo verloren und sich einen braunen Fransenschnitt zugelegt hatte, hegte sie eine Leidenschaft für Shoppingtouren. Ich kam da mehr nach meinem Vater. Ein Blick auf die Schriftzüge der Klamottenläden und Schuhgeschäfte auf den Einkaufstüten reichte aus, um zu erkennen, dass sein Tag der absolute Horror gewesen sein musste.

Meine Eltern lebten seit über dreißig Jahren zusammen, hatten drei gemeinsame Kinder – meinen Bruder Michael, meine Schwester Victoria und mich –, aber verheiratet waren sie nicht. Meine Mutter hatte sich stets irgendwie geziert. Warum auch immer. Ich finde, wenn man Kinder hat, ist man sowieso so aneinandergekettet, dass man den letzten Schritt auch noch wagen kann.

»Wir bringen dir nur schnell ein Geschenk vorbei, Eleonore.« Meine Mutter zog ein längliches Päckchen aus der Stofftasche in ihrer Armbeuge.

Ich öffnete es, und zum Vorschein kam ein quietschgrünes Gemüsemesser. Schöne Idee, aber leider war das einzige Gemüse, das sich derzeit in meiner Wohnung befand, der Gurkenextrakt in meiner Gesichtscreme.

»Damit wird das Kochen zum Kinderspiel.« Meine Mutter lachte. »Zumindest die Vorbereitung.«

Wohl eher nicht. Eine Schwalbe macht noch keinen Sommer und ein Gemüsemesser keinen Sternekoch. Das sollte meine Mutter wissen, schließlich handelte es sich bei ihr – vorsichtig ausgedrückt – um die schlechteste Köchin in der Geschichte Aurichs, noch vor mir. Jahrelang hatte sie das durchaus anerkannt und sich auf die vielfältigen Möglichkeiten der Fertigküche verlassen, aber seit die Ärzte bei meinem Vater einen katastrophalen Cholesterinwert festgestellt hatten, tischte meine Mutter nur noch selbst gekochte Speisen auf. Zum Leidwesen aller Beteiligten.

Ich bedankte mich für das Messer und bot meinen Eltern Kaffee an.

»Nein danke, wir wollen die Einkäufe nach Hause bringen. Du solltest jetzt auch keinen Kaffee mehr trinken, dann kannst du nachher nicht schlafen und musst die ganze Nacht Pipi machen.«

»Mama, ich bin kein Kind mehr!«

»Weiß ich doch.« Sie gab mir einen Stups auf die Nase, bedeutete meinem Vater, ihr zu folgen, und kurze Zeit später waren die beiden verschwunden.

Kopfschüttelnd griff ich zu meinem Handy und wählte Dianas Nummer. »Meinst du, ich sollte die Polizei rufen?«, fragte ich, nachdem ich meinen Bericht über Karls seltsames Verhalten beendet hatte.

»Bei seiner Vorgeschichte? Auf keinen Fall. Keiner, der schon mal unschuldig im Gefängnis saß, ist scharf darauf, dass die Polizei nach ihm sucht. Er hat ja auch gar nicht von einem Verbrechen gesprochen. Du kennst doch Karl, der redet ständig vom Schicksal.«

Im Hintergrund klirrte es leise.

»Was machst du?«, fragte ich.

»Ich hole mir ein Bier, ich kann sonst nicht denken.«

»Gute Idee.« Ich tat es ihr gleich, schlenderte in die Küche und fischte eine Flasche Jever aus dem Kühlschrank, weil mir der Sinn nach etwas Herbem stand. Ich klemmte mir das Telefon zwischen Ohr und Schulter, um sie zu öffnen. »Prost.«

»Und was willst du jetzt machen?« Diana unterdrückte einen Rülpser.

»Noch mehr Bier trinken.« Bis zur Erleuchtung war es vielleicht nur eine Frage der richtigen Menge.

»Ich meine wegen Karl.«

»Gute Frage.« Karl und ich trafen uns grundsätzlich im Marlowe. Wo er sich sonst herumtrieb, wusste ich nicht. Eine Anlaufstelle gab es aber immerhin. »Sollte ich bis morgen nichts von ihm gehört haben, schaue ich vor der Arbeit mal beim Georgswall vorbei, da haben Karl und ich uns kennengelernt. Wenn er da nicht ist, kann mir vielleicht einer der anderen Penner vom Tagesaufenthalt für Obdachlose weiterhelfen.«

»Bin dabei«, sagte Diana.

»Wir treffen uns um zehn am Rathaus.«

Dunst hing über Aurich, als ich am nächsten Vormittag das Haus verließ, die Stadt sah aus, als sei sie mit einem Weichzeichner bearbeitet worden. Mir graute bei dem Gedanken, was die Luftfeuchtigkeit mit meinen Haaren anstellen würde.

Im Einfahrtsbereich des Georgswalls empfingen mich die vier Wasserbecken, die das Areal des ehemaligen Hafens markieren. Inzwischen liegt der Hafen ein Stück weiter westlich. Über den Ems-Jade-Kanal verbindet er Aurich mit Emden und Wilhelmshaven. Neben den Wasserbecken erhob sich das Gebäude der Ostfriesischen Landschaft trotzig gegen den grauen Himmel.

Nun handelt es sich beim Georgswall nicht mehr um einen Wall und bei der Ostfriesischen Landschaft um keine Landschaft im eigentlichen Sinne, sondern um einen Regionalverband für Kultur, Wissenschaft und Bildung. Meine Mutter arbeitet dort beim Archäologischen Dienst.

Seit seiner Umgestaltung hatte der Georgswall ordentlich an Attraktivität gewonnen. Früher nur ein Ort, um das Auto möglichst nahe der Fußgängerzone parken zu können, hatte er sich nunmehr zu einer kleinen Oase mit Grünflächen und Spielmöglichkeiten gemausert, wobei die Grünflächen den Verlauf der ehemaligen Wallanlage darstellen.

Ich parkte vor einer Laterne, schälte mich aus dem Wagen, löste ein Parkticket und schloss die Tür ab. Über eine Zentralverriegelung oder gar eine Fernbedienung für selbige verfügte mein Golf nicht – ich war froh, dass er überhaupt noch mal TÜV bekommen hatte.

Das Wasserspiel am Rathaus, das den Sommer hindurch munter vor sich hin geplätschert hatte, war wegen des nahenden Frosts bereits abgestellt worden. Diana kam mir von dort aus entgegen.

»Du siehst beschissen aus«, begrüßte sie mich.

Diana ist ungefähr meine Gewichtsklasse, dabei aber viereinhalb Zentimeter größer und macht in engen Jeans die bessere Figur. Sie wohnt ebenfalls in Aurich, stammt aber eigentlich aus Moordorf, dem Land der fliegenden Messer. Wie Moordorf zu diesem Namen gekommen ist, weiß ich nicht, und ich werde mich hüten, genauer nachzuforschen – von ungefähr kommt so ein Ruf ja nicht.

Diana rückte ihre grüne Strickmütze zurecht, unter der ihre karamellfarbenen Locken hervorlugten. »Was hast du denn gestern noch angestellt?«

»Bier getrunken.«

Die Sache mit dem Denkbier hatte sich ganz logisch angehört, allerdings musste ich gestern sehr viel denken und dementsprechend auch viel Bier trinken. Mein dröhnender Schädel sagte mir, dass das keine gute Idee gewesen war. Im Nachhinein ist man eben immer schlauer.

Wir gingen bis zum Ende der Straße, wo der Georgswall auf die Bundesstraße trifft und sich das Gebäude der Obdachlosenhilfe befindet. Ich schätzte unsere Chancen, Karl hier anzutreffen, besonders hoch ein, schließlich war dies ein beliebter Treffpunkt der städtischen Penner.

Auf einer Sitzbank in Höhe der Obdachlosenhilfe saßen zwei Männer, eine dunkelbraune Decke über ihre Beine gebreitet. Der linke war ein kräftiger Kerl mit Vollbart, gehüllt in eine alte Bundeswehrjacke, auf dem Kopf eine orangefarbene Strickmütze mit Bommel. Sein Sitznachbar trug einen schmutzigen Parka, der einige Nummern zu groß für seinen schmächtigen Körper war, und dazu eine schief sitzende Kapitänsmütze, unter der die Haare wie weiße Federn abstanden. Zu seinen Füßen ruhte eine Aktentasche aus Leder, die genauso gegerbt aussah wie sein Gesicht. Beide Männer schenkten uns ein zahnloses Lächeln, als wir auf sie zutraten.

Ich wusste nicht, wie ich das Gespräch beginnen sollte, also grüßte ich mit dem universellen »Moin« und plapperte einfach drauflos. »Entschuldigung. Sind Sie öfter hier?«

Der Bommelmann nickte. »Was können wir für euch tun, Kinners?«

»Wissen Sie, wo wir Karl finden können?«

Die Männer sahen erst einander an, dann mich. »Welchen Karl sucht ihr denn?«

»Seinen Nachnamen weiß ich nicht.«

Die Männer lachten. Der mit der Kapitänsmütze klopfte sich amüsiert auf den Oberschenkel. »Einen Nachnamen haben wir hier alle nicht«, sagte er, als er sich wieder beruhigt hatte. »Wie sieht euer Karl denn aus?«

»Er ist ungefähr so groß.« Ich hielt die Hand etwa zehn Zentimeter über meinen Kopf. »Und er hat längere graue Haare, die er immer zurückgekämmt trägt. Meistens hat er schwarze Sachen an.«

»Ach, du meinst den Professor«, sagte der Kapitän.

»Jau, hört sich so an«, pflichtete der Bommelmann ihm bei.

»Den Professor?«, wiederholte ich fragend. »Warum nennen Sie ihn so?«

»Weil er ’ne schlaue Type is, deshalb.« Der Bommelmann

nickte, um seine Worte zu bekräftigen. »Voll gebildet und so. Aber wo der is, das weiß ich auch nich. Ich bin übrigens der Willi.« Er streckte mir seine Hand entgegen, und ich ergriff sie. Sie war eiskalt und rau wie eine Küchenreibe. »Und das mit dem Sie lass mal sein, wir sind hier nich so förmlich.«

»Ich bin Heini.« Der magere kleine Kerl reichte uns seine zerbrechliche Hand. »Wollt ihr ein Bier? Oder lieber was Stärkeres?« Er klappte den Umschlag seiner Ledertasche zurück und präsentierte eine Sammlung verschiedener Bier- und Schnapsflaschen.

Ich musste den aufsteigenden Brechreiz unterdrücken. »Nein danke.«

»Für mich auch nicht«, sagte Diana. »Kein Bier vor vier.«

»Ich habe auch Alster«, erwiderte Heini.

»Das ist natürlich was anderes.« Diana beugte sich über die Tasche und angelte eine Flasche heraus, die beiden Männer bedienten sich ebenfalls. Diana öffnete alle drei Flaschen mit einem Feuerzeug und erntete Willis und Heinis bewundernde Blicke. Die drei prosteten sich zu.

»Wann habt ihr Karl zuletzt gesehen?«, fragte ich.

»Muss Sonntag gewesen sein.« Willi sah Heini an. »Da hat der Professor uns doch abends was vom Friesenimbiss mitgebracht.«

»Nein, auf keinen Fall«, sagte Heini. »Das war Montag.«

»Döskopp! Montag waren wir doch bei Wodka-Werner.«

Sie tauschten einen Blick und nickten einvernehmlich. »Dienstag«, sagten sie wie aus einem Mund.

Vorgestern. Das war zu lange her. Keine Chance, dass die beiden uns sagen konnten, was es mit Karls Anruf auf sich hatte.

»Habt ihr eine Ahnung, wo wir nach ihm suchen können?«, fragte Diana.

»Wenn nich hier, is er meistens am Marktplatz«, sagte Willi.

»Ihr könnt aber auch heute Abend in der Residenz nachsehen«, fügte Heini hinzu.

»Residenz?« Ich warf Diana einen fragenden Blick zu, aber sie wirkte ebenso unwissend wie ich.

»Das ist das Luxushotel da drüben.« Heini deutete auf ein abbruchreifes Backsteingebäude auf der anderen Straßenseite. »Da ist er nachts eigentlich immer.«

»Nur letzte Nacht nich«, warf Willi ein. »Obwohl er den O'Malley sonst nie allein lässt.«

»Wer ist O'Malley?«, fragte Diana.

»Karls Kater«, erklärte ich.

Heini nickte. »Der beste Rattenfänger, den ich kenne.«

Mich schüttelte es. Eigentlich liebe ich Tiere, doch Ratten bilden die große Ausnahme. Ich bekomme schon eine Gänsehaut, wenn ich nur an die Viecher denke.

»Meinst du, Karl könnte jetzt dort sein?«, fragte ich an Heini gewandt.

»Nein, vor Einbruch der Dunkelheit schlägt der da nicht auf. Wartet mal lieber bis heute Abend.«

»Seid ihr dann auch in der Residenz?«, fragte Diana.

»Nee«, sagte Willi. »Wir wollen heute mal unser Glück im Obdachlosenheim an der Zingelstraße probieren. Wenn das nichts wird, pennen wir bei Wodka-Werner.«

Diana leerte ihre Flasche und ließ sie in Heinis Ledertasche zurückgleiten. »Danke, Jungs.« Sie klatschte geschäftig in die Hände. »Dann auf zum Marktplatz!«

»Okay.« Mein Magen knurrte. »Da gibt es immerhin Pommes. Ich brauche unbedingt Salz gegen meinen Kater.«

Der absolute Blickfang auf dem Auricher Marktplatz ist der Sous-Turm neben der Markthalle, ein fünfundzwanzig Meter hoher Schrotthaufen aus Plexiglas und Stahlrohr, der von uns Einheimischen gern »Tauchsieder« genannt wird. Ich habe aber auch schon den einen oder anderen Auricher hinter vorgehaltener Hand »Weltraumpimmel« sagen hören. Alexa behauptet zwar steif und fest, dass es sich dabei um moderne Kunst handelt, aber die liegt wohl wirklich im Auge des Betrachters.

Der unwiderstehliche Duft von heißem Frittierfett teilte mir mit, dass der Friesenimbiss gerade seine Tore geöffnet hatte.

»Wir müssen gleich unbedingt Pommes holen«, sagte ich. »Ohne Salz und Transfette werde ich meinen Kater nie los.«

Diana verdrehte die Augen. »Meinetwegen. Aber erst drehen wir eine Runde.«

»Das ist der Plan.«

Ein guter Plan, der leider zu nichts führte. Wir stiefelten einmal um den Marktplatz herum, vorbei an Banken, Schmuckgeschäften, Restaurants und Dianas Arbeitsplatz, dem Haarstudio McCut. Dann versuchten wir unser Glück in der Markthalle, aber die war nicht der passende Ort für Penner, mochten sie auch noch so gut gekleidet sein. Am Kugelbrunnen sprachen wir einen verlotterten Typen mit Beaniemütze und Vollbart an, aber der entpuppte sich als Hipster und zeigte sich wenig begeistert, dass wir ihn für einen Penner gehalten hatten.

Wenige Minuten später schaufelte ich eine doppelte Portion Pommes in mich hinein und spülte sie mit einer Cola runter, genau wie Diana, die allerdings keinen Kater zu behandeln hatte.

»Und was machen wir jetzt?«, fragte sie, als sie die Pappschalen im Mülleimer entsorgt hatte.

Ich warf einen Blick auf meine Armbanduhr. »Für den Moment gar nichts mehr. Wenn ich nicht pünktlich im Marlowe aufkreuze, spinnt der Habicht wieder rum.«

»Tut er doch sowieso.«

»Wollen wir heute Abend wirklich zu dieser Residenz?« Beim letzten Wort machte ich mit den Fingern Gänsefüßchen in die Luft.

»Auf jeden Fall. Am besten gleich im Anschluss an deine Lesung. Hol mich doch einfach im Marlowe ab, wenn du damit durch bist.«

»Klingt gut.«

Nein, eigentlich klang das überhaupt nicht gut. Ich wollte dieser Bruchbude keinen Besuch abstatten, besonders nicht nachts. Und erst recht nicht, wenn sich ein Rattenfänger-Kater da heimisch fühlte, denn das hieß, dass es dort von Langschwänzen nur so wimmelte.

Ich biss mir auf die Unterlippe. »Meinst du wirklich, wir sollten da so spät noch hingehen?«

»Klar, warum denn nicht?« Als Diana meinen Gesichtsausdruck sah, lachte sie. »Hast du etwa Angst?«

»Natürlich nicht.«

»Schätzchen, es ist doch total egal, wie spät wir hingehen. Um elf gibt es da nichts, was es um fünf Uhr nicht auch gibt.«

Das stimmte. Aber dieser Gedanke beruhigte mich keineswegs.

Vier Minuten und acht Sekunden zu spät schloss ich das Marlowe auf. Ich knipste alle Lichter an und jagte den Biermief hinaus, der sich gestern breitgemacht hatte. Ich probierte es erneut bei Karl, aber eine weibliche Computerstimme teilte mir mit, dass mein gewünschter Gesprächspartner momentan nicht zu erreichen sei. Vielleicht hatte Karls Handy sich abgeschaltet, weil der Akku leer war. Das kam schon mal vor. Nur erklärte es immer noch nicht, warum er gestern nicht zu dem Treffen aufgetaucht war, um das er mich so dringend gebeten hatte, geschweige denn, was es mit seiner Andeutung wegen Lisa auf sich hatte. Ich schrieb ihm eine SMS und bat ihn, sich so schnell wie möglich bei mir zu melden, weil ich mir langsam Sorgen um ihn machte.

Da der Habicht nicht in Sicht war und die ersten Gäste erfahrungsgemäß erst gegen zwölf auftauchten, kramte ich mein Notizbuch hervor. Der letzte Eintrag vor den windschiefen Nikolaushäuschen vom Vortag war die Personenbeschreibung meines Protagonisten. Wie schon beim ersten Buch sollte er an eine reale Person angelehnt sein, allerdings dieses Mal nicht an meinen pornosüchtigen und arbeitslosen Exfreund Jörg, sondern an jemanden, der einem echten Romanhelden näher kam: groß, blond (da Dunkelhaarige sowieso tabu waren) und die Augen in der Farbe geschmolzener Halbbitterschokolade.

Als hätte ich ihn herbeigeschrieben, betrat Sebastian Beck das Marlowe und stand drei Herzschläge später vor mir, die schulterlangen Haare wie immer zum Zopf gebunden. Neben ihm fühlte ich mich so attraktiv wie ranziges Frittierfett.

»Hallo, Elli.« Er legte die Hände auf den Tresen. Kräftige Hände mit langen, schlanken Fingern. »Ich war gerade in der Gegend und wollte sehen, wie es dir nach Lisas Beerdigung geht.«

Gestern waren wir uns kurz vor Beginn des Trauergottesdienstes über den Weg gelaufen. Ein Nicken seinerseits, begleitet von einem Lächeln, und ich schwelgte beim Betreten der Friedhofskapelle in erotischen Phantasien. Ein Wunder, dass ich auf der Türschwelle nicht in Flammen aufgegangen war.

»Danke, es geht.« Natürlich hatte mich Lisas Tod schockiert, aber wirklich nahegestanden hatten wir uns nicht. Abgesehen von ein paar Begegnungen, die man an einer Hand abzählen konnte, waren wir uns in Aurich nur im Marlowe über den Weg gelaufen. »Schön, dass du auch da warst.«

»Ist doch selbstverständlich, immerhin war sie meine Angestellte.«

»Sie war auch Habichts Angestellte, aber der hat es nicht für nötig befunden, sich blicken zu lassen.«

Sebastians Mund zeigte die Andeutung eines Lächelns. »Ich bin aber nicht Peter Habicht.«

»Nein, das kann man wirklich nicht behaupten.« Zwar brachten beide meinen Puls bei ihrem bloßen Anblick zum Rasen, aber die Gründe könnten unterschiedlicher nicht sein.

Sebastian gehörte die »Cobra«, ein angesagter Club in der Nähe des südlichen Gewerbegebiets, in dem Lisa wie bei uns als Kellnerin gearbeitet hatte. An den Wochenenden tummelten sich viel zu lange Schlangen in viel zu kurzen Röcken vorm Eingang und schreckten mich ab, der Cobra auch mal einen Besuch abzustatten.

»Ich habe gehört, dass du heute deine erste Lesung hältst«, sagte Sebastian.

»Kommt drauf an. Meinst du, es ist zu spät für einen Rückzieher?«

»Vor allem wäre ein Rückzieher völlig unnötig. Dein Buch gefällt mir, ich würde gern dabei sein.«

Mein Herz setzte einen Schlag aus. Die Gefahr, in seiner Gegenwart vor Publikum kein vernünftiges Wort herauszubekommen, lag bei ungefähr vierundneunzig Prozent. Unauffällig faltete ich die Hände unter dem Tresen und schickte ein Stoßgebet nach oben. Ich versprach dem lieben Gott hoch und heilig, ab sofort mindestens einmal im Monat in die Kirche zu gehen, wenn er dafür Sebastian von der Lesung fernhielt. Nicht wegen etwas Schlimmem natürlich, keine abgerissenen Gliedmaßen oder so. Nur ein klitzekleiner unaufschiebbarer Termin.

»Aber leider habe ich einen wichtigen Termin und kann nicht kommen.«

»Das ist ja schade.« Ich verkniff mir ein erleichtertes Lächeln. Danke, Gott! Gleich nächsten Sonntag sehen wir uns, spätestens in der Woche darauf.

Sebastian stützte die Unterarme auf den Tresen und beugte sich leicht vor. »Aber wenn du möchtest, können wir uns anschließend treffen.«

»Treffen?«, piepste ich. Mit einem Mal verfrachtete mein Herz das Blut aus meinem Kopf in südlichere Regionen. Dies war der Augenblick, von dem ich seit Jahren träumte.

Sebastian lächelte. »Wir könnten etwas trinken gehen. Natürlich nur, wenn du Lust hast.«

Auf Anhieb fiel mir nichts ein, wozu ich mit ihm keine Lust hätte. Bis mir unser abendliches Vorhaben in den Sinn kam. »Ach, ich bin leider schon verabredet«, sagte ich zerknirscht. »Mit Diana«, schob ich hastig nach.

Das Schicksal meinte es wirklich nicht gut mit mir. Da wird man nach Jahren erfolglosen Schwärmens endlich eingeladen, und dann hat man sich schon zum Besuch in einem Rattenpalast verabredet. Womöglich hatte auch Gott seine Finger im Spiel – schließlich wussten wir beide, dass ich am kommenden Sonntag nicht in der Kirche sitzen würde. Und auch nicht in der Woche darauf.

»Seid ihr in einer Kneipe in der Fußgängerzone?«, fragte Sebastian. »Vielleicht laufen wir uns ja ganz zufällig über den Weg.« Er zwinkerte mir zu.

Krampfhaft durchforstete ich meine Gehirnwindungen nach einer plausiblen Ausrede, während mir das Blut ins Gesicht schoss. »Wir sind woanders. Also nicht hier … oder dort … oder so.«

Prima, Elli, jetzt hält er dich für komplett bescheuert!

Ich atmete tief durch. »Wir gehen zum Abbruchhaus am Georgswall.«

»Spätabends? Was wollt ihr denn da?«

»Wir suchen einen Bekannten, der dort wohnt. *Be*suchen«, verbesserte ich mich.

»Leben in dem Haus nicht nur Obdachlose?«

»Karl ist ja auch einer.«

Sebastian lachte auf. »Du hast einen interessanten Freundeskreis. Eine junge, hübsche Frau wie du sollte sich nachts allerdings nicht in Abbruchhäusern herumtreiben.«

Hübsch? Ich reagierte mit einer lässigen Handbewegung, bei der ich ein Glas von der Spüle fegte. »Keine Sorge, ich bin ja schon groß.«

3

Ein Wegweiser in der Eingangshalle des Kontaktzentrums teilte mir mit, dass der Raum »tom Brok« im ersten Stock für die Lesung vorgesehen war. Nette Idee, die Räume nach den ehemaligen Häuptlingshäusern zu benennen.

Seit der Eröffnung im Februar hatte sich im Kontaktzentrum eine Menge getan. Die letzten Farbausdünstungen kämpften noch gegen den Geruch neuer Holzmöbel, und der dunkelblaue Teppich fing jeden meiner Schritte so weich ab, dass ich am liebsten die Schuhe ausgezogen und die Zehen darin versenkt hätte. An den weiß gestrichenen Wänden hingen Fotos und Bilder, allesamt Ergebnisse verschiedener Projekte. Ein paar richtige Kunstwerke waren dabei – sofern ich als Comicfan das beurteilen konnte.

Im ersten Stock bog ich nach links ab und fand den gesuchten Veranstaltungsort nach ein paar Schritten auf der linken Flurseite. Ich öffnete die Tür und spähte hinein. Der Raum war riesig, bestimmt vierzig Stühle standen darin.

Und keiner war besetzt.

Warum nur hatte ich mich auf diesen Mist eingelassen? Ich erinnerte mich an Alexas Geschwafel, Lesungen seien die beste Werbung für Bücher, besonders für E-Books. Totaler Quatsch! Nach meinen bisherigen Erfahrungen taugten sie lediglich dazu, das Selbstwertgefühl eines Schreiberlings zu zerstören. Außerdem hasse ich es, vor Leuten zu sprechen. Welcher Teufel hatte mich nur geritten, dem zuzustimmen?

Ich wandte mich ab und wurde auf eine Fotoreihe an der rückwärtigen Wand aufmerksam. Jede der fünf Aufnahmen zeigte dieselbe schlanke, aufrecht sitzende Blondine mit langem Wallehaar, nur die Kleidung wechselte. Auf dem linken Bild trug sie eine Römertracht, daneben ein mittelalterliches Gewand, dann ein hochgeschlossenes Kleid aus dem 19. Jahrhundert und schließlich einen Petticoat. Das letzte Foto zeigte sie mit hautengem Minirock, einem viel zu tief ausgeschnittenen Top und mörderisch hohen Stilettos. Passend dazu das Make-up: hellrote, leicht geöffnete Lippen, dick umrandete Augen und eine Menge Rouge, das ihr Gesicht seltsam hohlwangig wirken ließ. Sie sah aus wie eine Crack-Nutte.

»Eva im Wandel der Zeit.«

Ich zuckte zusammen und fuhr herum. »Alexa!«

Meine Cousine trug ein weinrotes Kostüm aus Rock und Blazer, dazu eine schwarze Bluse. Ihre Haare hatte sie zu einem hohen Pferdeschwanz zusammengebunden. Ich steckte in einer blauen Jeans und einer locker geschnittenen grauen Bluse, die verbergen sollte, dass ich seit meiner Raucherentwöhnung sechs Kilo zugenommen hatte.

Wir verzogen uns in einen Aufenthaltsraum im Erdgeschoss, wo Alexa eine Kanne Tee vorbereitet hatte. Sie nahm zwei Teetassen nebst Untertassen aus einer Vitrine, stellte sie auf den Tisch und gab Kluntjes hinein, die knisternd zersprangen, als sie den heißen Tee eingoss. Ich berichtete Alexa von Karls Verschwinden und unserer Suche nach ihm. Mitten in meinen Ausführungen zur anstehenden Stippvisite in der Residenz unterbrach sie mich.

»Wenn man vom Teufel spricht … Er hat mir gerade eine SMS geschickt.« Zum Beweis hielt sie ihr Handy hoch, auf dessen Display eine Nachricht aufleuchtete. »Die Grippe hat ihn erwischt, er kann kaum aufstehen und daher auch nicht zur Lesung kommen. Aber er wünscht dir viel Erfolg.«

»Warum schreibt er mir das nicht direkt? Und warum antwortet er nicht auf meine Nachrichten oder geht zumindest mal ans Telefon? Ich versuche seit gestern, ihn zu erreichen.«

»Frag mich was Leichteres. Aber wenigstens hat sich dadurch euer Gastspiel in der Residenz erledigt.«

Ich schüttelte vehement den Kopf, während ich Karl eine weitere SMS schrieb. »Wenn es ihm wirklich so schlecht geht, muss ich erst recht nach ihm sehen. Außerdem ist irgendetwas faul an der Sache. Warum bittet er mich dringend um ein Treffen, taucht dann aber nicht auf und ignoriert mich? Es war ihm so wichtig, mit dir zusammen die Lesung zu organisieren, warum sagt er mir dann nicht wenigstens persönlich ab?«

»Konzentrier dich erst mal auf deine Lesung, danach sehen wir weiter.«

Leichter gesagt als getan, denn ich wurde mit jeder Sekunde nervöser. Ich wünschte, ich hätte nie mit dem Rauchen aufgehört – für einen Glimmstängel hätte ich in diesem Moment alles gegeben. Ich überlegte, ob ich klammheimlich die Biege machen sollte, aber Alexa erriet meine Gedanken, fasste mich am Arm und lotste mich zurück zum Lesungsraum.

Der war jetzt zu gut drei Viertel gefüllt. Die halblaut geführten Gespräche ebbten ab, als ich zu meinem Platz stakste, eskortiert von Alexa. Ich fühlte mich, als bestiege ich das Schafott zu meiner Hinrichtung.

Alexa ließ sich in der ersten Reihe nieder. Neben meiner Mutter, die die Lippen zu stummen Anfeuerungslauten formte, und meinem Vater, dessen Gesicht unter dem graublonden Haarschopf glühte.

Viele Zuhörer kannte ich flüchtig, einige hatte ich noch nie gesehen. Alexas Knastjungs erkannte ich erst auf den zweiten Blick, was nicht an ihren Sitzplätzen in der letzten Reihe lag, sondern daran, dass sie sich in Pullover und Hemden gezwängt hatten.

Ich zog einen Ausdruck von »Fremd und Gänger« aus der Tasche, denn mein Roman war bisher ausschließlich als E-Book erschienen. Bei der Suche nach geeigneten Kapiteln hatte ich so viel in dem Papierstapel herumgeblättert, dass sich die Ränder der Seiten nach oben bogen.

Ich räusperte mich. »Vielen Dank, dass Sie sich die Zeit genommen haben, heute Abend hier zu sein.« Meine Stimme zitterte, und etwas, das sich wie ein Kugelfisch anfühlte, hatte sich in meinem Hals eingenistet.

»Lauter!«, rief ein Mann aus einer der hinteren Reihen.

Mit ein paar kurzen Sätzen stellte ich mich und mein Buch vor und begann mit der Lesung. Ich gab mir Mühe, nicht zu schnell zu sprechen und die Dialoge mit verstellter Stimme vorzutragen. Anfangs musste ich mich sehr konzentrieren und verhaspelte mich, aber mit der Zeit wurde ich ruhiger, und zum Schluss genoss ich es sogar beinahe.

Als das letzte Wort über meine Lippen gekommen war, atmete ich tief durch und sah in die Runde. Keiner war abgehauen, sehr gut. Als nach ein paar Sekunden auch keine Gegenstände auf die Bühne flogen, erlaubte ich mir ein Lächeln. Das Publikum applaudierte, und Alexa reckte beide Daumen in die Luft.

»Wenn Sie Fragen haben, können Sie diese jetzt stellen«, sagte ich.

Hinter der linken Schulter meines Vaters schnellte ein Arm in die Höhe.

»Ja, bitte.«

Eine junge Brünette stand auf und zupfte ihre Strickjacke zurecht. »Wie sind Sie auf die Idee zu ›Fremd und Gänger‹ gekommen?«

Mein nichtsnutziger Ex hat mich nach Strich und Faden betrogen. Da schien es mir nur gerecht, ihm einen grausamen Tod an den Hals zu schreiben, dachte ich. Und ein zwergenhaftes Gemächt. Wobei das rein gar nichts mit schriftstellerischer Freiheit zu tun gehabt hat, sondern den Tatsachen entspricht. »Ich denke, man wird unbewusst ständig durch Gehörtes oder Gesehenes inspiriert. Daraus entsteht eine Idee, und die entwickelt irgendwann ein Eigenleben.«

Eine ältere Frau am Rand der vierten Reihe meldete sich. »Schreiben Sie ein weiteres Buch?«

»Ja.« Irgendwann bestimmt. Wahrscheinlich musste ich nur erst dem nächsten Idioten begegnen, der mir das Herz zerriss, um neuen Antrieb zu bekommen. »Es ist in Arbeit.«

»Wann kommt es raus?«

»Das steht leider noch nicht fest.« Im Idealfall, bevor mir das Ersparte ausging.

Ganz hinten machte jemand mit Fingerschnippen auf sich aufmerksam.

»Ja, Ihre Frage bitte.«

Die Person stand auf. Ein Teenager, vielleicht gerade volljährig.

»Ich heiße Tim.«

»Hallo, Tim«, sagte ich.

»Hast du einen Freund?«

Das Publikum lachte.

Ich auch, allerdings wurde ich dabei rot. »Nein, habe ich nicht.«

Ich suchte nach weiteren erhobenen Armen oder fragenden Gesichtern, konnte aber keine entdecken.

Tim machte keine Anstalten, sich zu setzen. »Möchtest du denn einen haben?«

Wieder Gelächter.

»Das weiß ich momentan nicht so genau. Hat sonst noch jemand Fragen?«

Niemand meldete sich. Kein Wunder, Tim stand immer noch, und seine Fragen boten den höheren Unterhaltungswert.

»Wie soll dein Traummann denn aussehen?«

»Das kann ich so nicht sagen. Es dreht sich ja nicht alles ums Aussehen. Es gibt ja noch wichtigere –«

»Dunkelhaarig?«

»Ja.« Hauptsache, dieser Halbstarke hörte bald mit seiner Fragerei auf.

Tim strich sich durch das dunkle Haar.

»Oder blond«, fügte ich schnell hinzu.

»Du treibst es also mit allen?«

»Ja. Äh, nein.« Hilfe! Panisch suchte ich Alexas Blick.

Sie stand auf und wandte sich dem Publikum zu. »Bitte stellen Sie keine privaten Fragen, nur zum Buch.«

Nach einigen Sekunden Stille meldete sich eine Schwarzhaarige mit Hornbrille. »Fließen beim Schreiben auch Ihre persönlichen Erfahrungen mit realen Personen in das Buch ein?«

»Nein, sollte es Ähnlichkeiten mit realen Personen geben, ist das reiner Zufall.« Das stand zumindest im Vorwort.

»Wurdest du auch von deinem Freund betrogen?«, fragte Tim.

»Keine privaten Fragen«, fuhr Alexa ihn an.

»Bist du so schlecht im Bett?«

Ich schnappte nach Luft.

»Wir können uns ja mal treffen, dann gebe ich dir Nachhilfe. Wie sieht's aus, hast du Lust?«, fragte er.

In mir brodelte es, aber ich wollte vor dem versammelten Publikum keinen Ausbruch riskieren, also riss ich mich zusammen, konnte jedoch nicht verhindern, dass meine Stimme vor Wut bebte. »Tut mir leid, aber ich fürchte, du bist nicht mein Typ.«

»Nicht dein Typ?« Obwohl Tim ein Stück weit weg stand, glaubte ich, ein rotes Glimmen in seinen Augen zu sehen.

»Genau.« Es gab nicht viele Dinge auf der Welt, deren ich mir hundertprozentig sicher war, aber diese Sache gehörte eindeutig dazu. »Tut mir leid, nichts für ungut.«

Tim ballte die Hände zu Fäusten. »Blöde Tussi! Du sahst in der Zeitung auch viel besser aus!« Er stürmte aus dem Raum und knallte die Tür hinter sich zu.

Ich rang mir ein verkrampftes Lächeln ab. »Noch Fragen?«

Die Zuschauer verließen den Raum. Das Summen ihrer Unterhaltungen erfüllte die Luft, und gelegentliche Lacher verrieten, dass sich einige Gespräche um Tim drehten.

Alexa und ich lehnten am Rednertisch, meine Mutter flatterte aufgeregt um uns herum, während mein Vater auf dem Flur stand und »Eva im Wandel der Zeit« bewunderte.

»Verliebter Fan bringt Autorin in Verlegenheit.«

Schon bevor ich mich umgedreht hatte, wusste ich, wer mich da heimsuchte. Ich kannte nur eine Person, die jede Unterhaltung mit einer Schlagzeile begann: Helena Schön. Die schöne Helena.

Ich hätte kotzen können.

Alexa fasste mich am Arm und zog mich dicht an sich

heran, bis ihr Mund sich direkt neben meinem Ohr befand. »Denk dran, dich mit der Presse gut zu stellen«, raunte sie.

Ich verdrehte die Augen. Mein Problem war nicht das blöde Schmierblatt, sondern das honigblonde Flittchen, das sich Journalistin schimpfte. Trotzdem wusste ich natürlich, dass Alexa recht hatte: Helena schrieb für den »Ostfriesland-Reporter«, und ein positiver Artikel konnte meinem Buch entscheidend auf die Sprünge helfen. Ich kam mir vor wie eine Mutter, die sich für ihr Kind opfert.

»Die Leute benehmen sich ja fast, als hättest du ein richtiges Buch geschrieben«, sagte Helena mit bewusst zur Schau getragener Fassungslosigkeit.

Ich schloss die Augen und zählte innerlich bis sechs, bis zehn fehlte mir die Geduld. »Ich habe ein richtiges Buch geschrieben.«

»Doch wohl nur ein E-Book.«

Ich bemühte mich um einen ruhigen Tonfall. »Es wird gelesen.«

»Nun, wie auch immer. Ich muss einen Artikel über deine Lesung schreiben.« Jedes ihrer Worte verriet, dass sie den Abend lieber anders verbracht hätte. Wahrscheinlich rücklings unter einem Mann, der sich bereits anderweitig in einer festen Beziehung befand. »Darf ich dir ein paar Fragen stellen?« Sie zog einen rosafarbenen Notizblock aus ihrer Lederhandtasche.

»Das machst du ja gerade.«

»Nun, Eleonore –«

»Schreib bitte Elli«, sagte ich.

Helena machte sich eine Notiz. »Wie die Mammutkuh bei ›Ice Age‹?«

Ich atmete tief durch und zählte sicherheitshalber bis drei. »Die schreibt sich anders.«

»Oh, entschuldige, natürlich«, sagte Helena gekünstelt und schielte unter ihrer Lockenmähne zu mir empor. »Das war bestimmt deine erste Lesung?«

Ich nickte.

»Das dachte ich mir.« Sie senkte die Stimme gerade so weit, dass die Umstehenden sie noch deutlich verstehen konnten. »Du hast ja recht nervös gewirkt.«

»Schon möglich.«

»Aber keine Sorge, je unbeholfener man sich anstellt, desto eher gewinnt man Sympathien.« Sie lächelte ein falsches Lächeln, bei dem sie viel Zahnfleisch zeigte. »Durchschnittstypen sind gerade sehr gefragt.«

»Wie schön für dich.« Ich sah auf die Uhr. Ich hatte zwar wenig Lust, zur Residenz zu gehen, aber wenn ich die Wahl gehabt hätte, wäre mir der Rattentempel eindeutig lieber gewesen als das Gespräch mit Helena. Ich wäre sogar freiwillig dort eingezogen.

Vereinzelt kamen Personen nach vorn und bedankten sich für die Lesung. Die Brünette, die die erste Frage gestellt hatte, drückte mir einen Papierstapel in die Hand und bat mich, ihr Manuskript an meinen Verlag weiterzugeben.

»Es tut mir leid, aber ich habe da leider keine Möglichkeiten«, sagte ich.

Ihre Gesichtszüge versteinerten sich. »Schon klar. Sie haben sicherlich keine Zeit dafür, weil Sie ständig mit irgendwelchen Typen im Bett sind.« Sie entriss mir das Manuskript und rauschte davon.

Helenas Puppengesicht erhellte sich, ihr Glitzerkuli raste über das Papier.

Ich drehte mich zu ihr. »Das ist Quatsch! Ich habe gar keinen Verlag, ich habe mein E-Book selbst herausgebracht.«

Tatsächlich hatte ich mir die Zeit und Mühe, das Manuskript an die verschiedenen Verlage zu schicken, gleich von vornherein gespart und es stattdessen bei einer Internetplattform hochgeladen.

Helena klimperte mit den Augen. Ihre Wimpern waren dick mit Mascara ummantelt, und jedes Blinzeln wurde von einem leisen Klack-Klack begleitet wie bei der »Sendung mit der Maus«. Als ich einen Blick auf ihre Notizen werfen wollte, klappte sie den Block zu.

Der dunkelhaarige Fremde, der am Vortag im Marlowe aufgetaucht war, verließ den Raum als einer der Letzten. Mir war gar nicht aufgefallen, dass er im Publikum gesessen hatte. Er lächelte mir zu, als er ging. Ich erwiderte sein Lächeln und sah ihm hinterher.

Helena bemerkte meinen Blick. »Ist das einer deiner Typen?«

Ich sah sie finster an. »Ich habe keine *Typen*!«

Mein Handy klingelte. Diana forderte mich kurz und unmissverständlich auf, meinen Arsch sofort ins Marlowe zu bewegen, da sie nicht einsah, auch nur eine Minute länger als unbedingt notwendig für den Habicht zu arbeiten.

»Fünf Minuten wirst du es ja wohl noch ohne mich aushalten können«, sagte ich. »Ich mache mich sofort auf den Weg.«

»Oh, deine nächste Verabredung?«, säuselte Helena überfreundlich.

»Hör mal, ich muss dringend los. Wegen des Interviews rufe ich dich morgen an, okay?«

»Jaja, mach dir keine Sorgen.« Helena ließ das Notizbuch in der Handtasche verschwinden. »Nach meinem Artikel wird halb Ostfriesland von dir sprechen.«

Man konnte es drehen und wenden, wie man wollte – genau so kam es. Wenn auch nicht in dem Sinn, wie ich es mir vorgestellt hatte.

4

Der Mond hing hell und rund wie eine vergessene Martinilaterne über der Residenz am Georgswall. Dort, wo das Licht der Straßenlaternen den Boden nicht erreichte, warfen die Bäume ihre knorrigen Schatten vor unsere Füße.

Mein Golf parkte beim Pingelhus, dem ehemaligen Hafenwärterhäuschen zur Zeit des alten Hafens.

»Und Karl hat sich nicht bei dir gemeldet, sondern bei Alexa?« Diana ging mit verschränkten Armen neben mir her, um sich gegen die Kälte zu schützen, ihre Absätze klackerten über den Gehweg.

»Ich weiß auch nicht, was mit ihm los ist, hoffentlich klärt sich gleich alles auf.« Ich warf noch einen Blick auf mein Handy, aber Karl hatte nicht geantwortet.

Wir steuerten auf das kleine Backsteingebäude zu, nahmen die drei Stufen zur Eingangstür und blieben unschlüssig stehen.

»Was jetzt?«, fragte ich. »Klopfen?«

»Ist das dein Ernst?« Diana zeigte mir einen Vogel und drückte die Klinke hinunter. Die Tür war nicht verschlossen.

Wir betraten einen kleinen Flur, von dem drei Türen abgingen, geradeaus, rechts und links. Von den Wänden bröckelte der Putz, und der zerschlissene Filzteppich verströmte den Geruch von Urin und Hoffnungslosigkeit.

»Wo sollen wir anfangen?«, fragte ich.

Stumm deutete Diana auf die Tür zu meiner Linken.

»Was ist dahinter?«, fragte ich.

»Woher soll ich das wissen?«

»Beruhigend, dass du auch keinen Plan hast.«

Ich öffnete die Tür, und wir gelangten in einen langen, schmalen Flur. An der linken Wand befand sich eine Reihe Sprossenfenster, durch die bläuliches Mondlicht fiel. Unser Glück, denn ich hatte vergessen, eine Taschenlampe mitzunehmen. Rechts reihten sich Sperrholztüren aneinander, dem Abstand nach zu urteilen mussten die Räume dahinter winzig sein.

»Steck deine Jeans in die Socken«, sagte Diana.

»Warum?«

»Wegen der Ratten.«

»Haha«, sagte ich.

Diana sagte nichts.

»Das war doch ein Witz, oder?« Ich blieb stehen und starrte sie an.

Statt einer Antwort ging Diana in die Hocke und steckte die Jeanssäume in ihre Socken.

»Die laufen einem doch nicht wirklich in die Hosenbeine?«

»Das habe ich früher auch immer gedacht. Bis meine Tante Roswitha mal einen Karton in ihre Garage bringen wollte.« Sie richtete sich auf und strich ihre Locken hinter die Ohren. »Ehe sie sich's versah, hatte sie so ein Viech im Hosenbein.«

»Oh mein Gott!«

Diana nickte. »Tante Roswitha war danach nie wieder dieselbe.«

Hektisch knüllte ich meine Hosenbeine in die Socken. Sah bescheuert aus, war aber immer noch besser, als eine Ratte darin zu haben. Wäre mir das passiert, was Tante Roswitha erlebt hatte, ich hätte es nicht überlebt. Ich ergänzte meine imaginäre Liste der schlimmsten Dinge, die mir widerfahren konnten, um »Ratte im Hosenbein«. Dieser Punkt landete gleich hinter »Zombie-Apokalypse«.

»Ich kann Ratten nicht ab«, jammerte ich.

»Willst du Karl nun finden oder nicht?«

»Natürlich«, sagte ich kleinlaut. Ein Hoffnungsschimmer glomm in mir auf. »Sag mal, die Ratten haben doch aber bestimmt mehr Angst vor uns als wir vor ihnen, oder? Ich meine, wenn wir eine sehen und die uns auch sieht, haut sie doch sicher gleich wieder ab, oder?« Ich tippte Diana auf die Schulter. »Oder etwa nicht?«

»Wohl kaum. Hier in der Stadt sind die Biester so an Menschen gewöhnt, dass sie sich durch nichts aus der Ruhe bringen lassen.«

Ich trippelte hinter Diana her, die, wie eine Einbrecherin an die Wand gedrückt, durch den Flur schlich. Sie zog eine Taschenlampe aus ihrer Handtasche und leuchtete in den ersten Raum. Ein Tisch, vier Stühle und eine windschiefe Kommode, bei der eine Schublade fehlte, standen darin. Kein Karl.

Der nächste Raum war komplett leer. Nur die Fenstersprossen verwehrten den freien Zugang von außen, die Scheiben fehlten.

Die dritte Tür war abgeschlossen. Ich presste mein Ohr dagegen und vernahm ein gleichmäßiges Schnarchen.

»Karl«, flüsterte ich.

»So hört er dich nicht.« Diana hämmerte mit der Faust gegen die Tür. »Karl, bist du da?«

Das Schnarchen endete abrupt. Schlurfende Schritte näherten sich, ein Schlüssel wurde im Schloss gedreht, und die Tür schwang auf. Eine Weinbrandfahne wehte uns entgegen, dahinter befand sich ein Säufergesicht mit Stoppelbart und strähnigen Haaren.

»Was ’n los?«

»Entschuldigen Sie bitte die Störung«, sagte ich.

»Wir suchen Karl. Den Professor«, ergänzte Diana.

Das Säufergesicht blinzelte uns aus verquollenen Augen an. »Nich gesehen.«

»Wissen Sie denn, wo er normalerweise schläft?«

»Klar, is ja jede Nacht hier. Letztes Zimmer.« Er knallte uns die Tür vor der Nase zu und schloss ab.

»Danke!«, rief ich.

»Jaja, du mich auch.«

Obwohl wir es uns nach dem Radau sparen konnten, gingen wir auf Zehenspitzen zur letzten Tür. Sie war nur angelehnt. Wir tauschten einen Blick. Diana nickte. Ich atmete tief durch und stieß die Tür auf.

Auf dem Boden unter dem Fenster lagen zerwühlte Decken, zwei alte Bundeswehrrucksäcke lehnten an der Wand. Karl war nicht hier.

»Sieht so aus, als würde er jeden Moment zurückkommen«, sagte Diana. »Vielleicht holt er sich nur was zu trinken.«

»Obwohl hier flaschenweise Mineralwasser steht?«

»Wenn ich nur Mineralwasser im Haus hätte, würde ich mich auch auf die Socken machen.«

»Angeblich ist Karl doch so krank, dass er kaum aufstehen kann«, erwiderte ich. »Und wenn er bei einem Freund untergekommen wäre, hätte er seine Sachen nicht zurückgelassen. Warte mal, ich habe eine Idee.« Ich hockte mich vor das Deckenknäuel und ließ die rechte Hand durch den Stoff gleiten. »Wenn Karl bis eben hier gelegen hat, müssen die Decken noch warm sein.«

Der Stoff war eiskalt. Weiter rechts wurde es jedoch wärmer.

Dann fühlte ich Fell.

Ich sprang auf und schüttelte die Hand, als hätte ich mich verbrannt. »Iiih, verdammter Mist, da ist ein Scheißvieh unter der Decke!«

Ich spurtete zur Tür. Mein linker Fuß befand sich schon auf dem Flur, als Diana mich am Kragen packte und herumwirbelte.

»Komm mal wieder runter. Guck doch!«

Ich versteckte mich hinter ihr, stellte mich auf die Zehenspitzen und lugte über ihre Schulter. Inmitten des zerwühlten Stoffs waren zwei kleine Pyramiden aufgetaucht. Ohren. Ich beugte mich noch etwas weiter vor und entdeckte den zugehörigen Kopf. Die Katze kniff träge die Augen zusammen, als Dianas Taschenlampe sie blendete.

»Sorry, Mieze«, sagte ich. »War nicht persönlich gemeint.«

Die Katze gähnte herzhaft.

»Das muss O'Malley sein. Er sieht jedenfalls genauso aus, wie Karl ihn beschrieben hat.«

O'Malley hatte rostfarbenes Tigerfell, ein weißes Lätzchen, weiße Pfoten und ein Loch im linken Ohr, als hätte er einen Ohrring verloren.

Der Kater kletterte aus seinem Nest, streckte sich und rollte sich auf der Decke zusammen. Er schielte zu uns rüber, aber wir waren seiner Aufmerksamkeit nicht würdig, und er schlief wieder ein.

Ich schaltete die Taschenlampenfunktion meines Handys ein, damit ich mich auf eigene Faust in dem Zimmer umsehen konnte. Bis auf Karls Habseligkeiten gab der Raum nicht viel her, aber es wäre mir nicht richtig vorgekommen, seine Rucksäcke zu durchsuchen.

»Schau mal, Karl hat eine Katzentür in das Fenster eingebaut.« Ich griff nach einem dicken grauen Stofffetzen, der in dem linken unteren Kästchen des Sprossenfensters hing. Er klebte oben am Metallrahmen und ließ sich vor- und zurückbewegen. Wahrscheinlich isolierte er sogar besser als die hauchdünnen Fensterscheiben.

»Und was machen wir jetzt?«, fragte Diana, als wir uns zum Gehen wandten.

»Vielleicht sollten wir doch zur Polizei gehen«, sagte ich. »Karl war jedenfalls länger nicht hier.«

»Ich glaube nicht, dass die nach einem Penner suchen. Erst recht nicht, wenn er sich kurz zuvor per SMS gemeldet hat.«

»Hast du denn eine bessere Idee?«

»Lass uns eine Nacht drüber schlafen. Morgen sprechen wir noch mal mit Heini und Willi.«

Wir steuerten auf den Eingang zu. Der Lichtkegel von Dianas Taschenlampe tanzte auf und ab; zusammen mit meiner Handylampe und dem durch die Fensterreihe einfallenden Mondlicht herrschte fast Festbeleuchtung.

Ein Kratzen hinter uns ließ mich innehalten.

»Wie süß, ich glaube, O'Malley folgt uns. Er ist echt ein lieber Ka–« Das Wort blieb mir im Hals stecken, denn ich hatte mich umgedreht und beleuchtete unseren kleinen Verfolger. »Scheiße, lauf!« Ich schubste Diana zur Seite und rannte an ihr vorbei den Flur entlang.

Eine dicke graue Ratte verfolgte uns mit böswillig glänzenden Knopfäuglein.

Ich erreichte die Tür zum Eingangsflur und schmiss mich ungebremst mit der Schulter dagegen.

Sie war verschlossen.

Wie konnte das sein? Ich warf mich erneut mit aller Kraft dagegen, ich wollte raus hier, nur raus.

Diana hatte mich eingeholt. »Ziehen, du doofe Nuss«, schrie sie, stieß mich zurück und riss die Tür auf.

Wir sprangen gleichzeitig in den Eingangsflur, hechteten weiter, blieben an der Haustür hängen, verloren das Gleichgewicht und purzelten ineinander verkeilt die Stufen herunter. Ich landete auf dem Rücken, Diana halb auf mir, wobei sie mir die Luft aus den Lungen presste.

Während ich noch nach Atem rang, stützte ich mich auf die Ellenbogen und rutschte rückwärts, den Blick panisch auf die Ratte gerichtet.

Das Riesenvieh verharrte am oberen Treppenabsatz, wackelte mit dem Hintern und setzte zum Sprung an. In diesem Moment schoss ein roter Blitz aus der Dunkelheit auf sie zu. Ein überraschtes Quieken, ein letztes Zucken, und sie war mausetot. Rattentot.

O'Malley stand in der Tür wie ein siegreicher Krieger, die Ratte hing schlaff in seinem Maul. Als er sich abwandte und davontrottete, schleifte ihr Schwanz traurig über den Boden.

Diana rappelte sich auf und streckte mir ihre Hand entgegen. »Komm, steh auf.«

»Kann ich nicht.« Ich ließ mich auf den Boden zurücksinken. »Ich glaube, ich habe mir was gebrochen.«

»Würde dir recht geschehen.« Sie packte mich unter den Achseln und zog mich auf die Füße. »Immerhin wolltest du mich dieser Bestie zum Fraß vorwerfen.«

»Wollte ich nicht.«

»Du hast mich zur Seite geschubst und dich vorgedrängelt.« Sie klopfte sich den Schmutz von der Hose.

»Ich habe eben einen ausgeprägten Überlebenswillen.« Ich beugte mich vor und stützte die Hände auf die Oberschenkel. Meine Jeans war am rechten Knie aufgerissen, darunter schimmerte Blut. »Mist, hoffentlich gibt es hier keine Werwölfe.«

»Hä?« Diana sah mich verständnislos an.

»Na, hier.« Ich deutete zum Himmel und dann auf mein Knie. »Vollmond und Menschenblut. Das lockt die Viecher doch an.«

»Du hast zu viel Phantasie.«

»Schön wär's.« Ich setzte vorsichtig einen Fuß vor den anderen. Der Schreck ließ nach, dafür setzten die Schmerzen ein. »Wenn ich zu viel davon hätte, würde mir das mit dem Schreiben leichterfallen.«

»Immer noch Schreibblockade?«

Ich nickte. »Das zweite Buch ist schwieriger als das erste. Die Leute haben plötzlich Erwar–« Ich stockte und hielt inne.

»Was ist?«, fragte Diana.

Ich deutete zum Gebüsch rechts neben dem Gebäude. »Da ist gerade etwas zwischen die Büsche gehuscht. Oder jemand.«

»Bestimmt kein Werwolf.«

»Psst.« Ich kniff die Augen zusammen, um besser sehen zu können. »Karl?«, rief ich halblaut.

Ein leichter Wind kam auf. Die kahlen Bäume, die wie Skelette zwischen den Büschen emporragten, schlugen ihre Äste aneinander, als wollten sie dem Neuankömmling applaudieren.

»Da ist nichts.« Diana leuchtete ins Gebüsch. »Das war bestimmt die Katze. Komm, ich will nach Hause. Für heute habe ich die Schnauze voll.«

Ich folgte ihr zum Parkplatz, drehte mich dabei aber immer wieder zwanghaft um, denn eines war mir klar: Wäre das im Gebüsch tatsächlich eine Katze gewesen, hätten ihre Augen das Licht der Taschenlampe reflektiert. Soweit ich wusste, galt dasselbe für Werwölfe.

Etwas anderes hatte dort gelauert. Jemand.

Und Menschenaugen reflektieren nicht.

5

Drei Minuten und zweiundzwanzig Sekunden nach elf, das konnte man noch als pünktlich durchgehen lassen. Mein Knie brannte vom Sturz der vergangenen Nacht, aber immerhin war ich keinem Werwolf zum Opfer gefallen. Man muss den Blick eben immer auf die positiven Dinge richten. Selbst wenn man, wie ich an diesem Morgen, von penetrantem Nieselregen begleitet wird.

Ich fasste in das Zeitungsrohr am Eingang des Marlowe, um die Tageszeitungen herauszuziehen, die wir für unsere Gäste auslegten, griff aber ins Leere. Was den »Ostfriesland-Reporter« anging, definitiv kein Verlust. Als ich die Hand herauszog, segelte etwas zu Boden und landete vor meinen Füßen. Eine lange Feder, in der Mitte geknickt. Obwohl die Sonne nicht schien, schimmerte sie bläulich. Keine Ahnung, wie sie in das Zeitungsrohr geraten war. Ich zog den Kneipenschlüssel aus meiner Jackentasche und steckte ihn in das messingfarbene Schloss.

Das Telefon klingelte bereits, als ich den Schankraum betrat. Bestimmt wieder einer von Habichts Kontrollanrufen, also beeilte ich mich nicht, den Hörer abzunehmen.

»Willkommen beim Marlowe, Sie sprechen mit Elli Vogel. Wenn Ihr Nachname mit einem ›H‹ beginnt, rufen Sie bitte später noch einmal an, ansonsten sprechen Sie jetzt.«

Schweigen am anderen Ende der Leitung.

»Hallo? Herr Habicht, sind Sie das?«

Eine männliche Stimme ertönte, hell und schneidend. Eigentlich ziemlich albern, doch beim Klang der Worte bekam ich eine Gänsehaut.

»Vöglein, Vöglein, der Mond schien hell,
dann warst du weg, es ging sehr schnell.
Doch für deine Neugier könnt ich mich rächen,
könnt dir deine Flügel brechen.«

Der Anrufer atmete schwer, so als müsste er seine Erregung unterdrücken.

Meine Finger krampften sich um den kühlen Kunststoff des Telefonhörers. »Soll das ein Scherz sein oder was?«

Keine Antwort.

»Hey, ich rede mit Ihnen!« Ich presste den Hörer ans Ohr, doch der Anrufer hatte aufgelegt.

Mit einem Mal hatte ich das Gefühl, nicht allein zu sein. Unwillkürlich warf ich einen Blick über die Schulter, doch hinter mir befand sich nur die angelehnte Küchentür. Ich schloss sie, obwohl der Schauer, der mir über den Rücken rann, nichts mit der Zugluft zu tun hatte. Als ich wieder nach vorn sah, huschte der dunkelhaarige Fremde an der Fensterfront entlang und betrat das Marlowe.

Ich erwiderte seine fröhliche Begrüßung mit einem knappen Nicken. Meine Stimme hatte sich irgendwo unter dem Tresen verkrochen.

Der Fremde setzte sich mir gegenüber auf einen Hocker und musterte mich. »Alles in Ordnung? Sie sehen blass aus.«

Ich versuchte ein Lächeln und räusperte mich. »Das macht der Herbst. Mir fehlt einfach ein wenig Sonne.«

Er zog den »Ostfriesland-Reporter« zu sich heran, und das Blut in meinen Adern verwandelte sich in Eiswasser.

Wer zum Teufel hatte die Zeitung auf den Tresen gelegt? Ich dachte an das leere Zeitungsrohr, und die abgeknickte Feder kam mir wieder in den Sinn. Hatte der Anrufer nicht von gebrochenen Flügeln gesprochen?

Der Fremde bestellte einen Kaffee. Ich nutzte die Gelegenheit, schnappte mein Handy und verzog mich in die Küche. Mit zittrigen Fingern wählte ich Dianas Nummer.

Am anderen Ende ertönte ihre schlaftrunkene Stimme. »Du schon wieder. Sehnsucht oder was?«

»Hör zu«, forderte ich ungeduldig. Keine Zeit für Frotzeleien.

Ich erzählte von der Feder und gab das Gedicht wieder, zumindest die Teile, die ich mir in der Aufregung gemerkt hatte.

»Das hört sich nicht gut an«, sagte Diana. »Aber warum flüsterst du? Ist jemand bei dir?«

»Der Typ von vorgestern ist wieder hier. Du weißt schon, der Dunkelhaarige, der auch auf meiner Lesung war.«

»Meinst du, er hat was mit dem Anruf zu tun?« Diana klang jetzt hellwach.

»Ich weiß es nicht. Aber es ist doch auffällig, dass diese seltsamen Dinge passieren, seit er aufgetaucht ist. Zuerst verschwindet Karl, dann liegt anstelle der Zeitungen die Feder im Zeitungsrohr und jetzt dieser Anruf …«

»Versuch mal, ihn ein bisschen auszuhorchen. Ich bin gleich bei dir.«

»Okay.« Ich legte auf.

Gedankenverloren schaufelte ich Kaffeepulver in den Filter. Keine Ahnung, wie man jemanden aushorchte. Ich wusste ja nicht einmal, ob mit dem Typen wirklich etwas nicht stimmte oder ob ich einfach nur paranoid wurde.

Ich schlich zur Tür und lugte durch den Türspalt.

Der Fremde hatte sich an seinen üblichen Tisch an der Fensterfront verzogen und las die Zeitung, das Haar fiel in feuchten Strähnen in seine Stirn. Er wirkte eigentlich nicht wie jemand, der Penner verschleppte und Drohanrufe tätigte. Er erinnerte mich fast ein bisschen an –

Eine knochige Klaue umklammerte meinen Oberarm.

Ich schrie, machte einen Satz nach vorn, stieß mit der Schulter gegen den Türrahmen und wirbelte herum.

»Sie sollen hier arbeiten und nicht Verstecken spielen!« Peter Habicht stand vor mir, Stimme und Zeigefinger erhoben.

»Um Himmels willen, ich hätte fast einen Herzinfarkt bekommen!«, fuhr ich ihn an.

»Das wäre kein Verlust für mich. Sie sind die miserabelste Kellnerin, die mir jemals untergekommen ist.«

Der Fremde sah zu uns herüber.

»Der Kaffee kommt gleich«, flötete ich und drängte mich am Habicht vorbei zurück in die Küche. »Was machen Sie überhaupt hier?«, zischte ich, während ich mir die schmerzende Schulter rieb.

»Ich habe im Lager gearbeitet. Fast drei Stunden. Sie sollten wirklich lernen, Ordnung zu halten.«

Habicht trug ein kurzärmeliges blau kariertes Hemd, aus dem seine Streichholzärmchen herausragten wie dürre Froschschenkel. Unwillkürlich musste ich an E. T. denken. So ganz wie von dieser Welt wirkte der Habicht auch nicht, allerdings bezweifelte ich, dass irgendjemand mit ihm telefonieren wollte.

»Die Tür war abgeschlossen«, sagte ich.

»Natürlich war sie das.« Er bedachte mich mit dem Blick, den er sonst den psychisch Kranken aus dem Kontaktzentrum vorbehielt. »Sonst hätte ja jeder einfach hier hereinspazieren können. Sie waren übrigens schon wieder zu spät dran.«

»Ich wurde aufgehalten.« Dass es sich bei dem Übeltäter um mein Bett gehandelt hatte, unterschlug ich. Nach unserem Besuch in der Residenz war ich in einen unruhigen Schlaf gefallen, und das Aufstehen heute Morgen hatte eher einer Exhumierung geglichen.

Der Habicht machte sich ohne Verabschiedung vom Acker. Nicht weiter wild. Was hätte ich auch erwidern sollen? Schönen Tag noch? Auf Wiedersehen? Ersteres gönnte ich ihm nicht, auf das Zweite konnte ich gut verzichten.

Ich balancierte den Kaffeebecher zu dem Fremden, der in einen Zeitungsbericht vertieft war.

Er klappte den »Ostfriesland-Reporter« zu. »Wohnen Sie hier in Aurich?«, wollte er wissen.

»Ja.« Ich stellte den Becher vor ihm ab, das Gebräu schwappte träge darin hin und her.

Der Fremde beäugte den Kaffee misstrauisch. »Haben Sie Milch?«

»Ich dachte, Sie trinken ihn schwarz.«

»Das dachte ich bislang auch.«

Ich organisierte ein Milchkännchen aus der Küche und überlegte dabei, wie ich Dianas Ratschlag in die Tat umsetzen und Informationen aus meinem Gast herauslocken konnte.

»Warum wollten Sie wissen, wo ich wohne?« Na gut, es gab sicherlich unauffälligere Methoden, jemanden auszuhorchen, aber ich vertraute auf die Überrumpelungstaktik.

Der Fremde goss Milch in seinen Kaffee und deutete auf die Titelseite. »In den Tageszeitungen wird zurzeit vermehrt über Einbrüche in Aurich berichtet, es scheint sich um eine organisierte Bande zu handeln. Ich wollte Ihnen nur raten, vorsichtig zu sein.«

»Danke, aber in meiner Gegend gibt es nichts zu holen, die Blockbauten nebenan wirken abschreckend auf Einbrecher.« Ich presste die Lippen zusammen. Meine Adresse musste ich dem Typen ja nicht gleich unter die Nase reiben.

Der Fremde ließ sich nichts anmerken und schlug die Zeitung wieder auf. »Haben Sie den Bericht über Ihre Lesung schon gesehen?«

»Nein, zeigen Sie mal.« Ich beugte mich vor, und er drehte die Zeitung etwas, damit ich nicht über Kopf lesen musste.

Wieder illustrierte ein Foto den Artikel, allerdings zeigte es mich dieses Mal in einer unvorteilhaften Pose mit wenig Hals und viel Doppelkinn. Ein Vorgeschmack auf den Artikel.

Eklat bei Autorenlesung

Am gestrigen Abend fand im Auricher Kontaktzentrum eine Lesung der E-Book-Autorin Ellie Vogel statt. Sie las aus ihrem Debütroman »Fremd und Gänger« und zeigte sich zunächst sehr nervös, gewann in der offenen Fragerunde, die sich der Lesung anschloss, aber an Selbstsicherheit. Dabei machte sie keinen Hehl aus ihrem ausschweifenden Liebesleben. Auf die Avancen eines Fans reagierte sie jedoch mit Ablehnung, woraufhin dieser die Veranstaltung nach einem verbalen Schlagabtausch verließ.

»Oh, das ist doch …« Das Blut schoss mir in den Kopf, in meinen Ohren rauschte es. »Dieses Miststück! Ich wusste, sie würde mir die Worte im Mund verdrehen! Und dann schreibt sie mich auch noch absichtlich so wie die Mammutkuh!«

»Ich kann Ihnen nicht ganz folgen. Von wem sprechen Sie?«

»Helena Schön.« Ich spuckte den Namen aus. »Sie wollte mich nach der Lesung interviewen, aber ich habe sie abgewimmelt. Verdammt!«

»Die kleine Blonde mit den langen Haaren?«

»Ja«, presste ich zwischen zusammengebissenen Zähnen hervor. Natürlich, kein Mann, der in den Genuss von Helena Schöns Anblick gekommen war, vergaß diesen je wieder.

»Und Sie mögen keine Frauen, die Ihren Namen nicht so abkürzen, wie Sie es wollen?«

»Ich mag keine Frauen, die gerade mit meinem Freund vögeln, wenn ich von der Arbeit komme.« Ich blinzelte mehrmals schnell hintereinander, um die aufsteigenden Bilder zu vertreiben.

Diana stolperte herein, zog ihren Anorak aus und schüttelte den Regen ab. Wir verzogen uns in die Küche, nachdem sie den Fremden in Augenschein genommen hatte.

»Der ist ja unglaublich heiß!«, stöhnte sie, sobald ich die Tür hinter uns geschlossen hatte. »Wie konntest du mir das nur verschweigen?«

»Du hast gesagt, Dunkelhaarige sind tabu. Außerdem muss ich dich wohl nicht daran erinnern, dass mit dem Typen was nicht stimmt.«

Sie sah schuldbewusst drein. »Hast du was aus ihm herausbekommen?«

»Nicht direkt.«

»Was soll das heißen?«

»Er weiß jetzt, wo ich wohne. Ungefähr jedenfalls.«

»Ich glaube, ich muss dir das mit dem Aushorchen noch mal genauer erklären.«

»Ich bin übermüdet und verängstigt, mein Gehirn läuft im Energiesparmodus. Außerdem bin ich es nicht gewohnt, bedroht zu werden.«

»Hast du die Stimme des Anrufers erkannt?«

»Nein, er hatte sie verstellt.« Ich goss uns Kaffee ein und drückte Diana einen Becher in die Hand. »So spricht keiner, der mal im Stimmbruch war.«

»Vielleicht hat er einfach irgendeine Nummer aus dem Telefonbuch gewählt«, sagte Diana. »Ein blöder Scherz.«

Ich schüttelte den Kopf. »Er kannte meinen Namen und wusste, dass er mich an der Strippe haben würde. Das Gedicht war zwar keine hohe Kunst, aber so was zaubert man auch nicht einfach mal spontan aus dem Ärmel.«

Dianas Blick verfinsterte sich, zwischen ihren Augenbrauen bildete sich eine Falte. »Für deine Neugier rächen«, murmelte sie. »Ich frage mich, was er mit ›neugierig‹ meinte.«

»Das kannst du dir doch denken: Wir haben in der Residenz rumgeschnüffelt. Ich habe dir ja gesagt, dass da jemand im Gebüsch war.«

»Kann schon sein.« Diana tippte gedankenverloren mit einem Fingernagel gegen das Porzellan und nahm einen Schluck. »Bah, schmeckt ja abartig!« Sie kippte den Kaffee ins Spülbecken und füllte den Becher mit Leitungswasser. »Hat Karl inzwischen auf deine Nachrichten reagiert?«

»Nein, er antwortet noch immer nicht und geht auch nicht ran, wenn ich ihn anrufe.«

»Kann er derjenige im Gebüsch gewesen sein? Vielleicht ist er aus seinem Zimmer getürmt, weil er nicht mit uns sprechen wollte, und hat sich dort versteckt.«

»Warum sollte er das machen? Es wäre doch viel logischer gewesen, wenn er sich gezeigt hätte, damit wir nicht aus Sorge die Polizei rufen.« Ich trank einen Schluck Kaffee, gab Diana im Stillen recht, was den Geschmack betraf, und stellte den Becher samt Inhalt in die Spüle. »Es führt wohl kein Weg daran vorbei: Wir müssen noch mal in die Residenz.«

Diana seufzte. »Genau das habe ich auch gerade gedacht. Heute oder morgen?«

Gute Frage. Hier eine Entscheidung zu treffen war ungefähr so verlockend, wie zwischen Filzläusen und Chlamydien zu wählen. »Heute«, sagte ich. »So langsam mache ich mir ernsthaft Sorgen.«

»Ach, das hätte ich fast vergessen. Ich habe dir was mitgebracht.« Diana griff in die Tasche ihrer Sweatjacke und drückte mir eine kleine Spraydose in die Hand. Pfefferspray. »Nur zur Sicherheit, wenn du allein unterwegs bist.«

Ich nahm die Flasche dankend an und ließ sie in meine Tasche gleiten. Tatsächlich hatte ich mir schon vor einiger Zeit Abwehrspray zulegen wollen, aber die Sorten, die ich gefunden hatte, waren immer mit dem Vermerk »zur Abwehr von Hunden« gekennzeichnet gewesen, und ich konnte mir beim besten Willen nicht vorstellen, einer süßen, feuchten Hundeschnauze eine Ladung von dem Zeug zu verpassen. Einer angriffslustigen Ratte hingegen schon, vielleicht sollte ich die Flasche mit in die Residenz nehmen.

Wir gingen in den Schankraum zurück. Ich blieb wie angewurzelt stehen, als ich mich Sebastian Beck gegenübersah, der am Tresen lehnte. Er begrüßte uns mit seinem unwiderstehlichen Lächeln und erkundigte sich nach dem Verlauf meiner Lesung.

»Sie lief ziemlich gut«, sagte ich.

Es bestand eine verschwindend geringe Chance, dass er Helenas Artikel noch nicht gelesen hatte, also beschloss ich, das Thema nicht weiter zu vertiefen. Letztlich war es aber nur eine Frage der Zeit, bis die Geschichte die Runde machen und schließlich auch ihm zu Ohren kommen würde.

»Habt ihr bei dem Abbruchhaus was erreichen können?«, fragte Sebastian.

Diana sah mich fragend an.

»Ich habe mich verplappert«, gestand ich.

Sie verdrehte die Augen. »Was für eine Überraschung!«

»Eigentlich hatte ich gehofft, ihr würdet kalte Füße bekommen«, sagte Sebastian. »Das ist wirklich kein Ort, an dem ihr euch nachts herumtreiben solltet.«

»Elli macht immer das Gegenteil von dem, was man ihr sagt.« Diana knuffte mich in die Seite.

Sebastians Lächeln wurde breiter. »Dann sag doch bitte Nein, wenn ich dich noch mal um ein Date bitte. Der Korb von gestern hat mir nicht gereicht.«

Jetzt war es an mir, zu lächeln. Nicht ganz so süß und bestimmt nicht halb so sexy, aber ich gab mein Bestes. Ich suchte Dianas Blick. »Wann wollen wir denn heute in die Resi–«

Diana bohrte ihren Absatz in meinen Fuß und grinste. »Zufällig hat Elli heute Abend noch nichts vor.«

»Prima, wie wäre es denn, wenn ihr beide euch später in der Cobra sehen lassen würdet?«

»Und zwei Stunden lang anstehen? Ohne mich«, sagte ich.

»Ihr seid natürlich Freunde des Hauses. Kein Anstehen, keine Wartezeit. Ich hole euch um elf am Eingang ab. Was meint ihr?«

Ich sah erst Diana an, dann Sebastian. »Okay.«

Als Sebastian die Kneipe verließ, legte mir Diana die Hand auf die Stirn. »Du hast Sebastian einen Korb gegeben? Hast du Fieber? Hätte ich gewusst, dass du nicht ganz bei Sinnen bist, wäre ich nicht mit dir in die Residenz gegangen.«

Der Fremde sah zu uns rüber, und ich senkte die Stimme. »Das war kein Korb, ich hatte nur schon was vor, und Karl hat Vorrang. Außerdem holen wir das ja heute nach. Obwohl ich momentan eigentlich keine Ablenkung brauchen kann.«

»Meine Fresse, das wird der Hammer!« Dianas Stimme bebte vor unterdrückter Freude. »Was ziehst du an?«

»Keine Ahnung. Jeans und ein Shirt? Im Idealfall auch Unterwäsche und Schuhe.«

»In so einem Aufzug kommst du nicht in die Cobra, nicht mal als Freundin des Hauses. Du hast heute schon um sechs Feierabend, oder? Ich hole dich nachher ab, dann ziehen wir los und kaufen dir was Rattenscharfes. Sebastian wird ausflippen, wenn er dich sieht.«

Diana wartete meine Antwort nicht ab. Sie klatschte in die Hände und rauschte davon.

6

»Die ist zu eng. Ich bekomme keine Luft.«

»Quatsch, zieh halt den Bauch ein.«

»Mach ich ja schon!«

Der oberste Knopf platzte ab, prallte gegen Dianas Stirn und kullerte traurig zu Boden.

»Komisch. Wir haben dich doch sonst immer in eine Sechsunddreißig bekommen.« Diana rieb sich die Stirn, hob das Geschoss auf und reichte es mir.

»Von dem Gedanken müssen wir uns wohl verabschieden.« Ich ließ den Knopf in der Münztasche verschwinden und schob die Hose ächzend Zentimeter um Zentimeter nach unten. Ausgerechnet eine Skinnyjeans wollte Diana mir andrehen. Keine Chance. Ich brauchte einen vernünftigen Schnitt. Leicht ausgestellt, so wie ich.

Ich reichte ihr die Hose durch den Vorhang. »Ich habe vielleicht ein bisschen zugenommen, seit ich mit dem Rauchen aufgehört habe.« Ungefähr eine Tonne.

»Hauptsache, du bist von dem Zeug losgekommen. Ich habe gelesen, dass man über den Berg ist, wenn man drei Monate überstanden hat.«

»Dann fehlt mir noch fast ein Monat.« Ich fühlte mich jetzt schon, als seien seit meiner letzten Nikotindosis drei entbehrungsreiche Jahre vergangen.

»Den hältst du auch noch durch. Dein Vorteil ist doch, dass du keinen Sex hast. Da kommst du nicht einmal in Versuchung, von wegen Zigarette danach.«

»Soll das eine Aufmunterung sein?«

»Ja, ich will dir Mut machen.«

»Funktioniert nicht.«

»Wer soll denn das tragen?«, ertönte eine Stimme aus der Nebenkabine. »Ein Wal? Haben Sie das Kleid nicht in Größe vierunddreißig?«

Ich hielt inne und lauschte der Stimme. Sie kam mir bekannt vor, und das verhieß nichts Gutes.

Diana reichte mir eine neue Kleiderauswahl. Ich schlüpfte hinein und schob den Vorhang beiseite, um mich im großen Spiegel vor der Kabine zu begutachten.

»Was für einen BH zieht man denn unter diesem Shirt an?« Ich zupfte rechts und links am Ausschnitt herum, aber der smaragdfarbene Stoff verdeckte nur das Nötigste.

Diana verfolgte meine Bemühungen, meine Brüste in dem Shirt unterzubringen. »Am besten gar keinen.«

Ich warf ihrem Spiegelbild einen finsteren Blick zu. »Ich bin keine achtzehn mehr, der Kampf gegen die Schwerkraft hat begonnen. Ich gehe bestimmt nicht ohne BH aus dem Haus!«

»Ich weiß nicht, was du hast, die hängen doch noch gar nicht. Aber bitte, dann gibt es eben ein langweiliges Shirt, unter dem das Fräulein einen BH anziehen kann.« Sie rauschte davon.

»So bereitet sich Eleonore Vogel auf die Männerjagd vor.«

Ein Blitzen blendete mich. Als die hellen Flecken vor meinen Augen verschwanden, stand Helena Schön in einem kurzen dunkelblauen Schlauchkleid vor mir, in der Hand hielt sie einen Fotoapparat. Es war also ihre Stimme, die ich aus der Nebenkabine gehört hatte. In Helenas Haar steckte eine Sonnenbrille. Wohl aus modischen Gründen, denn ich konnte mich beim besten Willen nicht daran erinnern, am Auricher Himmel in den letzten Tagen die Sonne gesehen zu haben.

»An deiner Stelle würde ich mir ein Oversized-Shirt kaufen, das kaschiert.« Sie drängte mich zur Seite, drehte sich vor dem Spiegel und warf sich selbst anerkennende Blicke zu.

Bestimmt kaschierte Sträflingskleidung noch besser. Was war schon ein klitzekleiner Mord, wenn man dafür die größte Nervensäge aller Zeiten loswurde?

Diana kam zurück, in der Armbeuge einige Kleidungsstücke. Mit ihrer Rechten schwenkte sie ein schwarzes Nichts aus Spitze. »Also, wenn du schon nicht auf einen BH verzichten willst, dann nimm wenigstens dieses Teil. Das ist so heiß, dass man dafür einen Waffenschein braucht.« Bei Helenas Anblick stockte sie kurz, fing sich aber schnell wieder und beschloss offenbar, sie einfach zu ignorieren. »Das perfekte Outfit habe ich auch gefunden.« Sie drückte mir eine schwarze Jeans und ein rotes Top in die Hand und schob mich in die Kabine zurück.

Ich schloss den Vorhang und zog die Klamotten an. Die Jeans saß gut. Zwar knackig, aber der Bauch quoll nicht über den Bund. Das Top war tief ausgeschnitten, aber tragbar. Wenn ich mich vorbeugte, blitzte die Spitze des BHs hervor. Ich betrachtete das Gesamtbild im Spiegel. Ein bisschen nuttig, aber sonst okay.

Diana riss den Vorhang zur Seite und nickte zufrieden. »Mein Werk ist vollbracht. Wenn ich Sebastian Beck wäre, würde ich dich auf der Stelle flachlegen.«

Die Temperaturen lagen irgendwo um den Gefrierpunkt, aber dafür nieselte es nicht mehr. Bibbernd standen wir in der Warteschlange vor der Cobra und hielten nach Sebastian Ausschau.

Das Gebäude wurde ringsherum von Bodenstrahlern beleuchtet, der Eingangsbereich schimmerte in grünem Licht. Ein riesiger Schlangenschädel mit rot glühenden Augen, aufgerissenem Maul und armlangen Giftzähnen lauerte über der Eingangstür und war so geneigt, als wollte er die Eintretenden verschlingen. Wir befanden uns hinter einer Gruppe Blondinen mit glatt gebügelten Haaren, die allesamt zu stark geschminkt waren und sich in Minikleider und High Heels gepresst hatten. Definitiv nicht mein Style, der hatte sich schon immer auf Jeans und praktisches Schuhwerk beschränkt. Das konnte aber auch daran liegen, dass ich für Minikleider nicht die passenden Beine hatte und mir in High Heels die Knöchel brach.

Obwohl ich mit meinen eins zweiundsiebzig nicht unbedingt klein bin, musste ich mich auf die Zehenspitzen stellen, um über die Köpfe vor mir hinwegzusehen. Ein vierschrötiger Türsteher verteidigte den Eingangsbereich mit grimmigem

Blick. Er kam mir bekannt vor, aber ich konnte ihn nicht zuordnen. Muskelbepackte Glatzköpfe sehen sich so verdammt ähnlich.

Die Luft war feucht, und die Kälte kroch durch jede Faser meiner Kleidung. Trotzdem trug ich meine Jacke offen, um nicht wie eine Presswurst auszusehen. Ich hatte meine Haare mit Dianas tatkräftiger Unterstützung in ansehnliche Locken verwandelt, was die Luftfeuchtigkeit an diesem Abend zu meinem größten Feind machte.

»Mir ist saukalt. Können wir nicht einfach den Türsteher nach Sebastian fragen?«, sagte ich.

»Weiß nicht.« Diana folgte meinem Blick. »So wie der guckt, lässt er uns erst rein, wenn wir irgendwas Erniedrigendes für ihn getan haben.«

Ich strich mir eine Strähne aus dem Gesicht und spürte einen Feuchtigkeitsfilm auf meinen Haaren. So wie Aschenputtels Zauber um Mitternacht verflog, arbeitete die Zeit gegen meine Frisur. »Komm, versuchen wir unser Glück.«

Ich zog Diana am Arm zum Eingang und blieb vor dem bulligen Türsteher stehen. Er war kaum größer als ich und trug zum schwarzen Hemd eine dunkelgraue Krawatte um den Hals und eine Speckrolle im Nacken.

»Hi.« Ich schenkte ihm mein charmantestes Lächeln. »Wir sind mit Sebastian verabredet. Sebastian Beck.«

»Klar, das sagen se alle.« Er scannte meinen Körper mit routiniertem Blick.

Vielleicht wäre der Typ zugänglicher gewesen, wenn ich den Bauch eingezogen und die Brust rausgestreckt hätte, aber erstens sah ich das nicht ein, weil er den Bauch auch nicht einzog, und zweitens war es sowieso zu spät, weil sein Blick bereits unerschütterlich an meiner Oberweite klebte.

»Wir sind Freunde des Hauses«, sagte Diana.

»Sebastian erwartet uns um elf«, fügte ich hinzu.

Der Türsteher drehte das massige Handgelenk und warf einen Blick auf seine Digitaluhr. »Es ist sieben Minuten vor elf.«

»Und es ist verdammt kalt«, sagte ich.

»Seh ich.« Ein dümmliches Lächeln stahl sich auf sein Gesicht.

Ich zog die Jacke enger zusammen und verschränkte die Arme vor der Brust. Wir standen direkt unter dem Schlangenmaul, die Giftzähne waren nur einen Meter von meinem Kopf entfernt, und ich hätte einiges dafür gegeben, in dem Schlund zu verschwinden. Eine Abfuhr vom Türsteher vor versammelter Mannschaft war mir mehr als peinlich.

Die Frauen hinter uns brachen wie auf Kommando in schrilles Gegacker aus. Ich sah kurz über die Schulter, und sie verstummten. Der Grund war allerdings nicht mein berühmter Todesblick, sondern die Tatsache, dass Sebastian in der Tür aufgetaucht war.

»Schön, dass ihr da seid! Warum seid ihr nicht reingekommen? Gibt es Probleme?«

Ich funkelte den Türsteher vielsagend an.

»Nein, Chef, keine Probleme.« Er versuchte ein einnehmendes Lächeln, das ihm gründlich misslang.

Sebastian führte uns ins Gebäude. Seine Hand ruhte zwischen meinen Schulterblättern, und ich war mir sicher, dass er meinen Herzschlag durch die Kleidung spüren konnte.

Wir gaben unsere Jacken an der Garderobe ab und traten durch einen Torbogen, hinter dem uns ein wummernder Bass und zuckende Lichter empfingen.

Sebastian lotste uns zu einer Theke abseits des größten Getümmels, damit wir uns ohne Geschrei unterhalten konnten. Mir hätte es auch gereicht, ihn den ganzen Abend lang nur stumm anzusehen, schließlich zeigte die Erfahrung, dass ich in seiner Gegenwart nicht zu rhetorischen Glanzleistungen fähig war.

»Ihr müsst Henry entschuldigen, das ist sein erster Job als Türsteher.« Sebastian gab der Bedienung ein Zeichen und hob drei Finger.

»Offensichtlich ist er bestens dafür geeignet«, spottete Diana.

»Ehrlich gesagt hat deine Cousine ihn mir aufgeschwatzt, Elli.« Sebastian lächelte, seine Schokoladenaugen funkelten.

Der Groschen fiel. Henry, der Knastbruder mit dem Krokodiltattoo, bewachte das Maul der Cobra. So herausgeputzt hatte ich ihn gar nicht erkannt.

Die Bedienung stellte drei Longdrinkgläser mit einer grünen Flüssigkeit, die im Schwarzlicht leuchtete, auf die Theke.

»Was ist das?«, fragte ich.

»Schlangengift.« Sebastian reichte mir eins der Gläser und strich dabei sanft und wie zufällig über meine Fingerspitzen.

Meine Hand verkrampfte, und ich pikte mir den Strohhalm in die Wange. Das Schlangengift schmeckte nach einer Mischung aus Ananassaft und Blue Curaçao. Und Wodka, wenn ich dem Brennen in meiner Kehle trauen konnte.

»Ich muss mal dringend in die Keramikabteilung.« Diana stellte ihr halb volles Glas ab und machte sich davon.

Ich zog es zu mir heran. Reine Gewohnheit, auch wenn das Publikum in der Cobra nicht so wirkte, als würde es Pillen in unbewachte Gläser werfen.

»Hat sich euer verschwundener Freund eigentlich wieder eingefunden?«, fragte Sebastian.

»Karl? Nein, noch nicht. Wie kommst du darauf, er könnte verschwunden sein?« Soweit ich mich erinnerte, hatte ich Sebastian gegenüber nur erwähnt, dass wir Karl besuchen wollten.

»So wie du herumgedruckst hast, war das offensichtlich.«

Ich überlegte, ob ich Sebastian einweihen sollte, und entschied mich für die Kurzversion. »Karl ist am Mittwoch nicht zu einer Verabredung aufgetaucht. Seine Freunde haben uns in die Residenz – also das Abbruchhaus – geschickt, weil er dort ein Zimmer bewohnt. Wir haben aber nur seinen Kater und ein paar Habseligkeiten vorgefunden. Morgen versuchen wir es noch mal.«

»Mir ist nicht wohl dabei, dass ihr euch ständig in diesem Haus rumtreibt.«

»Machst du dir etwa Sorgen um uns?«

»Nein.« Sebastian beugte sich so weit vor, dass sein Mund meine Ohrmuschel berührte. »Ich mache mir Sorgen um *dich*.«

Eine Gänsehaut breitete sich auf meinem ganzen Körper aus, und ich konnte mir ein blödes Grinsen nicht verkneifen. Ich wandte mich ab, und mein Blick blieb an der Rothaarigen hängen, die unsere Getränke gebracht hatte. Jeder ihrer Handgriffe wirkte bemüht und unsicher, ihre Lippen waren zu einem verkrampften Dauerlächeln verzogen. Vermutlich die Neue, die Sebastian für Lisa eingestellt hatte.

Eine Idee packte mich, und ich fragte mich, warum ich nicht schon früher daran gedacht hatte. Sicher wurde mein Gehirn nicht ausreichend mit Blut und Sauerstoff versorgt, wenn Sebastian in der Nähe war. »Weißt du, ob Lisa mal von der Arbeit abgeholt wurde oder ob einer ihrer Kollegen sie gelegentlich nach Hause gebracht hat?«

»Nein. Wie kommst du darauf?«

»Nur so ein Gedanke. Findest du es nicht seltsam, dass sie allein die Abkürzung am Hafen entlang genommen haben soll, obwohl sie Angst vor Wasser hatte?«

»Sie hat mal von einer Angsttherapie gesprochen.« Sebastian nahm einen Schluck von seinem Getränk. »Vielleicht gehörte das dazu.«

»Würdest du dich deinen Ängsten ausgerechnet nachts stellen, noch dazu allein?« Ich konnte mir nicht vorstellen, dass eine Angsttherapie so ablief.

»Nein, aber meine Ängste sind auch nicht an Tageszeiten oder die Gegenwart anderer Menschen gebunden.«

Sicherlich plagten ihn nicht die Ängste eines Normalsterblichen. Lebendig begraben zu werden zum Beispiel oder die Angst vor Ratten und Clowns. Womit wir die meinen größtenteils abgehakt hätten. Behandlungsbedürftig war eigentlich keine davon. Na gut, über die Angst vor Ratten ließe sich nachdenken. Aber Clowns sind wirklich gruselig, daran ändert auch die beste Therapie nichts.

»Die Polizei war nach Lisas Unfall hier und hat uns alle befragt«, sagte Sebastian. »Keiner der Polizisten hat von einem

Verbrechen gesprochen.« Er zog sein Handy aus der Hosentasche und sah aufs Display. »Tut mir leid, ich muss kurz ins Büro, bin gleich zurück.«

Er war kaum außer Sicht, als Diana zurückkam und nach ihrem Glas griff. »Wir sollten Bier trinken. Und Kaffee. Alles, was treibt. Auf diesen Klos möchte man wohnen.«

»Lass uns erst mal eine Runde drehen.«

Wir nahmen unsere Getränke, bahnten uns einen Weg durch die Menschenmassen und landeten am Rand der Tanzfläche, unsere Strohhalme zuckten zu einem Club-Remix von »Billie Jean«. In der Mitte der zappelnden Menge stand ein Mittdreißiger mit schütterem Haar, üppigem Bauch und schmalen Beinchen. Als hätte Humpty Dumpty das Wunderland verlassen, um in der Cobra das Tanzbein zu schwingen. Er stieß das Becken vor und zurück, griff sich wie Michael Jackson in den Schritt und jaulte laut auf. Dann drehte er sich um die eigene Achse und schlurfte rückwärts, was nur mit viel Vorstellungskraft an den Moonwalk erinnerte. Er stolperte und plumpste auf den Po.

Ich schüttelte den Kopf. »Was für ein Typ!«

»Niedlich, oder?« Diana stierte mit glasigen Augen auf die Tanzfläche und klatschte Beifall.

»Och nee, nicht schon wieder! Du weißt doch, wie das mit dir und diesen Freaks immer läuft: Zuerst bist du Feuer und Flamme, und nach ein paar Wochen merkst du, dass sie sie nicht alle beisammenhaben. Ich dachte, nach Ralf von der Reeperbahn hättest du genug davon.«

»Der war immerhin Unterwäschemodel.«

»Ja, für Frauenunterwäsche. Dieser Möchtegern-Michael-Jackson wirkt nicht unbedingt vielversprechender.«

»Ich will ihn ja nur mal kennenlernen.«

»Auf keinen Fall. Komm, wir testen die andere Theke.« Ich deutete auf den Tresen, der sich hinter der Tanzfläche über einer kleinen Treppe erhob. »Du wolltest doch sowieso Bier trinken.«

»Hab's mir anders überlegt.« Dianas Aufmerksamkeit lag

voll und ganz beim Objekt ihrer Begierde, und ein siegessicheres Lächeln stahl sich auf ihre Züge.

Ich folgte ihrem Blick. Humpty Dumpty tanzte im Shuffleschritt auf uns zu, die Schweißperlen auf seiner Stirn glitzerten im blauen und violetten Licht, das von der Decke herabzuckte.

»Komm!« Ich packte Dianas Hand und wählte einen Weg durch das dichteste Gedränge zur Theke hinauf.

Humpty Dumpty blieb im Gewühl stecken und sah sich suchend um. Mit etwas Glück würde es uns gelingen, ihn abzuhängen.

Ich achtete nicht auf den Weg und stieß mit jemandem zusammen. Als ich aufsah, blickte ich direkt in ein blaugraues Augenpaar.

Der Fremde. Schon wieder.

Ich stammelte eine Entschuldigung und lotste Diana zu zwei freien Barhockern. Ein schneller Blick über die Schulter verriet mir, dass der Fremde mich nicht aus den Augen ließ.

»Hallo, Lady.« Humpty Dumpty stand plötzlich vor uns. Er hatte meine Unachtsamkeit genutzt und sich zu uns durchgekämpft. Mit einer lässigen Bewegung wollte er sich auf den Tresen stützen, aber sein Ellenbogen stieß ins Leere. Reflexartig hielt er sich an Diana fest. Entweder war er ein Grobmotoriker, oder das war eine super Anmache, denn sofort starteten die beiden eine angeregte Unterhaltung.

Eine warme Hand legte sich auf meinen Arm. Ich drehte mich um und sah mich dem Fremden gegenüber. Natürlich. Hatte ich ernsthaft etwas anderes erwartet?

»Schön, dich zu treffen«, sagte er mit einem Lächeln. »Bist du öfter hier?«

»Ich glaube nicht, dass wir schon beim Du waren.«

»Dann wird es aber höchste Zeit.« Er streckte mir die Hand entgegen. »Ich bin Phil. Phil Winter.«

Na gut, nur weil der Kerl möglicherweise psychopathisch veranlagt war, musste ich ja nicht jedes Höflichkeitsdenken außer Acht lassen. »Elli. Aber das weißt du ja schon.«

»Oder Eleonore, benannt nach der berühmten Vampirprinzessin Eleonore von Schwarzenberg.« Er sah mir tief in die Augen und hielt meine Hand einen Moment zu lange fest, bevor ich sie ihm entzog.

»Das mit der Vampirgeschichte ist nur ein Gerücht.« Und es war nicht halb so gruselig wie die Tatsache, dass Phil Winter sich nach unserem Kennenlernen offenbar umgehend mit der Fürstin von Schwarzenberg beschäftigt hatte.

»Aber die Menschen hatten Angst vor ihr. Angeblich hat man sogar ihr Porträt geköpft.«

Ich hatte keine Lust, mich in ein Gespräch verwickeln zu lassen, in dem meine Namensgeberin geköpft wurde. Irgendwie musste ich den Kerl loswerden. Im Idealfall, bevor Sebastian zurückkam.

»Kommst du eigentlich gebürtig aus Aurich?«, fragte Phil.

»Ja.« Ich biss mir auf die Unterlippe, bevor ich mich wieder verplappern konnte. Eigentlich komme ich aus Großefehn, genauer gesagt aus Ostgroßefehn, aber da ich im Auricher Krankenhaus zur Welt gekommen bin, war es streng genommen keine Lüge.

»Ich komme aus München.«

»Aha.«

»Ich wurde hierher versetzt. Bin Beamter.«

Wahrscheinlich strafversetzt. Was sonst hätte ihn ans andere Ende der Republik verschlagen sollen? Falls er überhaupt Beamter war. Er sah nämlich gar nicht so aus, wie ich mir einen Staatsdiener vorstellte.

Ich trat ein paar Schritte vor und hielt nach Sebastian Ausschau, dabei erhaschte ich einen Blick auf ein blaues Schlauchkleid, dessen Besitzerin keine fünf Meter von mir entfernt stand.

Die schöne Helena.

Vielleicht konnte ich Phil dazu bringen, sie anzusprechen. Immerhin hatte sie bei meiner Lesung einen bleibenden Eindruck bei ihm hinterlassen, und dass sie immer noch mit meinem Exfreund Jörg liiert war, musste ich ihm ja nicht auf die Nase binden.

Aus den Augenwinkeln sah ich Sebastian auf mich zukommen. Ich warf einen hilfesuchenden Blick zu Diana, aber die war mit Humpty Dumpty in eine rosarote Welt abgetaucht und ich auf mich allein gestellt.

Sebastian blieb stehen und sprach mit einem Angestellten, der leere Gläser einsammelte. Er sah zu mir, und sein Blick verfinsterte sich, als er Phil Winter neben mir bemerkte.

Ich tippte Phil an und zog ihn ein Stück in Helenas Richtung. »Da drüben steht Helena Schön. Du weißt schon, die vom ›Ostfriesland-Reporter‹. Möchtest du dich nicht mit ihr unterhalten?«

Phil Winter hatte Sebastian ebenfalls gesehen, und meine Not schien ihn prächtig zu amüsieren. »Willst du mich etwa loswerden?«

Merkte er das jetzt erst? »Nein, natürlich nicht.«

In diesem Moment wurde ein R&B-Song gespielt, zu dem Helena die Hüften kreisen ließ, was ihr Phils volle Aufmerksamkeit einbrachte.

Ich schlich zur Theke zurück, wo wenig später auch Sebastian eintrudelte. Er nickte in Phils Richtung. »Habe ich den nicht heute Vormittag im Marlowe gesehen?«

»Ja, er ist häufiger da.«

»Ein Freund von dir?«

»Bestimmt nicht.«

»Der Typ treibt sich aber ausgesprochen oft in deiner Nähe herum. Pass auf dich auf, der ist mir nicht geheuer.«

Und damit waren wir schon zu zweit.

7

Die Türklingel riss mich aus dem Schlaf. Ich wälzte mich auf die Seite und zog mir das Kissen über den Kopf. Es klingelte erneut. Und noch einmal. Nach dem vierten Klingeln strampelte ich die Decke beiseite und warf einen Blick auf die rot leuchtenden Ziffern meines Digitalweckers. Acht Uhr. Gab es in Aurich eigentlich nur noch Verrückte?

Während ich mir eine passende Begrüßung überlegte, hievte ich mich aus dem Bett und tapste zur Wohnungstür. Im Vorbeigehen erhaschte ich einen Blick auf mein Spiegelbild. Die Locken der vergangenen Nacht hatten sich in zottelige Strähnen verwandelt, tiefe Ringe zeichneten sich unter meinen Augen ab, und zusammen mit dem verwaschenen Sweatshirt und der ausgebeulten Pyjamahose hätte ich prima ins Nachmittagsprogramm einiger privater Fernsehsender gepasst.

Vor der Tür warteten Heini und Willi, die Penner vom Georgswall. Ihre Gesichter waren von der Kälte gerötet, und Willi rieb die Hände aneinander. Neben Heinis Füßen stand dieses Mal keine Ledertasche, sondern ein kniehoher Pappkarton.

»Was wollt ihr denn hier?«, fragte ich verdattert. »Entschuldigung, möchtet ihr reinkommen?«

»Nein danke, wir haben heute noch viel vor.« Heini rückte seine Kapitänsmütze zurecht. »Wir sollen dir nur was vom Professor bringen.« Er deutete auf den Karton, dessen Oberseite von kleinen Löchern durchsiebt war.

Mein Herz machte einen Sprung, mit einem Mal war ich hellwach. »Ist Karl wieder da? Geht es ihm gut? Wo war er?«

»Nee, das is es ja. Der is wech«, sagte Willi achselzuckend. »Hat sich nich wieder blicken lassen.«

Meine Begeisterung verflog. »Und was habt ihr in dem Karton?«

»O'Malley.«

Ich hatte die halbe Nacht wach gelegen, nachdem Sebastian mich bei unserer Verabschiedung auf die Wange geküsst hatte, daher dauerte es einen Moment, bis diese Information den Weg durch meine Gehirnwindungen fand. »Was soll ich denn mit Karls Kater?«

»Der Professor hat gesagt, wenn er mal verschwindet, sollen wir O'Malley zu dir bringen.« Heini hob den Karton hoch und drückte ihn mir in die Arme. »Außerdem ist Karls Futtervorrat aufgebraucht.«

»Moment mal.« Ich versuchte, über den Karton hinweg in Heinis Gesicht zu sehen. Gar nicht so einfach, er war fast einen Kopf kleiner als ich. »Das hört sich an, als hätte er euch schon vor einiger Zeit darum gebeten.«

»Er hat seit Monaten davon gesprochen, eigentlich, seitdem wir ihn kennen. Erst hieß es immer, wir sollten uns um den Kater kümmern, wenn er verschwindet, aber dann hat der Professor irgendwann angefangen, von dir zu sprechen. Da hattet ihr euch wohl gerade kennengelernt.«

»Und er ging wirklich davon aus, dass er verschwinden könnte?«, fragte ich.

»Ja, genau so hat er das gesagt.«

»Aber woher wisst ihr, wo ich wohne?«

Heini faltete ein zerknittertes Stück Papier auseinander, auf dem in Karls geschwungener Handschrift meine Adresse stand. »Die hat der Professor mir schon vor Wochen gegeben.«

Die beiden verabschiedeten sich und ließen mich mit O'Malley und meinen wirren Gedanken ratlos zurück. Ich manövrierte den Karton in mein seit zwei Wochen nicht mehr aufgeräumtes Wohnzimmer und stellte ihn auf dem Sofa ab, knetete meine verkrampften Finger und klappte die oberste Kartonlasche hoch.

Kaum dass der erste Lichtstrahl in den Karton fiel, schoss O'Malley heraus. Er hechtete über die Sofalehne, krallte sich an der Tapete fest und glitt in Zeitlupe die Wand hinunter, wobei er die Tapete in saubere Streifen schnitt. Mit aufgeplustertem Schwanz galoppierte er ins Schlafzimmer.

Ich schlich ihm hinterher und sah mich suchend um. In dem Spalt zwischen Kleiderschrank und Wand stapelten sich meine Handtaschen, hinter den Vorhängen auf der Fensterbank befand sich nichts außer einer feinen Staubschicht, und hinter meinem Nachttisch baumelte nur das verdrehte Kabel meines Radioweckers. Kein Kater in Sicht. Vielleicht hatte er die Fähigkeit seines Herrchens übernommen, spurlos vom Erdboden zu verschwinden.

Ich robbte über den Teppich und entdeckte O'Malley mittig unter dem Bett. Er starrte mich mit grimmigem Blick an und machte nicht den Eindruck, als sei er besonders glücklich über sein neues Zuhause.

»Komm her, kleiner Katzenmann«, säuselte ich, wagte es aber nicht, ihm die Hand entgegenzustrecken, dafür hing ich zu sehr an meinen Fingern.

O'Malley blinzelte mich aus bernsteinfarbenen Augen an, bewegte sich aber keinen Millimeter.

»Hör mal zu, junger Mann, du kannst nicht einfach so meine Wohnung auseinandernehmen und dich dann stur stellen. Solange du deine Pfoten unter mein Bett stellst, wird gemacht, was ich sage. Verstanden?«

O'Malley drehte sich zur Seite und begann, sein Hinterteil zu putzen.

Ich rappelte mich auf, stapfte zum Telefon und wählte Alexas Nummer.

»Bist du verrückt, mich um diese Zeit anzurufen?«, murmelte sie schlaftrunken. »Du weißt doch, dass ich nachts male.«

»Ich brauche deine Hilfe. Ich habe einen Kater.«

»Du solltest weniger trinken.«

»Ich meine einen echten Kater. Einen Katzenmann. Karls Freunde haben ihn mir gebracht, er hat sich unter meinem Bett verschanzt.«

Alexa seufzte. »Ich bin in einer Dreiviertelstunde bei dir.«

Siebenunddreißig Minuten später stand Alexa auf der Matte. Ich hatte die Zeit genutzt, um mein Wohnzimmer notdürftig aufzuräumen, das Bett zu machen und meine Haare in einen wirren Dutt zu zwingen.

Beim Anblick meiner zerfetzten Tapete runzelte Alexa die Stirn. »Was ist denn da passiert?«

»O'Malley wollte hoch hinaus.«

»Und wo ist der kleine Kerl jetzt?«

»Unter meinem Bett.«

»Immer noch? Hast du ihm etwa Angst gemacht?« Sie bedachte mich mit einem vorwurfsvollen Blick, zog eine Tüte Katzenleckerli aus ihrer Jackentasche und schüttelte sie.

Im Bruchteil einer Sekunde stand O'Malley vor ihr und rieb sich an ihren Beinen. Alexa schüttete einige der Leckerbissen vor seine Pfoten, und er verschlang sie, ohne zu kauen.

Mein Blick glitt zu dem traurigen Gestrüpp auf meiner Fensterbank, das Alexa mir zur Veröffentlichung von »Fremd und Gänger« geschenkt hatte. Die Blätter hatten in den letzten Wochen Farbe und Struktur des Herbstlaubs angenommen, das derzeit durch die Straßen wehte. Wenn ich es schon nicht schaffte, eine Zimmerpflanze am Leben zu erhalten, welche Chancen bestanden dann für den Kater?

»Möchtest du ihn nicht vielleicht mitnehmen? Du weißt genau, was du machen musst, und ich … nicht.«

»Bloß nicht. Raffael und Michelangelo dulden keinen weiteren Kater neben sich.«

Ich seufzte. Auch wenn Alexas Kater ihre Namen den Renaissancekünstlern verdankten, waren sie kämpferisch wie die Ninja Turtles.

Nachdem Alexa mir eine Einweisung in Katzenkunde gegeben hatte, berichtete ich ihr von dem gestrigen Drohanruf.

»Glaubst du, der Anruf war ernst gemeint?«, fragte sie.

»Wahrscheinlich war es nur ein blöder Scherz.«

»Sicher?«

Nie im Leben! »Ziemlich.«

Ich wusste selbst nicht, warum ich den Anruf ihr gegenüber herunterspielte, aber sie durchschaute mich ohnehin sofort.

»Hier, kann nicht schaden.« Sie kramte in ihrer Handtasche

herum und stellte eine kleine schwarze Spraydose auf den Couchtisch.

Pfefferspray. Mal wieder.

»Sag mal, habt ihr ein Abo dafür? Diana hat mir auch schon eins gegeben.« Ich schob die Dose zurück in Richtung ihrer Handtasche.

»Steck's ein, Pfefferspray kann man nie genug haben.«

»Danke. Muss ich eigentlich irgendwas beachten, oder kann ich einfach so drauflossprühen?«

»Achte auf die Windrichtung. Und da ist eine Lasche.« Alexa deutete auf ein schwarzes Plastikplättchen über dem gelben Sprühknopf. »Die musst du vor dem ersten Gebrauch abziehen. Ist nur dran, damit dir das Ding nicht in der Handtasche losgeht.«

»Klingt logisch.« Ich wollte beim Blick in meine Handtasche schließlich nicht in Tränen ausbrechen, das sparte ich mir für mein Portemonnaie auf.

»Was machst du denn jetzt wegen Karl?«, fragte Alexa.

»Wenn Diana Feierabend hat, gehen wir noch mal in die Residenz. Vielleicht finden wir in Karls Zimmer etwas, das uns weiterhilft.«

»Vergiss es.«

»Wie bitte?«

»Du hast doch jetzt schon die Hosen voll, wenn du nur daran denkst, erneut im Dunkeln in dieses Haus zu gehen.« Alexa sah auf ihre Armbanduhr. »Ich muss in zwei Stunden im Kontaktzentrum sein, wir haben also genügend Zeit.«

»Wofür?«

»Um einen Blick in diese Residenz zu werfen. Du hast recht, wir sollten uns dringend Karls Sachen ansehen. Bei Tageslicht.«

Um Punkt halb elf ließ ich mein Auto auf dem Parkplatz am Georgswall ausrollen und stiefelte zur Residenz. Der Himmel hatte sich zugezogen, und ein fieser Wind pfiff mir um die Ohren.

Alexa war in ihrem eigenen Wagen vorausgefahren und wartete am Rathaus auf Höhe der Wasserspiele auf mich. Sie trippelte von einem Fuß auf den anderen und schlang die Arme um ihren Oberkörper, der in einen halblangen roten Mantel gehüllt war.

Der Eingangsbereich der Residenz sah jetzt noch trostloser aus als nachts. Die Tapete hing wellig an der feuchten Wand, von den Türen platzte die Farbe ab, und den Teppich zierte ein Muster aus undefinierbaren Flecken verschiedenster Größe.

Ich öffnete die Tür zu meiner Linken und trat in den langen Flur. Die Scheiben der Sprossenfenster waren trüb von Schmutz und Regen, Schimmel und Stockflecken belagerten die Wand.

Alexa ließ mir den Vortritt. Ich blieb stehen und steckte die Jeans in die Socken.

»Wozu soll das denn gut sein?«, fragte sie.

»Ratten«, sagte ich.

»Nicht mein Problem.« Alexa zeigte auf ihre Beine, die in schwarzen Winterleggings und kniehohen Stiefeln steckten. An der Tatsache, dass es hier Ratten gab, schien sie sich nicht zu stören, während ich ein Gros an Selbstbeherrschung aufbringen musste, um meinen Fluchtinstinkt zu unterdrücken.

»Hier ist es.« Vor der letzten Tür blieb ich stehen.

»Bist du dir sicher?«, fragte Alexa.

»Hundertprozentig. Das Säufergesicht hat uns hierhergeschickt. Außerdem liegen Karls Sachen in diesem Raum, und O'Malley war auch hier.«

Ich stieß die Tür etwas zu schwungvoll auf, sie knallte gegen die Wand. Ich blinzelte irritiert. Wir befanden uns eindeutig im richtigen Zimmer, an der unteren linken Fenstersprosse klebte das Stoffstück, das als Katzenklappe diente. Aber das war auch schon alles an Wiedererkennungswert. Das Zimmer war leer.

Karls Sachen waren verschwunden.

8

Diana, Alexa und ich saßen nebeneinander am Tresen des Marlowe, Ellenbogen an Ellenbogen, und starrten in unsere Becher, aus denen der Duft nach heißer Schokolade mit Sahne aufstieg. Katja, die Neue, die der Habicht für Lisa eingestellt hatte, schmiss den Laden heute zum ersten Mal allein.

Ich wackelte auf meinem Drehhocker hin und her und stieß abwechselnd mit der linken und rechten Schuhspitze gegen die Rückwand des Tresens.

»Ich verstehe das nicht.« Diana sah von Alexa zu mir. »Warum hätte Karl seine Sachen holen, aber O'Malley zurücklassen sollen?«

»Vielleicht musste es schnell gehen«, mutmaßte Alexa. »Man kann eine Katze ja nicht wie einen Hund überallhin mitnehmen.«

Diana blieb skeptisch. »Und warum haben Heini und Willi dann nicht erwähnt, dass Karls Sachen weg sind?«

»Vielleicht waren sie ja noch da, als sie den Kater geholt haben.«

Ich zog den Löffel aus meinem Becher, leckte ihn ab, wobei ich mir an dem erhitzten Cromargan die Zunge verbrannte, und legte ihn auf die Untertasse. »Die Frage ist doch, ob Karl freiwillig weggegangen ist oder ob jemand für sein Verschwinden gesorgt hat.«

»Natürlich ist er freiwillig gegangen«, sagte Alexa. »Sonst hätte er Heini und Willi doch nicht beauftragt, dir O'Malley zu bringen.«

»Er hat ihnen nur gesagt, was sie tun sollen, falls er irgendwann einmal verschwindet«, sagte ich. »*Falls.* Hätte er es aktiv geplant, hätte er doch davon gesprochen, weiterzuziehen, oder etwas in der Art. Wenn du wegziehen würdest, würdest du dann sagen, du könntest eines Tages verschwunden sein? Klingt doch komisch.«

Alexa hatte bestätigend genickt, während ich sprach, schüttelte am Ende meiner Ausführungen aber den Kopf. »Wir waren nicht dabei und wissen nicht, was er genau gesagt hat. Es bringt doch nichts, wenn wir uns an einem Wort festbeißen. Abgesehen davon hätte wohl niemand außer ihm Interesse an seinen Habseligkeiten.«

»Trotzdem hätte er O'Malley nicht einfach zurückgelassen.« Ich konnte nicht verhindern, dass meine Stimme einen trotzigen Unterton annahm.

Alexas Argumente klangen völlig logisch – und das ärgerte mich. Karl war mein Freund, und Freunde verschwanden nicht einfach ohne ein Wort von der Bildfläche. Ich war hin- und hergerissen zwischen der Enttäuschung über seinen möglicherweise heimlichen Abgang und der Sorge, ihm könnte etwas zugestoßen sein.

Jürgen Mansholt, der Stammsäufer des Marlowe, trat zu uns an den Tresen, warf einen verächtlichen Blick zum Stammtisch in der Ecke, an dem sich die Anonymen Alkoholiker tummelten, und bestellte einen Charly. Katja gab zwei Fingerbreit Weinbrand in ein Glas, warf Eiswürfel hinein und goss Cola darüber. Mansholt nahm einen großzügigen Schluck und verzog den Mund. Dann zauberte er einen silbernen Flachmann aus seiner Jackentasche und füllte das Glas mit einer bernsteinfarbenen Flüssigkeit wieder auf.

Er bemerkte meinen Blick und zwinkerte mir zu. »Mein Allheilmittel. Wirkt gegen Probleme aller Art.«

»Probleme ertrinken nicht in Alkohol, sie können schwimmen«, entgegnete ich.

Natürlich war das ein blöder Spruch, und gerade ich sollte mich diesbezüglich nicht zu weit aus dem Fenster lehnen, aber manchmal ist es mir ein inneres Bedürfnis, ausgelutschte Lebensweisheiten wiederzugeben.

»Mag sein.« Er leerte das Glas und stellte es auf den Tresen. »Aber das tun sie auch auf Wasser.«

Alkoholikerlogik, gegen die es keine Argumente gab. Und irgendwie hatte er ja auch recht.

Jürgen Mansholt haderte nicht mit seinem Schicksal – er soff, weil er es liebte. Dabei hätte er sich selbst niemals als Alkoholiker bezeichnet, denn er war der festen Ansicht, dass man nur zu einem wurde, wenn man allein für sich trank, und das tat er konsequenterweise nie. Nüchtern wehte er ausgedörrt und ziellos durch Aurichs Straßen, aber sobald er das erste Glas Charly intus hatte, entfaltete sich sein gesamtes Wesen, und er blühte auf wie die Rose von Jericho.

Kurz nachdem unser Stammsäufer sein zweites Glas geleert hatte, verabschiedete sich Alexa in Richtung Kontaktzentrum, um mit den Knastbrüdern den Pinsel zu schwingen. Sie lud mich ein mitzukommen, aber ich verzichtete. Allerdings ließ ich mich dazu breitschlagen, ihr demnächst bei der Betreuung einer Kindergartengruppe behilflich zu sein, die sich für ein Projekt im Kontaktzentrum angemeldet hatte. Schon in dem Moment, da Alexa das Marlowe verlassen hatte, bereute ich meine Zusage. Klar, Kinder sind ziemlich cool, aber ich reiße mich nicht unbedingt darum, Verantwortung zu übernehmen. Und eine Horde Zwerge zu beaufsichtigen bedeutete eine ganze Menge Verantwortung.

Diana tippte eine Nachricht in ihr Handy. Sicherlich für Humpty Dumpty, den sie mir, als sie sich in der Cobra kurz von ihm hatte lösen können, als Wilbert vorgestellt hatte.

»Sag mal, hast du dir nicht schon immer eine Katze gewünscht?«, fragte ich sie.

Sie schüttelte den Kopf, ohne vom Display aufzusehen. »Ich werde dir O'Malley nicht abnehmen.«

Ich stützte nachdenklich das Kinn in die Hand. »Warum sollten sie ihn wohl ausgerechnet zu mir bringen?«

»Verbuch es einfach als gute Tat.«

»Fühlt sich aber nicht so an. Ich komme mir vor wie eine Teeniemutter, die ihre Schwangerschaft nicht bemerkt hat und plötzlich mit einem Kind dasteht.«

Den Beweis dafür, dass gute Taten eben doch belohnt werden, lieferte mir Sebastians Erscheinen. Ich trank gerade den letzten Schluck Kakao, als er zur Tür hereinschneite, verschluckte mich, wischte mir mit dem Handrücken über den Mund und schwang auf dem Hocker herum.

Sebastian stoppte meine Drehung, indem er mir die Hände auf die Knie legte. »Nicht so stürmisch!«

Ihm schien der Abschiedskuss keine schlaflose Nacht bereitet zu haben. Er sah frisch und ausgeruht aus, obwohl er sicherlich bis zum Morgengrauen gearbeitet hatte.

»Na, hat dir dein erstes Mal gefallen?«, fragte er.

Sein Gesicht war nur zwei Handbreit von meinem entfernt, und ich konnte erst einen Ton herausbekommen, als er die Hände von meinen Knien löste.

»Was?«, krächzte ich.

Diana legte ihr Handy beiseite und grinste. »Ich glaube, er meint die Cobra. Wir waren doch gestern zum ersten Mal dort.«

»Ach so ... ja ... gut.«

Sebastian fixierte mich mit seinem Blick. Im Geiste zählte ich mit. Eine Sekunde, zwei Sekunden, drei Sekunden. Ich hatte mal gelesen, dass ein Blickkontakt, der länger als drei Sekunden anhielt, ein deutliches Interesse des Gegenübers signalisierte. Nach sieben Sekunden konnte ich seinem Blick nicht mehr standhalten und sah zur Seite.

Jetzt bloß nichts Falsches sagen, dachte ich angestrengt. Sei einmal geistreich und witzig und plapper nicht irgendein hirnloses Zeug vor dich hin, Elli Vogel! Ruhig durchatmen, die Gedanken sortieren und ...

»Ich habe einen Kater«, sprudelte es aus mir heraus. »Er hat vier Pfoten.« Ich hätte mir die Zunge abbeißen können.

»Interessant.« Sebastian lachte. Auf eine aufregende, prickelnde Art. Sexy. »Darüber hast du letzte Nacht kein Wort verloren.«

Letzte Nacht, wie das klang! Oh Mann, ich musste dringend etwas Abstand zwischen uns bringen. Bei seiner heutigen Wortwahl und seinen Blicken bestand ein nicht unerhebliches Risiko, dass ich hier vor versammelter Mannschaft über ihn herfiel.

Unauffällig rutschte ich auf meinem Hocker nach hinten, bis sich die Kante des Tresens in meine Wirbelsäule bohrte. Ziemlich schmerzhaft, aber so konnte ich wieder klar denken. »O'Malley ist Karls Kater. Seine Freunde haben ihn mir heute Morgen gebracht.«

Das Lächeln auf Sebastians Gesicht verflüchtigte sich. »Dann gibt es immer noch keine Neuigkeiten von deinem Freund?«

»Keine. Na ja, fast keine.«

Sebastian ermunterte mich mit einem Nicken, weiterzusprechen.

»Wir waren heute noch mal in Karls Zimmer in dem Abbruchhaus. Seine Sachen sind weg. Restlos.«

»Glaubst du, er hat sie geholt und ist weitergezogen?«

»Eben nicht. Er hätte O'Malley bestimmt nicht zurückgelassen.« Und er hätte sich von mir verabschiedet, fügte ich gedanklich hinzu. »Ich überlege, eine Vermisstenanzeige aufzugeben.«

»Du willst eine Vermisstenanzeige aufgeben, weil jemand seine Katze nicht mitgenommen hat?« Sebastian zog die Augenbrauen hoch, ein amüsierter Zug zeigte sich um seinen Mund.

»Nein, sondern weil dieser Jemand mich vor seinem Verschwinden um Hilfe gebeten hat.«

»Entschuldige, das wusste ich nicht.«

»Ach, ich weiß ja selbst nicht, was ich davon halten soll.« Mit einem Mal fühlte ich mich schrecklich müde. Die vielen Fragen zu Karls Verbleib verwandelten sich in pochende Kopfschmerzen, und Sebastians Anwesenheit war auch nicht gerade förderlich für meinen Denkapparat. »Nach Lisas Beerdigung war Karl hier im Marlowe, wir haben uns über meine Lesung unterhalten. Er kam mir ganz normal vor, aber abends, kurz vor meinem Feierabend, hat er mich angerufen und gesagt, er bräuchte meine Hilfe. Wir wollten uns bei meinem Auto treffen, doch er ist nicht aufgetaucht. Seitdem habe ich ihn nicht mehr gesehen, und er reagiert nicht auf meine Anrufe und Nachrichten.«

Sebastian erfasste blitzschnell den Punkt, um den ich mich bei meiner Zusammenfassung gedrückt hatte. »Hat er gesagt, warum er deine Hilfe brauchte?«

Ich zögerte, biss mir auf die Unterlippe und sah in sein schönes Gesicht. Seine Augen, aufmerksam auf mich gerichtet, schienen eine Spur heller geworden zu sein.

»Er hielt Lisas Tod nicht für einen Unfall.«

Ich rechnete damit, dass Sebastian diese Nachricht als Blödsinn abtun oder mich auslachen würde, aber er tat nichts dergleichen.

»Glaubst du das auch? Hast du mich deswegen gefragt, ob jemand Lisa aus der Cobra abgeholt hat?«

Ich atmete tief durch. »Ja, es muss jemanden gegeben haben. Lisa hat die Abkürzung vom Marlowe am Hafen entlang nur genommen, wenn jemand bei ihr war.«

Sebastian presste die Lippen zusammen und nickte. »Was auch immer das bedeuten mag.«

9

Neben mir auf dem Beifahrersitz stand eine braune Papiertüte von Henkels Haustierparadies, eine DVD schaute oben heraus. Eine DVD für Katzen! Ich dachte immer, Katzen könnten auf Bildschirmen nichts erkennen, aber die Verkäuferin hatte mir versichert, die »kleinen Tiger« würden »total darauf abfahren«.

Ich hielt am Bordstein vor meiner Wohnung und entlud meine Errungenschaften. Die Papiertüte stellte ich in den Flur und kehrte zurück, um den monströsen Karton, in dem sich ein Kratzbaum befand, aus dem Kofferraum zu hieven.

»Hallo, Mitbewohner«, sagte ich, nachdem ich meine Einkäufe im Wohnzimmer übereinandergestapelt hatte.

O'Malley lag noch genauso da wie bei meinem Aufbruch und rührte sich nicht. Kein gutes Zeichen. Ich stupste ihn mit dem Zeigefinger an, er gab ein genervtes Geräusch von sich und streckte sich. Wenigstens lebte er noch.

»Schau mal, was ich dir mitgebracht habe.« Ich nahm einen roten Schaumstoffball aus der Tüte und ließ ihn über das Sofa rollen.

O'Malley würdigte den Ball keines Blickes.

»Aber auf das hier wirst du total abfahren.« Ich zog die DVD hervor, legte sie in den Player und startete den Film. Ein Schwarm Wildgänse flatterte über den Bildschirm.

O'Malley legte eine Pfote über die Augen.

»Dann eben nicht. Hast du vielleicht Hunger?«

Bevor ich auch nur blinzeln konnte, stand O'Malley vor seinem Kuchenteller. Ich spülte einen der neu erworbenen Futternäpfe aus und füllte ihn mit Katzenfutter. Dann machte ich mich daran, den Kratzbaum aufzubauen. Er bestand nur aus fünf Teilen, die miteinander verschraubt werden mussten, nach sieben Minuten stand das Schmuckstück neben meinem Sofa. Ohne Aufbauanleitung natürlich, die brauchen echte Ostfriesen nämlich fast nie.

»Na, was meinst du?«, fragte ich.

O'Malley putzte seine Pfoten.

»Hier, schau doch mal.« Ich klopfte auf die Liegeschale, die die oberste Etage des Kratzbaums bildete.

O'Malley beschnüffelte einen der Sisalstämme, an denen er sich die Krallen abwetzen sollte, statt dass er sich wieder an meinen Tapeten verging. Er nieste, wandte dem Kratzbaum das Hinterteil zu und hopste mit einem eleganten Sprung in den Verpackungskarton, wo er sich ein paarmal um die eigene Achse drehte, sich dann einrollte und einschlief.

»Ganz wie du meinst.«

Ich griff ein letztes Mal in die Papiertüte und zog ein Baldriankissen heraus. Angeblich sollten Katzen total auf Baldrian stehen, aber da die Verkäuferin das auch von der Vogelflug-DVD behauptet hatte, war ich inzwischen eher skeptisch. Nachdem ich das Kissen aus seiner Plastikumhüllung befreit hatte, war mein Wohnzimmer in Sekundenbruchteilen vom Geruch alter Füße erfüllt. Ich legte das Stinkekissen als Anreiz für O'Malley auf die zweite Stufe des Kratzbaums, setzte mich aufs Sofa und zog mir ein paar Minuten Vogelflug rein.

O'Malley hatte recht: Der Film war sterbenslangweilig. Genau das Richtige zum Einschlafen. Ich schüttelte mein Sofakissen auf, legte mich hin und dämmerte nach wenigen Sekunden weg.

Ehe ich gänzlich ins Traumland spazieren konnte, wurde ich jedoch vom Klingeln meines Handys in die Wirklichkeit zurückgeholt.

»Hallo, Freundin«, trällerte Diana mir gut gelaunt ins Ohr. »Heute geht es auf die Piste!«

»Nicht schon wieder. Vergiss es, ich will schlafen!«

»Doch schon wieder. Schlafen kannst du, wenn du tot bist. Ich lade dich in Ernestos Pizzeria ein, und danach machen wir eine Sause durch die Stadt.«

Diana wusste genau, wie sie mich ködern konnte: Wenn sie mich zum Essen einlud, brauchte ich nicht mehr zu kochen.

Nicht dass ich irgendwas zum Kochen im Haus gehabt hätte, aber es war schön, von diesem Druck befreit zu sein.

»Essen ja, Sause nein«, sagte ich.

»Bitte! Bittebittebittebitte!«, flehte Diana. »Wilbert hat mir gerade eine SMS geschickt. Er ist heute Abend in Aurich unterwegs. Im Marlowe! Ist das nicht witzig?«

»Ja, zum Totlachen.«

»Komm schon. Stell dir vor, er trifft heute eine andere Frau. Dann bist du schuld, wenn ich die Liebe meines Lebens verpasse.«

Natürlich war Humpty Dumpty nicht der Frauenschwarm, für den Diana ihn hielt, aber sie hätte ohnehin nicht auf mich gehört, wenn ich sie darauf aufmerksam gemacht hätte. Und die Liebe ihres Lebens wollte ich ihr nun wirklich nicht versauen. Es reichte ja, wenn ich ohne auskommen musste. »Aber nur eine kleine Sause.«

»Klitzeklein«, versprach Diana. »Wir treffen uns um acht bei Ernesto.«

In Aurich läuft man ständig Bekannten über den Weg. Oft eine tolle Sache, manchmal aber auch total überflüssig. An diesem Abend war es eine Mischung aus beidem.

Wir hatten uns in Ernestos Pizzeria mit Pizza und Spaghetti gestärkt und stießen anschließend im Marlowe auf Jann Müller und Frederik Bergmann, zwei ehemalige Klassenkameraden, die mit keinem Geringeren als Wilbert um einen Tisch hockten, in der Mitte eine Schnapsflasche.

Jann ist ein riesengroßer blonder Sonnyboy. Wir haben in der Schule nebeneinandergesessen. In der ersten Reihe. Er, weil er ein Streber war, und ich, weil mich die Lehrer aus der letzten Reihe verbannt hatten. Obwohl wir uns nach der Schulzeit nie gänzlich aus den Augen verloren hatten, sah ich ihn seit seiner Hochzeit mit Denise, dem Dämon, nur noch selten. Dafür endeten unsere Begegnungen meistens in einem Besäufnis, gefolgt von einem heftigen Kater auf meiner und einem nicht minder heftigen Ehekrach auf seiner Seite.

Frederik Bergmann war in der achten Klasse zu uns gestoßen und hatte darum gebeten, von seinen Freunden Freddy genannt zu werden. Was soll ich sagen? Für mich war er immer Frederik geblieben. Offiziell zumindest, denn hier in Ostfriesland vergibt man schon ganz gern Spitznamen, und wenn man nicht gerade der allerliebenswerteste Zeitgenosse ist, kann der schon mal reichlich fies ausfallen. Hinni Zinken mit seinem überdimensionalen Riechkolben kann ein Lied davon singen. Aus Freddy wurde irgendwann hinter vorgehaltener Hand Fetti. Ich hatte fast ein schlechtes Gewissen, wenn ich daran dachte. Aber gut, das lag Jahre zurück, und vielleicht war er nicht mehr das selbstverliebte Muttersöhnchen von früher, also sollte ich es wohl mal mit seinem richtigen Namen versuchen.

Frederik hatte sich seit der Schulzeit kaum verändert. Das mausfarbene Haar stand wie Drahtwolle von seinem eierförmigen Schädel ab, und sein massiger Hintern war noch immer zu breit für jeden Stuhl. Inzwischen hatte er sich einen fusseligen Vollbart stehen lassen und erinnerte damit mehr denn je an einen verrückten Professor. Da passte es gut, dass er als Chemiker für einen Pharmakonzern arbeitete.

Jann herzte mich zur Begrüßung so fest, dass ich Mühe hatte, die Pizza bei mir zu behalten.

»Elli, trink einen Schluck mit mir! Du auch, Diana. Ich bin heute Vater geworden!«

Seine glasigen Augen verrieten mir, dass er sich im Laufe des Tages wohl schon das eine oder andere Glas Kinnertön gegönnt hatte. Kinnertön besteht aus Branntwein, Kluntjes und Rosinen, geht sofort ins Blut und wird hier traditionell mit Familie, Freunden und Nachbarn zur Geburt eines neuen Erdenbürgers getrunken.

Jann wankte zur Theke, an der inzwischen Judith Dienst schob. Ich setzte mich neben Frederik an den Tisch und überließ Diana den Platz neben Wilbert. Reiner Freundschaftsdienst. Es gab ungefähr achttausend Dinge, die ich lieber getan hätte, als neben Frederik Bergmann zu sitzen, aber was tut man nicht alles für das Liebesglück der besten Freundin?

Jann stellte zwei zusätzliche Gläser auf den Tisch und füllte sie mit irgendwas Hochprozentigem, wobei ein nicht unerheblicher Teil der bräunlichen Flüssigkeit auf der Tischplatte landete. Wir stießen auf das Dämonenbalg an und kippten den Schnaps unsere Kehlen hinunter.

Keuchend knallte ich mein Glas auf den Tisch. »Himmel, was ist denn das?«

»Rachenputzer«, sagte Jann. »Das müsstest du als Fachfrau doch wissen.«

Ich schob das Glas weg. »Hätte ich gewusst, dass wir hier Kommodenlack verkaufen, hätte ich das Zeug nie ausgeschenkt. Ich werde uns schnell was zum Nachspülen besorgen.« Ich bestellte eine Runde Bier an der Theke und trug die Halbliterkrüge zu unserem Tisch, wo ich jedem ein Glas hinschob, bevor ich mich wieder zwischen Jann und Frederik klemmte.

»Ich wüsste gar nicht, wie ich mein Kind nennen sollte«, sagte Diana. »Vielleicht Paul.«

»Ich mag Namen mit P«, sagte Frederik. »Wie wäre es mit Patrick oder Peter? Oder Piko? Ach nee, lass das mal lieber.«

»Mein Sohn heißt Julius«, sagte Jann. Er stieß mich mit dem Ellenbogen an. »Was macht eigentlich dein Liebesleben, Elli? Immer noch kein neuer Kerl an deiner Seite?«

Ich nahm einen Schluck Bier und wischte den Schaum von meiner Oberlippe. »Nein, aber dafür habe ich jetzt einen Kater.«

»Ich hasse Katzen«, mischte sich Frederik ein. Ein feiner Regen aus Speicheltröpfchen stob aus seinem Mund.

»Ich hätte gerne eine Katze«, sagte Jann, ohne ihn zu beachten. »Aber Denise will nichts davon wissen.« Er schenkte eine neue Runde Rachenputzer ein. »Kommt ihr denn gut miteinander klar?«

Ehe ich antworten konnte, wurden die Gläser erhoben, wir stießen an. Der zweite Rachenputzer ging leichter runter, wahrscheinlich weil der erste meine Geschmacksnerven betäubt hatte.

»Weiß nicht. Irgendwie habe ich mir das mit einer Katze im Haus ganz anders vorgestellt. Eigentlich schläft und frisst O'Malley nur. Er spielt nicht und hasst seine DVD.«

»Seine DVD?«

»Ja, eine Katzen-DVD, Vogelflug. Soll der letzte Schrei sein, ist aber ziemlich langweilig. O'Malley und ich sind dabei weggenickt.«

Jann machte ein nachdenkliches Gesicht. »Vielleicht mag er lieber Actionfilme. Oder Science-Fiction. Meinst du, er mag ›Star Wars‹?«

»Jeder mag ›Star Wars‹«, sagte ich. »Vorausgesetzt, man fängt mit Episode vier an.«

Ich spürte etwas Schweres auf meinem Bein und drehte mich zur Seite. Frederik hatte sich zu mir gebeugt, seine Hand ruhte auf meinem rechten Oberschenkel.

»Ich schreibe jetzt auch Bücher.« Er machte eine Kopfbewegung, als müsste er sich das Haar aus dem Gesicht schütteln, wobei sein Doppelkinn schlackerte. »Ich weiß gar nicht, warum ich damit nicht früher angefangen habe, das ist ja total einfach.« Er stützte einen Ellenbogen auf den Tisch und begab sich in Denkerpose.

Vorsichtig schob ich seine verschwitzte Pranke von meinem Bein. »Wenn du meinst.«

Ich für meinen Teil konnte mich nicht daran erinnern, mich jemals mit etwas Schwierigerem als dem Schreiben befasst zu haben. Klar, es gab Phasen, in denen es gut lief und die Worte nur so auf den Bildschirm drängten, allerdings überwogen die Zeiten, in denen ich Stunden für einen lesbaren Absatz brauchte, den ich am Ende doch löschte, weil er sich als der größte Mist entpuppte. Vielleicht war Frederik einfach ein Naturtalent.

»Was für Bücher schreibst du denn?«, fragte ich.

»Sag ich nicht. Sonst klaust du mir meine Ideen.«

»Bestimmt nicht.« Sollte ich jemals Ideen von Frederik

Bergmann klauen müssen, würde ich meinen Laptop eigenhändig verschrotten.

»Aber ich kann dir bei deinem nächsten Buch helfen, Elli. Wir können es zusammen schreiben.«

»Danke für das Angebot, ich arbeite allerdings lieber allein.«

»Das macht mir überhaupt keine Umstände, ich habe ganz tolle Ideen. Du kommst raus zu mir nach Großefehn, und dann schreiben wir.«

Bei seinen Worten durchzuckte es mich. Genau wie Lisa und ich kam Frederik aus Großefehn. Während wir Mädels unsere Zelte anschließend in Aurich aufgeschlagen hatten, war er seinem Heimatort treu geblieben und lebte dort in einem gemeinsamen Haushalt mit seiner verwitweten Mutter und seiner Oma. Ich wusste, dass seine Mutter und die von Lisa miteinander befreundet waren, vielleicht konnte Frederik mir Infos zu Lisas unbekanntem Begleiter in der Nacht am Hafen geben.

»Sag mal, Frederik, hattest du eigentlich noch Kontakt zu Lisa?«

»Lisa?« Seine Miene erhellte sich. »Klar hatten wir Kontakt.« Ein selbstgefälliges Lächeln stahl sich auf sein Gesicht. »Und was für welchen!«

Ich überging den zweideutigen Unterton. »Hast du sie mal in der Cobra getroffen?«

»Fast jedes Wochenende, sie hat ja da gearbeitet. Aber warum fragst du?« Er kniff die Augen zu schmalen Schlitzen zusammen. »Eifersüchtig?«

Höchstens darauf, dass sie seine Überheblichkeit nicht mehr ertragen musste. »Weißt du, ob sie einen Freund hatte?«

Frederik schob die Unterlippe vor. »Vielleicht war ich ja ihr Freund.«

»Weißt du, die Leute fragen sich nämlich, ob jemand etwas mit ihrem Tod zu tun hatte.«

»Oh, dann war ich besser nicht ihr Freund.« Er wandte sich abrupt von mir ab. Gleich darauf schnellte er jedoch wieder zurück und sah mich durchdringend an. »Überleg dir das mit dem Buch, Elli. Das wird viel besser als dein ›Fremd und Gänger‹-Geschreibsel. Ich biete dir meine Hilfe nur ein Mal an!«

»Danke, das ist sehr nett von dir.« Auf weitere Hilfsangebote von Fetti Bergmann konnte ich nämlich gut verzichten.

Gegen halb drei verließen wir die schwüle Wärme des Marlowe und torkelten auf den Gehsteig, wo uns ein feiner Nieselregen empfing. Diana wohnte in fußläufiger Entfernung, und Wilbert bot an, sie nach Hause zu begleiten. Er wirkte nicht wie ein Triebtäter, also gab ich den beiden meinen Segen.

Den Hinweg in die Innenstadt zu Ernestos Pizzeria hatte ich zu Fuß zurückgelegt, deshalb schloss ich mich Jann und Fetti, der sich den alten Spitznamen nach seinem heutigen Verhalten redlich verdient hatte, gern an, als sie anboten, mich mit ihrem Taxi zu meiner Wohnung zu chauffieren.

Jann legte seinen Arm um meine Schultern, und gemeinsam eierten wir neben Fetti die Norderstraße entlang bis zum ZOB, an dem ein Taxi mit eingeschaltetem Taxilicht für uns parat stand.

Wir hatten das Fahrzeug fast erreicht, als Fetti nach meinem Arm griff. »Wir werden verfolgt. Nein, dreh dich nicht um, er beobachtet uns.«

»Wer?«

Ohne ein weiteres Wort öffnete Fetti die Beifahrertür und setzte sich.

Ich stand bewegungslos da und starrte in die Dunkelheit hinter uns, unsicher, ob ich mir seine Worte nur eingebildet hatte.

»Komm schon.« Jann hielt mir die Tür auf und schob mich auf die Rückbank.

Ich lehnte mich zu Fetti nach vorn. »Wie hast du das gerade gemeint? Wer hat uns beobachtet?«

Er antwortete nicht. Ich starrte auf sein Drahtwollehaar,

aber er drehte sich nicht um. Ich zitterte. Ob vor Kälte oder Angst, wusste ich nicht.

Jann legte den Arm um meine Schultern und zog mich an sich. »Hör nicht auf sein Gerede. Du kennst ihn doch, er will sich nur wichtigmachen.«

Ja, bestimmt wollte er das. Genau wie der Drohanrufer, von dem ich nichts mehr gehört hatte. Heiße Luft, sonst nichts. Blieb nur zu hoffen, dass der unbekannte Dichter es sich nicht zwischenzeitlich anders überlegt hatte und Ernst machte.

10

Ich wachte mit zwei Katern auf. Einer lag auf meinen Beinen, der andere presste meinen Kopf in einen Schraubstock.

Ich strampelte mich frei und setzte mich auf die Bettkante. In meinem Magen machte sich ein Gefühl breit, als hätte ich ein Kilo Brausetabletten mit Essig runtergespült, und in meinem Kopf hämmerte irgendein Idiot mit einem Presslufthammer herum. Wahrscheinlich der Rachenputzer.

Ich stützte die Ellenbogen auf die Knie, legte den Kopf in die Hände und wartete, bis das Pochen nachließ. Hinter mir spürte ich eine Bewegung. O'Malley kam näher und rieb seinen Kopf an meinem Oberarm.

Ich kraulte ihn zwischen den Ohren. »Ich bin dir kein gutes Vorbild.«

O'Malley trabte davon und bezog vor seinem Futternapf Stellung. Ich schleppte mich in die Küche, nahm einen sauberen Napf aus dem Schrank und gab zwei Tütchen Katzenfutter hinein. Der Geruch trieb meinen Magensäurespiegel in die Höhe, und als ich den Napf auf den Boden stellte, durfte ich mich nur minimal vorbeugen, um keinen Brechreiz auszulösen.

Der Nieselregen der vergangenen Nacht hatte sich in einen wütenden Dauerregen verwandelt, der mit dicken Tropfen gegen mein Wohnzimmerfenster schlug. Zeit, das Sonntagsblatt aus dem Zeitungsrohr zu holen, wenn ich den Tag nicht wieder mit einem Klumpen Papiermatsch verbringen wollte. Ich schlüpfte in meine Hausschuhe, öffnete die Haustür und sah um die Ecke. Das Zeitungsrohr war leer. Entweder war der Austräger wasserscheu, oder er hatte die Zeitung in weiser Voraussicht in den Briefkasten gesteckt. Ich nahm den Briefkastenschlüssel vom Schlüsselbrett, huschte nach draußen und öffnete die Klappe.

Eine weiße Wolke stob mir entgegen und kitzelte meine

Haut. Schnee, dachte ich. Eigentlich unmöglich bei diesen Temperaturen. Ich wischte mir über das regennasse Gesicht. Nein. Schnee fühlte sich definitiv anders an. Ich besah meine Hände, an denen kleine Federn klebten, und musste unwillkürlich an Frau Holle denken.

Nur dass die Federn bei Frau Holle nicht blutverschmiert waren.

Ich saß im Schneidersitz auf dem Sofa und versuchte zu begreifen, was derzeit in meinem Leben passierte.

Alexa lief zwischen Küchentür und Wohnzimmerfenster auf und ab und deutete auf die blutigen Federn, die auf einer alten Zeitung auf meinem Couchtisch lagen. »Du musst die Polizei rufen.«

Es klingelte an der Tür, und sie ging, um zu öffnen.

»Sag mal, was war denn das für ein seltsamer Anruf?«, hörte ich Dianas Stimme aus dem Flur. »Warum sollte ich so schnell herkommen? Und warum liegen vor der Haustür überall Federn? Hat O'Malley einen Vogel gerissen?«

Sie trat ins Wohnzimmer und blieb bei meinem Anblick wie angewurzelt stehen. »Du siehst ganz fleckig aus. Hast du dich übergeben? Der Rachenputzer war wohl zu viel für dich.« Ihr Blick wanderte von meinem Gesicht zum Couchtisch. »Igitt! Ist das Blut?«

Ich trank einen Schluck Kaffee, um den sauren Geschmack aus meinem Mund zu vertreiben. »Ein Sonntagsgruß meines dichtenden Freundes.« Ich drehte ein weißes Kärtchen, nicht größer als eine Visitenkarte, zwischen den Fingern. »Vögleins Herz, mit Beben, ringt zwischen Tod und Leben«, las ich vor und schnippte das Kärtchen auf den Tisch.

Diana griff danach, wobei sie darauf achtete, den blutigen Federn nicht zu nahe zu kommen. »Wo hast du das her?«

»Lag im Briefkasten. Unter den Federn.«

»Ist das mit Blut geschrieben?« Angewidert legte sie die Karte zurück.

»Sieht ganz so aus.«

»Okay, mir reicht es. Ich rufe die Polizei.« Alexa griff nach ihrem Handy.

»Keine Polizei«, sagte ich, ehe sie auch nur den Bildschirm entsperren konnte.

»Elli!«

»Ich weiß, wem ich das zu verdanken habe.« Ich nahm das Kärtchen vom Tisch und deutete auf die rostfarbenen Worte. »Mit diesen Zeilen hat er sich verraten.«

»Was soll an dem Reim denn so besonders sein?«, fragte Alexa. »Es ist halt irgendein Gedicht. Allerdings kommt es mir bekannt vor.«

»Wenn meine Mutter jetzt hier wäre, würde sie dir einen Vortrag halten.«

»Ah.« Alexas Miene erhellte sich. »Lenore.«

»Ganz genau.«

»Ich kann euch nicht folgen«, sagte Diana. »Wer oder was ist Lenore?«

»Eine Ballade, für die angeblich Eleonore von Schwarzenberg das Vorbild war«, erklärte ich. »In einer Zeile heißt es: ›Lenorens Herz, mit Beben, rang zwischen Tod und Leben.‹ In der Cobra hat Phil Winter mich auf meine Namensgeberin angesprochen und wusste Einzelheiten über sie, die er nur wissen konnte, wenn er sich eingehend mit ihr beschäftigt hat. Dabei ist er wohl auch über das Gedicht gestolpert.«

»Dann solltest du erst recht die Polizei rufen«, sagte Alexa. »Du kannst ihr Tat und Täter in einem Rutsch liefern.«

Ich schüttelte den Kopf. »Die werden sagen, dass es keine handfesten Beweise gegen ihn gibt, jeder hätte den Anruf tätigen können. Es muss irgendeine Verbindung zwischen ihm und Karl geben, die sollten wir zuerst finden.«

»Warum bist du dir so sicher, dass es diesem Phil um Karl geht?«, fragte Diana.

»Weil Karl an dem Tag verschwand, als Phil aufgetaucht ist. Außerdem ist es gut möglich, dass Phil mich nach meiner Lesung zur Residenz verfolgt und sich dort im Gebüsch versteckt hat. Als ich dann den Drohanruf bekam, ist er nur wenige Sekunden später zur Tür hereinspaziert. Wollte wohl sehen, ob er mir Angst einjagen konnte.« Das hatte er zweifellos geschafft.

»Aber warum waren die Federn ausgerechnet heute im Briefkasten?«, fragte Diana. »Wir haben doch gar keine erneute Schnüffeltour unternommen.«

»Das nicht. Als ich mir letzte Nacht das Taxi mit Fetti und Jann geteilt habe, meinte Fetti allerdings, wir hätten einen Verfolger.«

»Phil Winter?«

»Keine Ahnung, ich habe niemanden gesehen. Jann meinte, Fetti habe sich nur wichtigmachen wollen.«

»Und was heißt das jetzt? Was willst du denn machen, wenn zur Polizei zu gehen wegfällt?«

»Beweise gegen Phil Winter sammeln, das ist doch klar.«

Diana verschränkte die Arme vor der Brust und sah wenig begeistert aus.

»Was ist los?«, fragte ich. »Du bist doch sonst so abenteuerlustig.«

»Ja, wenn es um leer stehende Rattenhäuser geht. Diese Sache gefällt mir gar nicht. Du wirst bedroht. Was, wenn es diesem Phil irgendwann nicht mehr genügt, dir einen Schreck einzujagen?«

Alexa, die während der letzten Minuten gedankenverloren vor sich hin gestarrt hatte, meldete sich zu Wort. »Wie gut kennst du dich mit Selbstverteidigung aus?«

»Ich habe zwei Dosen Pfefferspray.«

»Das reicht nicht aus, um dich effektiv verteidigen zu können. Ich gebe dir Unterricht.«

»Seit wann hast du Ahnung von Selbstverteidigung?«, fragte Diana.

»Schon ewig. Ich will mein künstlerisches Genie doch nicht vor der Zeit abtreten lassen.«

Ich besaß zwar kein künstlerisches Genie, aber vor der Zeit abtreten wollte ich auch nicht. »Bin dabei – wenn Diana auch mitmacht.«

»Aber klaro.« Diana legte die Handflächen aneinander und verbeugte sich vor Alexa. »Unterweise uns, Meisterin.«

»So schnell geht das nicht. Ich muss erst ins Kontaktzentrum und ein paar Sachen holen.« Alexa schnappte sich ihre Autoschlüssel und schickte sich an, meine Wohnung zu verlassen.

»Kannst du bitte Pommes vom Friesenimbiss mitbringen, wenn du ohnehin in der Innenstadt bist?«, rief ich ihr hinterher. »Ich sterbe vor Hunger!«

»Bei der Selbstverteidigung dürft ihr nicht zimperlich sein.« Alexa baute sich vor uns auf wie eine Lehrerin vor einer Schulklasse. »Unabhängig davon, ob ihr jemanden nur zu Boden werfen oder ihn k. o. schlagen wollt.«

»Ich kann gerade niemanden zu Boden werfen.« Ich lehnte mich an die Sofalehne und klopfte auf meinen Bauch, der sich gefährlich über den Hosenbund wölbte. »Zu viele Pommes.«

»Dito«, sagte Diana.

»Ihr seid mir ja ein träger Verein! Aber meinetwegen, dann machen wir eben zuerst die Melonenübung.«

»Das klingt irgendwie versaut.« Diana grinste. »Die Melonenübung! Machen wir später auch noch die Bananenübung, oder ist die für Männer reserviert?«

Wir kicherten, Alexa bedachte uns mit einem strengen Blick.

»Bei der Melonenübung«, sie zog eine Melone aus einer Stofftasche hervor, »lernen wir, unsere Kräfte zu kanalisieren. So können wir unseren Angreifer kurzzeitig außer Gefecht setzen und uns in Sicherheit bringen. Ziel dieser Übung ist es, die Melone mit einem Fausthieb zum Platzen zu bringen.«

Diana und ich nickten. Hörte sich nicht besonders kompliziert an.

»Okay, dann helft mir mal.«

Alexa drückte jedem von uns eine Tasche in die Hand, und wir taperten durch die Küche in den Garten, wobei wir darauf achteten, dass O'Malley nicht durch die geöffnete Terrassentür entwischen konnte. Ich wollte ihn noch ein paar Wochen in der Wohnung behalten, damit er sich in Ruhe an sein neues Zuhause gewöhnen konnte. Er zog es aber vor, auf dem Sofa liegen zu bleiben, das stinkende Baldriankissen unter die linke Vorderpfote geklemmt. Er hatte seinen Kratzbaum nur ein einziges Mal erklommen, um sich das Kissen unter die Kralle zu reißen.

»Wo hast du die Melonen eigentlich her?«, fragte ich. »Heute ist doch Sonntag.«

»Die hatte ich im Kontaktzentrum gelagert, waren eigentlich für ein Kunstprojekt gedacht.«

Mir fiel keine Möglichkeit ein, wie man aus ein paar Wassermelonen ein künstlerisches Gebilde fabrizieren konnte, aber wenn es jemand fertigbrachte, dann Alexa.

Das Wetter hatte sich ausgetobt, es regnete nicht mehr, und unter meiner kleinen Überdachung war es angenehm windgeschützt. Diana setzte sich auf meinen alten Holzschaukelstuhl, ich lehnte mich an den Gartentisch mit der übergroßen Plastiktischdecke, der unterhalb des geöffneten Badezimmerfensters stand. Alexa eilte ins Haus zurück und kam wenig später mit einem großen Holzkreuz, bestehend aus zwei aneinandergeschraubten Kanthölzern, zurück.

»Wozu soll das denn gut sein?«, fragte ich. »Sollen wir unsere Gegner kreuzigen? Deine Methode kommt mir nicht sehr modern vor.«

»Blödsinn.« Alexa nahm einen dicken Gummihammer und trieb das Kreuz neben den Terrassenplatten in den Boden, bis sich das kürzere, horizontal angebrachte Kantholz etwa auf Schulterhöhe befand. Sie nahm eine Melone aus der Tüte, schnitt ein Loch hinein und spießte sie oben auf das Kreuz.

»Siehst du?«, sagte sie voller Stolz. »Schon haben wir euren Angreifer.«

»Also ich weiß nicht so recht. Sieht nicht sehr überzeugend aus.« Ich legte den Kopf schief. »Hat was von einem Strichmännchen.«

Alexa verdrehte die Augen und deutete auf den Melonenmann. »Quatsch nicht, zieh ihm eins über die Rübe!«

Ich ballte die rechte Hand zur Faust und versuchte, mir das Strichmännchen als Phil Winter vorzustellen. Kein leichtes Unterfangen, Phils Kopf hatte so gar keine Ähnlichkeit mit der Melone.

Alexa bemerkte mein Zögern. »Du musst dich konzentrieren.«

Ich lockerte die Schultern, schloss die Augen und atmete tief durch. Ich rief mir Phils Gesicht ins Gedächtnis. Die dunkelbraunen Haare, die ihm immer in die Stirn fielen, die blaugrauen forschenden Augen und den Mund, der sich so oft zu einem schiefen Lächeln verzog.

Ich holte aus und stieß meine Faust in das Melonengesicht.

»Aua!«

Ein schmaler Riss zeigte sich in der grünen Hülle.

»Das war erbärmlich«, sagte Diana.

»Du musst es auch wollen«, schimpfte Alexa. »Du hast den Schlag ja abgebremst. Im wahren Leben hätte der Typ jetzt eine winzige Beule, würde dich packen und dir den Hals umdrehen.«

»Können wir ihm nicht was anziehen?«, schlug Diana vor. »Vielleicht wirkt er dann authentischer.«

»Meinetwegen.« Alexa richtete die Melone gerade. »Was hast du denn im Angebot, Elli?«

»Nur Frauenkleider. Wartet, mir fällt was ein.« Ich hastete in die Wohnung und durchwühlte meinen Kleiderschrank. Tops, Pullover und Shirts landeten auf dem Boden, bis ich endlich fand, wonach ich suchte, und in den Garten zurückstürmte.

»Das hier müsste passen.« Ich zog dem Kreuzmännchen ein zerknittertes dunkelblaues Jackett über. »Das hat Jörg«, ich untermalte den Namen meines Exfreundes mit einem Würgelaut, »bei mir liegen lassen. Ist von Armani. Ich wollte es eigentlich im Internet verkaufen, aber so erfüllt es wenigstens noch einen passenden Zweck.«

»Also gut.« Alexa trat einen Schritt zurück. »Dann kannst du jetzt –«

Ich wummerte der Melone eins über, sie zerbarst in tausend Stücke und besprenkelte uns mit Fruchtfleisch und Kernen. Ich schüttelte die Hand, dieses Mal allerdings nicht vor Schmerz, sondern um den Melonenmatsch loszuwerden.

»Nicht schlecht!« Alexa wischte sich einige Melonenkerne von der Stirn und steckte sie in den Mund. »Wir sollten prüfen, ob Jörg dein Stalker ist. Die Vorstellung weckt ja ungeahnte Kräfte in dir.«

Gerade als ich eine neue Melone aus der Tüte zog, klingelte es an der Tür.

»Ich gehe schon.« Diana tänzelte davon.

Durch das geöffnete Badezimmerfenster hörte ich im Inneren meiner Wohnung Sebastians Stimme. Ich hielt inne und spitzte die Ohren.

»Elli ist im Garten«, sagte Diana. »Sie packt gerade ihre Melonen aus.«

»Das will ich mir auf keinen Fall entgehen lassen.«

Panisch blickte ich an mir herunter. Mein Sweatshirt klebte voller Melonenstücke, ich war ungeschminkt, und meine Haare spielten Revolution. »Schnell, versteck mich!«

Alexa schnaubte, während sie ein Loch in die nächste Melone schnitt. »Witzbold. Wie soll ich das denn machen?«, fragte sie.

»Dann erschieß mich! Oder nimm das Messer, mir egal. Hauptsache, Sebastian sieht mich nicht so!«

»Aber wenn du tot bist, siehst du doch genauso aus wie jetzt.« Sie setzte dem Melonenmann den neuen Kopf auf. »Nur eben in Tot.«

»Verdammt, was mache ich denn jetzt?«

Einen Fluchtweg gab es nicht, mein Garten war rundherum von dichten Büschen umgeben. Zwar wies ein schmales Holztor den Weg nach draußen, aber der zugehörige Schlüssel lag in meiner Wohnung, und dort wäre ich Sebastian in die Arme gelaufen.

»Elli, was machst du denn da? Du willst dich doch jetzt nicht ernsthaft unter dem Tisch verstecken!«

Und ob ich das wollte. Die Tischdecke reichte bis etwa dreißig Zentimeter über den Boden. Wenn ich mich dicht an die Wand drängte, konnte Sebastian mich nicht sehen.

Alexa lugte unter die Tischdecke. »Du bist eine Schande für jede Feministin. Soll er dich doch ruhig ungeschminkt sehen.«

»Mach die Decke runter und lüg ihm irgendwas vor! Ich musste dringend weg oder so.«

Das Tischtuch klappte herunter, kurz darauf erschienen zwei Fußpaare in der Terrassentür.

»Hallo, Sebastian«, sagte Alexa. »Elli ist leider nicht hier. Sie musste dringend weg.«

»Tut mir leid, dass ich so unangemeldet auftauche, aber ich habe Neuigkeiten von Karl.«

Ich biss mir auf die Unterlippe. Mist!

Diana schaltete blitzschnell. »Die kannst du uns auch erzählen, wir geben alles an Elli weiter.«

Sebastian blieb direkt neben dem Tisch stehen. »Darf ich mich kurz setzen? Ich liebe Schaukelstühle.«

Alexa zögerte den Bruchteil einer Sekunde. »Klar.«

Ich drückte mich bis zur Schmerzgrenze gegen die Wand und hielt den Atem an, als Sebastian sich setzte und die Füße unter dem Tisch platzierte.

Leider beschloss der Gott der Peinlichkeiten, dass es mal wieder Zeit für eine ordentliche Blamage war. Sebastian streckte die Beine aus, schlug lässig die Füße übereinander und traf mich mit dem linken Fuß am vollgefressenen Pommesbauch.

»Uff!«, entfuhr es mir. Ein Wunder, dass ich mich nicht übergeben musste.

Das Tischtuch wurde hochgezogen, und Sebastians schönes Gesicht tauchte in meinem Blickfeld auf.

»Elli!« Er suchte nach den richtigen Worten. »Schon zurück?«

Ich hätte mir am liebsten ein einsames Plätzchen zum Sterben gesucht. Doch es blieb mir nur, einigermaßen würdevoll unter dem Tisch hervorzukrabbeln, mir den Staub von der Hose zu klopfen und meine Haare notdürftig hinter die Ohren zu streichen.

»Ich habe nur was … äh … gesucht. Und dann habe ich wohl vergessen, Alexa zu sagen, dass ich wieder da bin, und … äh … da bin ich.«

Sebastian stand auf und ließ den Blick über mein Shirt gleiten. Eine Gänsehaut überkam mich, und ich musste nicht nach unten sehen, um zu wissen, dass sich meine Knospen unter dem Stoff bemerkbar machten.

»Wir machen gerade Selbstverteidigung«, erklärte ich.

»Gegen Melonen?« Er schnippte einen Kern von meiner Schulter.

»Du hast Neuigkeiten von Karl?«

»Ja, ich habe einen Bekannten bei der Obdachlosenhilfe. Marco Brügge. Ich habe ihn angerufen, Karl ist vor einiger Zeit bei ihm gewesen.«

»Wann?«, fragte ich.

»Vor etwa zwei Wochen«, sagte Sebastian. »Ich habe ihn extra danach gefragt.«

»Und was wollte Karl bei der Obdachlosenhilfe?« Es passte nicht zu ihm, dass er sich an eine staatliche Stelle wandte, er regelte seine Angelegenheiten lieber selbst oder mit Hilfe seiner Freunde.

»Marco hat durchblicken lassen, dass Karl sich in Aurich nicht mehr wohlfühlte und woanders einen Neuanfang versuchen wollte. Er scheint zu glauben, dass Karl dieses Vorhaben nun in die Tat umgesetzt hat.«

»Ohne einem seiner Freunde Bescheid zu geben?«

»Der beste Weg für einen Neuanfang ist wohl der, alles hinter sich zu lassen.«

»Kann ich mal mit diesem Marco sprechen?«

»Er wird dir nicht mehr sagen können als mir, Elli. Alles, was dort besprochen wird, unterliegt der Schweigepflicht.«

»Hat er denn wenigstens angedeutet, wohin Karl gehen wollte?«

»Nein, aber ich bleibe dran. Ich gebe dir sofort Bescheid, wenn ich etwas Neues erfahre.«

»Danke.« Ich brachte Sebastian zur Tür und schlich zu Diana und Alexa zurück. »Wenn ihr mich bitte kurz entschuldigen wollt, ich öffne mir nur schnell die Pulsadern.«

»Lass mal lieber, ich kann kein Blut sehen«, sagte Diana. »Aber wenn du deinen Frust abbauen möchtest: Ich habe der Melone extra dicke Jörg-Augenbrauen gemalt.«

11

Am nächsten Tag fühlte ich mich fit genug für die Arbeit, solange ich Habichts Visage nicht ertragen musste. Die Gefahr bestand gottlob nicht, da er sich auf Verwandtenbesuch befand. Ich hätte auch lieber Verwandte besucht, statt mir die Füße im Marlowe platt zu stehen, aber aus meiner Familie haben es nur meine beiden älteren Geschwister gewagt, aus Ostfriesland auszubrechen, und auf einen Besuch in Hamburg oder in der Schweiz hatte ich dann doch keine Lust.

Ich zog einen der Gästehocker hinter den Tresen und ließ mich darauf nieder. Nach Arbeit stand mir überhaupt nicht der Sinn, denn so langsam verstand ich die Welt nicht mehr: Warum hätte Karl Aurich verlassen sollen, wo er sich doch erst seit etwas über einem Jahr in der Stadt aufhielt? Es hatte auf mich keineswegs den Eindruck gemacht, dass er sich hier unwohl fühlte, ganz im Gegenteil. Bis auf Lisas Tod natürlich, der hatte ihn schwer getroffen. Wobei könnte er an dem Abend also so dringend meine Hilfe gebraucht haben? Um einen geplanten Umzug ging es sicher nicht. Wir hatten uns erst kurz vorher im Marlowe gesehen, und er hatte keinen Ton gesagt. Er musste irgendetwas herausgefunden haben, was gegen die Unfalltheorie sprach, denn er hatte ja angedeutet, dass ich mit meinen Vermutungen richtiglag.

Um das Chaos in meinem Kopf zu ordnen, notierte ich die Ereignisse, die sich seit Lisas Beerdigung ereignet hatten: Karls Anruf mit der Bitte um Hilfe kurz vor seinem Verschwinden, das Gespräch mit Heini und Willi, der nächtliche Besuch in der Residenz, der Drohanruf, O'Malleys Einzug, Karls verschwundene Sachen, Fettis Verfolgungswahn und natürlich die blutigen Federn und das Lenore-Zitat. Unter die Notizen schrieb ich Phil Winters Namen und versah ihn mit drei Fragezeichen.

»Wenn du schreibst, bist du ja echt hundertprozentig konzentriert. Daran erkennt man wohl den Profi.«

»Phil!« Mit einem lauten Knall schlug ich das Notizbuch zu. Während ich vom Hocker rutschte, tastete ich meine Hosentaschen nach dem Pfefferspray ab. Mist, es steckte in meiner Handtasche.

»Entschuldige.« Phil sah mir in die Augen, und seine Pupillen weiteten sich. »Ich wollte eigentlich nur mal ein ernstes Wort mit dir reden. Gut, dass wir allein sind.«

Das lag sicherlich im Auge des Betrachters, mir gefiel diese Tatsache nämlich überhaupt nicht. Ich griff in meine Handtasche und schloss die Finger um die Spraydose.

Die Eingangstür schwang auf, und die Gruppe der neuropsychiatrisch Erkrankten, kurz: Neuros, aus dem Kontaktzentrum betrat das Marlowe. Vorneweg lief ein zierliches Mädchen, etwa siebzehn Jahre alt. Ihre Haut war weiß wie Schnee, die Lippen rot wie Blut und die Haare ... Der Rest ist bekannt. Wer bei ihrem Anblick nicht an Schneewittchen dachte, war entweder blind oder hatte das Märchen nie gelesen.

Schneewittchen begrüßte mich mit einem fröhlichen »Fickhure!« und stampfte mit dem Fuß auf. Die Gruppe verzog sich an den Stammtisch in der Ecke.

»Ich bin sofort bei euch.« Ich ließ die Spraydose los und stellte meine Handtasche ab. Wer hätte gedacht, dass mich die Neuros mal vor einer Auseinandersetzung mit einem verrückten Stalker bewahren würden?

Phil blickte Schneewittchen mit offenem Mund hinterher. »Was war das denn gerade?«

»Sie hat Tourette. Normalerweise hat sie sich besser im Griff, aber wenn sie sich aufgeregt hat, sind ihre Tics immer etwas ausgeprägter.«

Jetzt, da wir nicht mehr allein waren, normalisierte sich mein Herzschlag, obwohl Phil Winter keine Anstalten machte, sich an seinen Stammplatz am Fenster zu setzen. Ganz im Gegenteil, als ich die Bestellungen der Neuros aufgenommen hatte, gab er mir ein Zeichen, zu ihm zu kommen.

»Kaffee?«, fragte ich.

»Heute nicht, ich muss gleich weiter. Wir sollten wirklich dringend reden.«

»Ich habe wenig Zeit. Du siehst ja, ich habe Kundschaft.«

»Es ist wichtig«, sagte er eindringlich. »Wann hast du Feierabend?«

Um acht. »Um neun.«

»Dann komme ich später wieder.«

Na gut, dies war ein freies Land, und jeder konnte tun, wonach ihm der Sinn stand. Sollte Phil ruhig um neun zurückkommen – da würde ich längst mit O'Malley auf dem Sofa sitzen und in die »Star Wars«-Galaxie eintauchen.

Ich verabschiedete Phil halbherzig, arbeitete die Bestellungen der Neuros ab und platzierte die Getränke auf einem Tablett.

Schneewittchen kam an den Tresen. »Ich habe gehört, du suchst nach Karl.« Sie blinzelte und rümpfte die Nase.

»Du kennst ihn? Woher weißt du, dass ich nach ihm suche?«

Sie überging meine erste Frage. »Von deiner Cousine.«

Schneewittchen war sichtlich aufgewühlt, es fiel ihr schwer, ihre Stimme unter Kontrolle zu halten. Sie legte die Handflächen auf den Tresen, schloss die Augen und nickte mehrmals, so als zählte sie innerlich bis zehn.

»Angeblich ist er weggezogen, um einen Neuanfang zu machen«, sagte ich.

»Scheißsau!« Schneewittchen schüttelte den Kopf. Nicht einmal, nicht zweimal, sondern neunmal. »Das ist Blödsinn, und das weißt du.«

Ich ließ die Getränke Getränke sein und stützte mich auf den Tresen. »Woher kennst du Karl?«

»Sag mir bitte einfach Bescheid, wenn du etwas von ihm hörst, ja? Mehr will ich gar nicht.« Schneewittchen sah mich aus großen Rehaugen an. Wie mein Teddy Tommy, der früher das Kinderbett mit mir geteilt hatte. Nur dass Tommy niemals »Hitlerhure!« gebrüllt hätte.

»Was weißt du über Karls Verschwinden?«, hakte ich nach.

»Das kann ich dir nicht sagen.«

»Das solltest du aber, denn seit ich nach ihm suche, werde ich bedroht. Ich will nicht die Nächste sein, die verschwindet oder tot im Hafenbecken treibt.«

Schneewittchen sah mich an, als hätte ich sie geschlagen. Sie taumelte rückwärts, warf dabei einen Hocker um und rannte hinaus.

Ich sah ihr durch das Fenster hinterher, bis sie aus meinem Blickfeld verschwunden war. Vielleicht hätte ich mir den letzten Kommentar verkneifen sollen. Womöglich wäre sie auskunftsfreudiger gewesen, wenn ich es langsamer hätte angehen lassen.

Vielleicht wäre alles anders gekommen, wenn ich ihr nachgelaufen wäre.

Um Punkt acht Uhr gab ich Gäste und Verantwortung an Judith weiter und stob aus dem Marlowe. Für die beleuchteten Schaufenster der umliegenden Geschäfte hatte ich keinen Blick übrig. Der erste Frost nahte und verwandelte meinen Atem in Nebel. Genau das Richtige, um meine Gedanken zu kühlen.

Zwar blieb mir noch fast eine Stunde bis zu Phil Winters Rückkehr, aber ich wollte in der Zeit so viel Abstand wie möglich zwischen uns bringen. Ich wählte den kürzeren Weg, marschierte zum ZOB und bog nach links auf die Nürnburger Straße ab. Schon nach einer Minute bereute ich meine Entscheidung, denn die menschenleere Straße wirkte sich nicht gerade positiv auf mein Sicherheitsempfinden aus.

Ich erinnerte mich an Frederik Bergmanns Worte. *Dreh dich nicht um, er beobachtet uns!* Ich hatte niemanden gesehen, aber jetzt ging mir auf, dass dieser Jemand, sofern es ihn überhaupt gegeben hatte, uns nur aus der Nürnburger Straße heraus beobachtet haben konnte. Hier gab es ein paar dunkle Ecken, in denen man sich verstecken konnte, die Straße war nicht so gut ausgeleuchtet wie die Norderstraße mit ihren zahlreichen Geschäften. Ich konzentrierte mich darauf, ruhig und gleichmäßig zu atmen und nicht in paranoide Wahnvorstellungen zu verfallen.

Weit und breit war keine Menschenseele zu sehen, Gesellschaft leistete mir nur das Klackern meiner Absätze auf dem Gehweg.

Klack, klack, klack, klack. Tapp.

Tapp?

Links vor mir schälten sich drei Gestalten aus der Dunkelheit, das Licht einer Straßenlaterne im Rücken. Zwei von ihnen schlank und hochgewachsen, eine kompakt und breitschultrig.

Sie steuerten direkt auf mich zu.

Erst kürzlich hatte ich gelesen, man solle bedrohlich wirkenden Personen direkt in die Augen blicken, da dies von Selbstvertrauen zeuge. Schön und gut, aber mein Selbstvertrauen war schon vor einigen Metern flöten gegangen, und bei einem Blickkontakt würden die Typen nur meine nackte Panik sehen. Ich stierte geradeaus und stolzierte an ihnen vorbei.

»Hallo, hallo.« Der größte der drei stieß mich im Vorbeigehen mit dem Ellenbogen an.

Na super! Ich tat so, als hätte ich nichts gemerkt, und ging unbeirrt weiter.

»Hey, ich rede mit dir!«

Einfach weitergehen, gar nicht hinhören.

Auf einmal wurde ich an den Haaren zurückgerissen. Ich schrie auf und stürzte zu Boden, wurde aber sofort wieder hochgezerrt.

Der Angreifer wirbelte mich herum und drängte mich gegen einen Zaun. Hart prallte ich mit dem Rücken gegen die Metallstäbe, und im nächsten Augenblick blitzte die Klinge eines Klappmessers vor meiner Nase auf.

»Wenn ich mit dir rede, antwortest du gefälligst!«

Ich riss meinen Blick von der Klinge los und starrte in seine weit aufgerissenen Augen, in denen in einem grünbraunen Sumpf der Wahnsinn schimmerte. Zwei rotblonde Haarbüschel standen wie Hörner von seinem Kopf ab, die blasse Gesichtshaut löste sich an mehreren Stellen und war übersät von daumennagelgroßen, eiternden Pusteln. Ein Zombie! Mir war zwar nicht ganz klar, wozu ein Zombie ein Messer brauchte, aber die Zeiten änderten sich eben. Vielleicht war es einfach zu mühsam, Gehirne ohne Besteck zu essen.

»Ich bin Snake.«

Erst jetzt bemerkte ich das Schlangentattoo, das sich auf seiner rechten Seite den Hals entlang bis zum Ohr schlängelte.

Der Zombie lächelte. Dunkle Zahnstümpfe kamen zum Vorschein, und sein fauliger Atem drehte mir den Magen um. Er beugte sich langsam vor, bis sein Mund nur noch wenige Zentimeter von meinem Ohr entfernt war, und raunte: »Wollen wir spielen?«

Er schloss das letzte Stück zwischen uns und fuhr mit seiner Zunge meinen Hals entlang. Trotz der Kälte brannte die Speichelspur auf meiner Haut, Tränen schossen mir in die Augen, und ich musste würgen. Ich versuchte, ihn von mir wegzustoßen, aber er drückte mich unerbittlich gegen den Zaun.

Er würde mich töten, ganz klar. Er würde meinen Schädel knacken, mein Gehirn verspeisen und damit alle Meisterwerke, die noch darin schlummerten, auslöschen. Von mir würde nichts übrig bleiben als eine untote Hülle und ein E-Book, das schon in wenigen Monaten in den Untiefen des Internets versinken würde. Und O'Malley? Was würde aus ihm werden, wenn sein Frauchen als Zombie durch Ostfriesland wandelte?

»Du bist unserem Chef ja ganz schön auf die Nerven gegangen, das hättest du besser nicht machen sollen.« Snake drückte die Klinge gegen meinen Hals, ein kalter Schmerz durchzuckte mich. »Dafür dürfen wir mit dir machen, was wir wollen. Hauptsache, wir bringen dich danach zum Schweigen. Es gibt nur eine Sache, die mich stört. Weißt du, welche das ist?«

Ich brachte keinen Ton heraus, aber Snake schien auch nicht an einer Antwort gelegen zu sein.

»Ich darf nicht mit dem Messer arbeiten.« Bei jedem der Worte tippte er mit der Messerspitze gegen meine Kehle, und ein bedauernder Ausdruck trat auf sein Gesicht. »Es muss wie ein Unfall aussehen.« Er seufzte. »Das ist aber wiederum dein Glück, denn du darfst dir aussuchen, wie du abtreten willst. Verkehrsunfall? Gasleck in der Wohnung?«

»Aber Snake«, meldete sich eine Stimme in seinem Rücken. »Sugarboy hat doch gesagt, wir sollen uns bei ihrer Wohnung nicht noch mal blicken lassen.«

»Halt's Maul, das weiß ich selbst«, zischte Snake über seine Schulter hinweg nach hinten. Er wandte sich wieder mir zu und verzog das Gesicht zu einer leidvollen Grimasse. »Idioten. Hast du Lust auf einen Tauchgang? Der Hafen soll dafür ganz wunderbar geeignet sein. Ein kleiner Spaziergang dorthin lohnt sich bestimmt.«

Es war, als erwachte ich aus tiefster Trance. Unfall. Hafen. Lisa.

Mit aller Kraft rammte ich Snake mein Knie zwischen die Beine und stieß ihn von mir weg. Er gab ein jämmerliches Piepen von sich und fiel wie ein nasser Sack zu Boden.

Ich spurtete los, aus den Augenwinkeln konnte ich sehen, wie sich seine Handlanger über ihn beugten.

Ich wollte um Hilfe rufen, brachte aber nicht mehr als ein undeutliches Krächzen zustande.

»Lasst mich, ihr Idioten! Packt die Schlampe!« Snake jaulte jetzt wie ein angeschossenes Tier, seine Stimme überschlug sich vor Schmerz und Zorn.

Ich hatte einen ordentlichen Vorsprung, doch leider hielt der nicht lange vor. Zombies waren bessere Sprinter, als ich gedacht hatte.

Ich öffnete meine Handtasche und kramte im Laufen darin herum, ertastete meinen Schlüsselbund, Taschentücher, mein Handy und endlich das Pfefferspray.

Ich rammte die Absätze in den Boden, wirbelte herum, zielte und drückte ab.

Nichts geschah.

»Verdammter Mist!«, fluchte ich. »Mist, Mist, Mist!«

Ich hatte die Lasche nicht abgezogen.

Ich löste das Plastikplättchen, doch bevor ich das Spray einsetzen konnte, waren Snakes Begleiter da. Sie packten mich und drängten mich gegen eine Wand. Der größere der beiden, ein schlanker Schwarzhaariger, schlug meinen Handrücken gegen die kantigen Steine, meine Finger öffneten sich, und die Spraydose fiel zu Boden. Sein bulliger Begleiter mit Plattnase und Bürstenschnitt hielt meinen anderen Arm fest.

»Ey, Alte, ich glaube, Snake will noch was mit dir klären«, sagte der Bullige.

Hinter den beiden stapfte Snake wutschnaubend wie ein Stier auf mich zu, das Gesicht zu einer wütenden Fratze verzerrt. »Dafür wirst du bezahlen, du dreckige Nutte!«

Er packte mich am Hals und drückte zu. Ich versuchte, mich freizustrampeln, aber seine Begleiter hielten mich erbarmungslos fest. Ich wollte schreien, doch aus meiner Kehle drang nur ein Gurgeln. Schon nach kurzer Zeit sah ich Sterne.

»Das reicht jetzt, ich übernehme die Kleine.«

Der Griff um meinen Hals lockerte sich, und ich schnappte gierig nach Luft.

Snake drehte sich irritiert um. »Aber ich habe noch eine Rechnung mit ihr offen!«

Ein metallisches Klicken ertönte, als Phil Winter seine Pistole entsicherte. »Und ich sagte, ich kümmere mich um sie.«

Snake sah unschlüssig zu seinen Begleitern, die sich bereits ein paar Schritte entfernt hatten. Er stieß mich gegen die Mauer, als er sich abwandte, eine Steinkante bohrte sich zwischen meine Wirbel, und ich fiel auf die Knie. Die drei rannten davon.

Der Schmerz hielt mich am Boden, aber auch wenn ich es gekonnt hätte, hätte weglaufen nichts gebracht. Bei meinem Glück wäre ich spätestens bei meinem Auto dem nächsten Wahnsinnigen in die Arme gelaufen. Lautlose Tränen rannen über meine Wangen und hinterließen kalte Spuren auf meiner Haut.

Ich hatte mich schon öfter gefragt, wie ich mich in der letzten Minute meines Lebens fühlen würde. Ich glaube, dass jeder, der gern Krimis schaut oder liest, sich das irgendwann ganz unwillkürlich fragt. Zu meiner Überraschung ergriff mich ein grimmiger Trotz: Wenn ich schon sterben musste, dann auf keinen Fall kniend. Ich stützte mich auf die Hände, um mich aufzurappeln, und sah rechts von mir etwas liegen.

Die Spraydose.

»Komm mit.« Phil Winter zog mich auf die Beine.

Ich richtete das Pfefferspray auf ihn und drückte ab. Der Strahl zischte heraus und traf mich am Kinn. Im Bruchteil einer Sekunde liefen mir Rotz und Wasser aus sämtlichen Gesichtsöffnungen, und ich tastete blind und orientierungslos umher.

»Himmelherrgott!« Phil Winter fasste mich unter und schleppte mich mit sich.

Ich hörte, wie etwas aus Metall über den Boden kratzte. Dann landete ein eiskalter Wasserschwall in meinem Gesicht, und ich japste nach Luft. Eine weitere Ladung traf mich, rann unter meine Jacke und durchnässte Shirt und Hose. Ich streckte die Arme aus und wehrte mit den Händen einen weiteren Schwall ab.

»Bist du eigentlich wahnsinnig?«, schimpfte Phil.

Er hielt mich immer noch am Schlafittchen. Ich riss mich los und funkelte ihn an, so gut es meine verquollenen Augen zuließen. »Wahnsinnig, ich? Ich glaube, gerade du solltest so was nicht behaupten, Phil Winter! Oder soll ich dich lieber Sugarboy nennen?«

Phil hatte mich in einen Hinterhof gezerrt. Wie es aussah, hatte er leider kein Pfefferspray, dafür aber den Großteil der letzten Wasserladung abbekommen. Die Haare hingen in nassen Strähnen in sein Gesicht, und in der Hand hielt er einen leeren Hundewassernapf, den ein Anwohner hier für seinen Vierbeiner aufgestellt hatte. Neben Phil stand eine grüne Regentonne, aus der er das Wasser geschöpft haben musste.

»Du hältst mich für Sugarboy? Du hast sie ja nicht alle.« Er tippte sich an die Stirn. »Ich bin Polizist.«

Das nahm mir für einen Moment den Wind aus den Segeln. Polizist also. Nun gut, das konnte ja jeder behaupten. Außerdem konnten auch Polizisten Psychopathen sein. Alles schon gehört.

»Ich bringe dich nach Hause, du holst dir hier noch den Tod.« Er packte mich am Arm, dirigierte mich an meinem Golf vorbei und öffnete mit der Fernbedienung einen dunkelblauen Alfa Romeo, der einige Meter entfernt stand.

»Woher weiß ich, dass du wirklich Polizist bist? Vielleicht willst du mich nur in Sicherheit wiegen, fährst mit mir in den nächstgelegenen Wald und knallst mich ab.«

Phil öffnete die Beifahrertür. Bevor er mich auf den Sitz bugsierte, hielt er mir seinen Dienstausweis unter die Nase. »Hier.«

Ich warf einen Blick drauf und nickte, obwohl ich nicht die geringste Ahnung hatte, wie so ein Ausweis auszusehen hatte. Phil stieg ein, startete den Motor aber nicht sofort, sondern lehnte sich im Fahrersitz zurück. Ich stimmte in sein Schweigen ein, den Blick starr auf das Armaturenbrett gerichtet.

Erst jetzt wurde mir bewusst, wie knapp ich dem Tod entronnen war. Kaum zu glauben, aber ich verdankte Phil Winter tatsächlich mein Leben.

Ich räusperte mich. »Danke.«

Er nickte. »Bist du okay?«

»Es geht. Woher wusstest du, dass ich auf dem Heimweg sein würde? Ich hatte doch gesagt, dass ich um neun Uhr Feierabend habe.«

Phil hob eine Augenbraue und lächelte. »Du bist die schlechteste Lügnerin, die mir jemals untergekommen ist. Dich könnte man einem Dienstanwärter als Übungsobjekt vorsetzen.«

Meine Augen verengten sich zu Schlitzen.

»Mach dir nichts draus, es gibt schlimmere Eigenschaften«, sagte er.

»Was wollten diese Typen von mir? Und woher kennst du sie?«

»Ich kenne sie nicht. Eigentlich wollte ich dich im Auge behalten, ich hatte zuerst keinen Schimmer, dass die Typen es auf dich abgesehen hatten.«

»Du wolltest mich im Auge behalten? Warum?«

»Weil du Ärger magisch anziehst. Als hättest du einen Ärger-Magneten am Hintern.« Phil fuhr fort, ehe ich protestieren konnte. »Ich war gerade zwei Tage in der Stadt, da hieß es schon an jeder Ecke, dass Aurichs Nachwuchsautorin den Tod ihrer Arbeitskollegin für einen Mord hält. Und kurze Zeit später kommt mir zu Ohren, dass dein Freund verschwunden ist. Für mich hört sich das bezeichnend an.«

»Woher weißt du von Karl?«

»Wie schon gesagt. Du hörst dich nicht gerade unauffällig um. Halb Aurich weiß Bescheid. Seit dein Liebesleben öffentlich diskutiert wird, bist du eine lokale Berühmtheit.«

»Helena hat doch nur den einen Artikel geschrieben«, wunderte ich mich.

»Du solltest den ›Ostfriesland-Reporter‹ sorgfältiger lesen. Du bist in die ›Leute heute‹-Kategorie gewandert. Kaufst du wirklich jedes Mal Reizwäsche, bevor du in die Cobra gehst?«

Ich überhörte die Frage, bei Gelegenheit würde ich sie persönlich mit der schönen Kuh klären. »Bist du wegen Karl nach Aurich gekommen?«

»Nein.« Phils Blick wurde ernst. »Elli, was weißt du über diesen Sugarboy?«

»Nichts.«

»Verdammt, Elli, ich will dir helfen! Du hast keine Ahnung, mit wem du dich angelegt hast.«

»Ich weiß trotzdem nichts. Ich habe den Namen gerade zum ersten Mal von diesem Zombie und seinen Helfershelfern gehört.«

Phil schnaubte. »Das war kein Zombie.«

»Sondern?«

Er drehte den Schlüssel im Zündschloss. »Das erzähle ich dir, wenn wir dich abgetrocknet haben.«

O'Malley sauste uns mit steil aufgerichtetem Schwanz entgegen und rieb sich an unseren Waden.

»Hübscher Kater.« Phil streichelte O'Malleys Kopf.

»Ich habe ihn erst seit ein paar Tagen, und du weißt schon, dass es sich um einen Kater handelt? Sag mal, hast du mich ausspioniert?«

»Rote Katzen sind meistens männlich, nur eine von hundert ist weiblich.«

»Oh.« Wieder was gelernt. Ich reichte Phil ein Handtuch, damit er sich die Haare abtrocknen konnte. »Ich ziehe mir schnell was Trockenes an.«

Sein Blick glitt über mein durchnässtes Shirt, das an meiner Haut klebte. Er zwinkerte und lächelte sein schiefes Lächeln. »Eigentlich schade.«

Im Schlafzimmer entledigte ich mich meiner nassen Klamotten und streifte ein blaues Sweatshirt über. Der Gedanke, meinen erschöpften, ausgekühlten Körper in eine Jeans zu quetschen, erschien mir unerträglich. Kurz war ich versucht, meine rosa Kuschelhose mit den ausgebeulten Knien anzuziehen, aber ein Rest Würde hielt mich davon ab. Ich durchwühlte meinen Hosenstapel und zog die lange schwarze Sporthose heraus, die ich mir letztes Jahr für das Fitnessstudio angeschafft hatte und die seit dem Kauf ungenutzt im Schrank lag.

Aus dem Spiegel an meiner Kleiderschranktür glotzte mir ein Pandabär entgegen. Notdürftig wischte ich die verlaufene Mascara mit dem nassen Shirt weg und stahl mich nach zwei schnellen Schritten durchs Wohnzimmer ins Badezimmer.

Ich drehte den Wasserhahn auf und spülte das Blut von der rechten Hand, die Bekanntschaft mit der Mauer gemacht hatte. Die Haut über meinen Fingerknöcheln war abgeschabt und brannte, als sie mit dem Wasser in Berührung kam. Ich wusch mir das Gesicht, bis ich das Gefühl hatte, alle Spuren des Pfeffersprays beseitigt zu haben. Dann schrubbte ich die Stelle an meinem Hals, die Snake mit seiner Zunge geschändet hatte, und sprühte Desinfektionsspray drauf. Bei Zombiespeichel weiß man ja nie.

O'Malley lag im Wohnzimmer auf Phils Schoß, ließ sich kraulen und gab ein Schnurrkonzert. Sein Baldriankissen lag unbeachtet auf dem Boden und verströmte nur noch einen unterschwelligen Geruch.

»Möchtest du ein Bier?«, fragte ich Phil. »Oder bist du noch im Dienst?«

»Bin ich nicht. Dich zu beschatten ist mein Privatvergnügen.«

»Du hast wohl nicht viele Hobbys.«

»Ich konzentriere mich gern auf wenige Sachen, denen ich mich dann aber mit der gebührenden Leidenschaft widme.«

Ich ignorierte den zweideutigen Unterton, öffnete zwei Flaschen Jever und setzte mich im Schneidersitz auf die Récamiere. Tausend Fragen spukten durch meinen Kopf, und ich stellte die erste, die ich zu fassen bekam. »Was hat es mit Sugarboy und diesem Zombie auf sich?«

Phil schien abzuwägen, was er sagen sollte. »Sugarboy ist der Kopf eines neuen Drogenrings.«

»Welche Drogen? Marihuana?« Schien mir naheliegend, schließlich bekam man das Zeug nach einem Hopser über die niederländische Grenze quasi nachgeworfen.

Phil schüttelte den Kopf. »Crystal Meth.«

»Das Zeug mit den abgemagerten Junkies mit den schlechten Zähnen und der kaputten Haut?«

»Das erklärt wohl deine Frage nach dem Zombie.«

»Aber was habe ich denn mit Crystal Meth am Hut? Warum will dieser Sugarboy mich zum Schweigen bringen? Ich wusste doch bis gerade eben nicht einmal, dass es ihn gibt.«

»Das wüsste ich auch gern. Sugarboy ist ein Phantom, das bis vor einigen Monaten in Bayern aktiv war. Leider ist das auch schon alles, was wir über ihn wissen. Wahrscheinlich wurde die Konkurrenz dort zu groß, und er kam her, um hier im Nordwesten ein eigenes Drogennetzwerk aufzuziehen. Hält sich wohl für den Paten.« Phils Magen knurrte. »Gott, ich sterbe vor Hunger. Hast du zufällig was zu essen im Haus?«

»Zufällig nicht.«

Phil befreite sich von O'Malley, stand auf und ging wie selbstverständlich in meine Küche. Als er zurückkam, wedelte er mit einem Flyer vom Pizzaservice herum. »Ich wusste, ich würde bei dir fündig werden. Was möchtest du essen?«

»Pizza mit Paprika«, sagte ich. »Und Champignons. Und Oliven.« Zum Glück schlägt es mir nicht auf den Magen, wenn mir jemand ans Leben will. »Und doppelt Käse.« Immerhin war ich dem Tod nur knapp entronnen.

Phil gab die Bestellung durch und ließ sich aufs Sofa fallen. Sofort wurde er wieder von O'Malley belagert.

»Ich glaube, Sugarboys Leute haben etwas mit Lisas Tod zu tun.« Ich knetete meine Hände im Schoß und mied Phils Blick. »Du weißt schon, meine Arbeitskollegin, die im Hafen ertrunken ist.«

»Wie kommst du darauf?«

»Snake hat gesagt, er wolle mich auf einen Tauchgang in den Hafen schicken. Klang so, als hätte er Erfahrung damit.« Ich bekam eine Gänsehaut bei dem Gedanken. »Lisa muss Sugarboy oder einen seiner Leute gekannt haben. Es war zwar kein Geheimnis, dass sie Angst vor Wasser hatte und nicht schwimmen konnte, aber sie ist damit auch nicht hausieren gegangen. Sie ist von ihnen ermordet worden.«

»Wenn sie Dinge wusste, die sie nicht wissen sollte, wäre das tatsächlich denkbar. Vielleicht war es auch nur eine Einschüchterungsmaßnahme, die aus dem Ruder gelaufen ist – sie wollten ihr einen Schreck einjagen, haben sie ins Hafenbecken geschubst und wussten gar nicht, dass sie nicht schwimmen konnte.«

Ich nickte. »Möglich. Die Typen wirkten allerdings nicht so, als hätten sie Skrupel, einen Mord zu begehen.«

»Ich werde mir Lisas Akte ansehen«, versprach Phil. »Vielleicht ergeben sich neue Anhaltspunkte.«

»Wenn ja, dann ist Sugarboy auch an Karls Verschwinden beteiligt«, sagte ich. »Karl verschwand, nachdem er mir in einem Telefonat erzählt hat, dass er Lisas Tod wohl doch nicht für einen Unfall hält. Und die Drohungen bekomme ich erst, seit ich nach ihm suche.«

»Drohungen? Was für Drohungen?«

»Freitagvormittag hat mich jemand im Marlowe angerufen. Er sagte, ich solle meine Neugier zügeln, da er mir sonst die Flügel brechen würde. Passend dazu steckte im Zeitungsrohr eine abgeknickte Feder.«

»Hattest du zuvor etwas Bestimmtes wegen Karl unternommen?«

Ich nickte. »Nach meiner Lesung waren Diana und ich in einem Abbruchhaus am Georgswall, in dem Obdachlose wohnen. Karl sollte dort angeblich krank in einem der Zimmer liegen. Aber er war nicht da. Wir haben nur seine Sachen und O'Malley vorgefunden.« Ich deutete auf den Kater, der mich verschlafen anblinzelte. »Als wir von da weg sind, hat sich jemand im Gebüsch neben dem Haus versteckt, da bin ich mir sicher. Er muss uns beobachtet haben.«

»Sind Karls Sachen noch in dem Haus?«

»Nein, als Alexa und ich noch mal da waren, war sein Zimmer leer.«

Phil blickte konzentriert geradeaus und nickte. »Du hast von mehreren Drohungen gesprochen. Was ist noch passiert?«

»Gestern hat mir jemand blutverschmierte Federn in den Briefkasten gestopft. Als ich die Klappe öffnete, sind sie rausgeweht und haben sich in der ganzen Straße verteilt. Eine Karte lag auch drin.«

»Hast du sie noch?«

»Ja, sie liegt hier drüben. Ich habe auch ein paar Federn aufbewahrt.«

Ich stand auf, nahm das Kärtchen und die in Zeitungspapier eingewickelten Federn von der Fensterbank und reichte beides Phil. Keine Ahnung, warum ich die Sachen aufbewahrt hatte, wahrscheinlich brauchte ich nur einen Beweis, dass ich nicht langsam den Verstand verlor.

Phil wickelte das Zeitungspapier auseinander, warf einen Blick auf die Federn und studierte das Kärtchen.

»Ich dachte, es käme von dir«, sagte ich kleinlaut. »Weil das Originalgedicht angeblich von Eleonore von Schwarzenberg handelt und wir am Abend zuvor über sie gesprochen hatten. Du wusstest sogar, dass man sie die Vampirprinzessin nannte. Und irgendwie warst du immer da, wenn was passiert ist, darum dachte ich … ich wollte nur nicht enden wie Lenore in der Ballade.« Tot.

Phil nahm die Federn und das Kärtchen an sich, um sie im Labor untersuchen zu lassen.

Es klingelte an der Tür, Phil öffnete und kam mit zwei duftenden Pizzaschachteln zurück. Es kostete mich einiges an Selbstbeherrschung, ihn nicht wie ein hungriges Raubtier anzufallen und ihm die Beute zu entreißen.

Ich biss in mein erstes Pizzastück und unterdrückte ein Stöhnen – die Mischung aus Kohlenhydraten und Fett war genau das, was meine angespannten Nerven jetzt brauchten.

»Erzähl mir von Lisa«, sagte Phil mit vollem Mund. »Was war sie für ein Mensch? Wie habt ihr euch kennengelernt?«

»Wir sind beide in Großefehn aufgewachsen, sie in Westgroßefehn und ich in Ostgroßefehn. Früher hatten wir nie viel miteinander zu tun, und im Laufe der Jahre haben wir uns ganz aus den Augen verloren. Erst hier im Marlowe sind wir uns wieder über den Weg gelaufen. Sie brauchte einen Zweitjob, weil ihr Freund sie sitzen lassen hatte und sie ihre Tochter durchbringen musste, und ich bin irgendwann dazugestoßen, weil Peter Habicht keine Mitarbeiter fand und ich meinen Job sowieso kündigen wollte. Wirklich viel weiß ich trotzdem nicht über sie, weil wir nur selten zur selben Zeit im Marlowe waren.«

Phil hatte sich während meiner Schilderung seiner Pizza gewidmet. Jetzt blickte er auf und sah mich interessiert an. »Was hast du vorher gemacht?«

»Ich habe als Bürokauffrau in einem Möbelhaus gearbeitet.«

»Und du hast gekündigt, um als Kellnerin zu arbeiten?«

»Ja, Karl hat mir bei unserem Kennenlernen dazu geraten,

damit ich mich auf das Schreiben konzentrieren kann. Das war im März. Als ich einige Wochen darauf in der Zeitung las, dass für eine neue Kneipe Mitarbeiter gesucht werden, habe ich mich auf gut Glück beworben.«

Genau genommen war in der Anzeige von »geeigneten und engagierten Servicekräften« die Rede gewesen. Ich war weder geeignet noch engagiert, aber nach Lisa und Judith die einzige weitere Bewerberin. Die »Taverne«, wie das Marlowe vorher hieß, hatte einfach einen zu schlechten Ruf gehabt. Keiner wollte in Aurichs Moderbude arbeiten, in die sich nicht einmal mehr das Gesundheitsamt wagte.

»Ohne Karl hätte ich diesen Schritt niemals gewagt und würde jetzt im Büro versauern. Und mein Buch hätte ich auch nie geschrieben.«

»Vor allem hättest du niemals diesen tollen Polizisten kennengelernt, der dir heute das Leben gerettet hat.«

»Das ist ein Bonus. Auch wenn ich auf die heutige Erfahrung gerne verzichtet hätte.«

»Soll ich heute Nacht bei dir bleiben?«

Sein Angebot traf mich völlig unvorbereitet. Das Pizzastück fiel mir aus der Hand und landete mit dem Belag nach unten auf meiner Hose.

»Ich könnte auf dem Sofa schlafen«, fügte Phil hinzu.

Das beruhigte mich. Ich konnte mir zwar Schlimmeres vorstellen, als mit Phil Winter die Nacht zu verbringen, aber leider hatte ich, was One-Night-Stands anging, null Erfahrung. Vielleicht ganz gut so, denn mal ehrlich: Bei meinem Glück wäre ich dabei ohnehin an einen Serienkiller geraten.

12

Ich wachte mit schmerzendem Rücken auf und wusste im ersten Moment nicht, wo ich war. Mein Blick fiel auf Phil, der beinahe unverändert neben mir saß, den Kopf an die Rückenlehne meines Sofas gelehnt und O'Malley eingerollt auf dem Schoß, beide noch im Traumland. Dann hatte es sich bei meiner Begegnung mit Snake also nicht um einen Alptraum gehandelt. Ich stand auf und schlich ins Badezimmer.

Zum Glück bin ich sowieso ein Morgenmuffel, sonst hätte mir der Blick in den Spiegel den Tag verdorben. Mein Gesicht war fleckig, die Augen geschwollen, und die Haare sahen aus, als läge ein toter Biber auf meinem Kopf. Ich putzte mir die Zähne und schleppte mich unter die Dusche. Dort seifte ich mich zweimal von Kopf bis Fuß ein, bis ich mich wieder einigermaßen sauber fühlte. Zum Schluss stellte ich das Wasser eiskalt, um mein Bindegewebe schockzugefrieren. Ab dreißig muss man sich einiges einfallen lassen, um den körperlichen Verfall aufzuhalten, und ich zählte immerhin schon einunddreißig Lenze. Bibbernd wickelte ich mich in mein blaues Lieblingshandtuch mit dem eingestickten Leuchtturm, das mir meine Eltern von ihrem letzten Urlaub auf Norderney mitgebracht hatten, und rubbelte meine Haare trocken.

Mist. Ich hatte meine Klamotten vergessen.

Ich zurrte das Handtuch fest und tapste durchs Wohnzimmer. O'Malley sprang auf und hopste miauend auf mich zu, um sein Frühstück einzufordern. Er rieb sich an meinen Waden und hinterließ Katzenhaare auf meiner feuchten Haut.

»Gleich«, flüsterte ich und schlüpfte ins Schlafzimmer. Mir war nicht ganz wohl dabei, halb nackt herumzustehen, während im Nebenzimmer ein mehr oder weniger Fremder saß, auch wenn er mir das Leben gerettet hatte. Ich steuerte zielstrebig auf meinen Kleiderschrank zu, um diesen Zustand zu ändern.

Vor der geöffneten Schranktür hielt ich inne. Irgendwas war nicht so, wie es sein sollte. Aus den Augenwinkeln hatte ich etwas wahrgenommen, das dort nicht hingehörte, und sah zum Fenster.

Fetti Bergmann saß vor meinem Schlafzimmerfenster, den Hintern in meinen Holzschaukelstuhl gezwängt und die Hände im Schoß gefaltet. Sein Doppelkinn ruhte auf seiner Brust, der Hauch eines Lächelns lag auf seinem Gesicht. Aber er bewegte sich nicht. Nicht einmal sein Brustkorb hob oder senkte sich.

Er war tot.

Mausetot.

Ich schrie auf und taumelte zurück. Phil stürmte ins Zimmer, sein Blick erfasste erst mich in meinem Handtuch, dann den Toten vor meinem Fenster. Mit drei schnellen Schritten war er bei mir, zögerte einen Moment und schob mich kurzerhand an den Schultern aus dem Zimmer, die Tür knallte er hinter mir zu.

»Hey!« Ich hämmerte gegen das Holz. »Soll ich heute etwa ohne Klamotten rumlaufen?«

Die Tür öffnete sich einen Spaltbreit, ein blaugraues Auge erschien und musterte mich. »Würdest du es denn tun?«

Ich stieß die Tür auf. »Für dich nicht.« Mit einem Arm hielt ich das Handtuch fest, der andere wies in Richtung Wohnzimmer. »Raus!«

»Okay, okay. Aber das hier solltest du dir nicht antun.« Phil ließ die Jalousie herunter und verließ mein Schlafzimmer.

Ich starrte in meinen Kleiderschrank, aber mein Blick driftete immer wieder wie ferngesteuert zum Fenster. Ich zog die Jalousie so leise wie möglich hoch, bis ich die Leiche durch die kleinen Rechtecke, die sich zwischen den Lamellen bildeten, sehen konnte.

Fettis Schweinsäuglein starrten leer und gebrochen geradeaus, ein dünner Speichelfaden zog sich vom linken Mundwinkel bis zum Kinn. Das Hemd klebte an seinem Körper, obwohl es in der letzten Nacht nicht geregnet hatte. Da man über Tote nicht schlecht sprechen soll und der Spitzname Fetti nicht unbedingt schmeichelhaft war, beschloss ich, ihn ab jetzt wieder Frederik zu nennen. Nur nicht Freddy – er konnte so tot sein, wie er wollte, zu einem Freund machte ihn das noch lange nicht.

Eine Bewegung neben ihm ließ mich zusammenzucken. Phil war in den Garten gegangen, um Frederiks Puls zu fühlen. Verlorene Liebesmüh – ich hatte zwar noch nie einen Toten gesehen, aber ein Blick in Frederiks Augen hatte gereicht, um mir dessen sicher zu sein.

Zum Zeichen der Trauer zog ich schwarze Unterwäsche an, darüber eine blaue Jeans und einen grauen Pullover.

»Bist du bald fertig?«, rief Phil aus dem Wohnzimmer. »Die Kollegen müssten jeden Moment hier sein. Die können sich nicht konzentrieren, wenn ihnen bei der Zeugenbefragung eine nackte Frau gegenübersitzt. Das gilt übrigens auch für mich.«

Ich rollte mit den Augen und öffnete die Tür.

Die Polizisten waren mitsamt Frederik Bergmanns Leiche abgezogen, und ich fühlte mich erleichtert. Ich hatte ihnen alles erzählt, was ich wusste – was auch immer das sein mochte –, und hoffte, dass Sugarboy nun das Interesse an mir verlor, da es keinen Grund mehr gab, mich zum Schweigen zu bringen.

Die Kriminaltechniker hatten ihre Arbeit noch nicht beendet, und da mir ohnehin nicht der Sinn danach stand, in meiner Wohnung zu bleiben, würde ich mich vorübergehend bei Alexa einquartieren. Klare Sache, dass O'Malley mit nach Greetsiel kam, für kein Geld der Welt hätte ich ihn schutzlos zurückgelassen. Phil wollte im Laufe des Tages dafür sorgen, dass mein Auto den Weg zurück zu meiner Wohnung fand. Außerdem beabsichtigte er, während meiner Abwesenheit eine Alarmanlage installieren zu lassen, damit ich mich nach meiner Rückkehr wieder sicher fühlen konnte. Zwar konnte ich mir einen solchen Luxus eigentlich nicht leisten, aber ich besaß noch das Geld, das mir meine Eltern im vergangenen Monat zum Geburtstag geschenkt hatten, und da ich meinen nächsten Geburtstag auch noch erleben wollte, schien mir das eine gute Investition zu sein.

Greetsiel liegt etwa eine Dreiviertelstunde Autofahrt von Aurich entfernt. Eine halbe Stunde, wenn Alexa fährt. Schon von Weitem begrüßten uns die Zwillingsmühlen am Ortseingang. Alexa kutschierte uns zu ihrem hübschen weißen Fischerhäuschen mit den grün-weißen Sprossenfenstern. Ich öffnete die Autotür und fühlte mich sofort wie im Urlaub und nicht, als sei ich auf der Flucht vor einem Mörder.

»Das Giebelzimmer habe ich schon hergerichtet.« Alexa schloss die Haustür auf und wies in Richtung Treppe. »Ich flitze schnell los und besorge uns ein paar Brötchen.«

Ich nahm ihr den Transportkorb mit O'Malley ab und rumpelte mit meinem Gepäck die Treppe hinauf ins Gästezimmer. Ich kannte es von meinem letzten Besuch, als ich nach meiner Trennung von Jörg für ein paar Wochen bei Alexa untergekommen war.

Ich stellte meinen Rucksack auf das Polsterbett mit dem geblümten Überwurf und befreite O'Malley aus seinem Gefängnis. Er warf mir einen vorwurfsvollen Blick zu und trottete zu den Futternäpfen, die neben dem weißen Sekretär unterhalb des Fensters standen. In der Ecke gegenüber befand sich ein Katzenklo. Nicht gerade meine liebste Zimmeraufteilung, aber solange wir hier wohnten, durfte O'Malley das Zimmer nicht verlassen, um keinen Krieg mit Raffael und Michelangelo zu provozieren. Auch wenn ich mir natürlich sicher war, dass O'Malley als Sieger daraus hervorgegangen wäre.

»Essen ist fertig!«, rief Alexa vom Fuß der Treppe. »Diana ist auch da.«

Ich ging nach unten, durchquerte den schmalen Flur und betrat die Küche. Alexa stand vor der Küchenzeile und goss Wasser in eine weiße Porzellanteekanne mit blauem Muster. Diana saß am Tisch und stibitzte Cocktailtomaten aus einer Glasschale.

»Diana weiß über alles Bescheid«, sagte Alexa. »Du musst es nicht noch mal erzählen.«

»Danke.« Ich setzte mich, nahm mir ein Brötchen aus dem gut gefüllten Weidekörbchen auf dem Tisch, strich Butter drauf und belegte es mit Käse.

Diana starrte sorgenvoll vor sich hin. »Zombie-Junkies in Aurich, ein Drogenbaron, der dir ans Leben will, und als Krönung eine Leiche in deinem Lieblingsstuhl. In was bist du da nur reingeraten?«

»Ich wünschte, ich wüsste es.«

»Den Stuhl kannst du jetzt wohl vergessen, der ist bestimmt voller Leichenwasser.«

»Was denn für Leichenwasser?«, fragte ich, das Brötchen halb auf dem Weg zum Mund.

»Na das, was die Toten absondern. Die fangen ja ziemlich schnell an zu gammeln, und dann fließt das Leichenwasser aus ihnen heraus.«

Ich legte das Brötchen auf den Teller. »Wie schnell?«

»Ich habe mal gelesen, dass die Verwesung schon nach fünf Minuten einsetzt.«

»Können wir bitte beim Essen nicht über Verwesung und Leichenwasser sprechen?«, sagte Alexa.

Wir schwiegen und suchten nach einem Thema, das nichts mit Toten zu tun hatte. Gar nicht so einfach bei der derzeitigen Lage.

Das Telefon klingelte, Alexa nahm das Gespräch an und reichte mir den Hörer. »Für dich.«

»Ja?«, meldete ich mich.

»Wie in aller Welt soll ich den Leuten erklären, dass Frederik Bergmann tot im Gartenstuhl meiner Tochter sitzt?«, sprudelte mir die aufgebrachte Stimme meiner Mutter entgegen.

»Am besten gar nicht. Es ist ja nicht so, als hätte ich ihn umgebracht.« Mit dem Telefon am Ohr ging ich in Alexas Wohnzimmer und setzte mich auf die Sofalehne, da Raffael und Michelangelo die Sitzfläche für sich beanspruchten – was ich jedoch erst auf den zweiten Blick bemerkte, denn ihr Fell war ebenso schwarz wie die Decke, auf der sie lagen.

»Das tut nichts zur Sache. Du kanntest Lisa, und du kanntest Frederik. Beide sind tot. Was glaubst du, wie die Leute hier jetzt reden? Anneliese Günter erzählt allen, du hättest die Großefehntjer verflucht.«

»Das muss die gerade sagen!«

In Großefehn gibt es viele liebe Omis mit weißen Wattefrisuren, die den Kindern Bonbons schenken oder ihnen Geschichten von früher erzählen. Und es gibt Anneliese Günter.

Sie ist der Teufel.

Sie verjagt spielende Kinder, legt Giftköder für streunende Katzen aus und zerreißt sich über alles und jeden das Maul. Sie ist sozusagen die Else Kling von Großefehn. Außerdem ist sie die Vermieterin meines Exfreundes Jörg und lebt im selben Haus, sodass ich während unseres Zusammenlebens das zweifelhafte Vergnügen hatte, ihr des Öfteren über den Weg zu laufen. Für Großefehn gilt eben das Gleiche wie für den Rest der Welt: Auch an den schönsten Orten können sich die größten Idioten tummeln.

»Ich weiß nicht, vielleicht solltest du nach Hause zurückkommen«, sagte meine Mutter. »Ich habe kein gutes Gefühl, wenn du in Aurich wohnst.«

»Mama, ich fühle mich hier wohl.« Zumindest tat ich das, wenn ich nicht gerade von Zombies verfolgt wurde oder Leichen vor meinem Schlafzimmerfenster fand. »Ich werde nicht zurückkommen.«

Meine Mutter seufzte. Ich versprach ihr, am nächsten Tag mal wieder zum Essen vorbeizuschauen, und beendete das Gespräch.

»Na, was sagt die liebe Frau Mama?«, fragte Alexa.

»Das kannst du dir doch denken. Ich soll nach Hause zurückziehen, weil ich ihrer Meinung nach allein nicht lebensfähig bin.« Ich legte das Telefon auf die Ladestation und ließ mich auf meinen Platz fallen.

Alexa gab Kluntjes in unsere Tassen und schenkte Tee ein. »Du hättest mal hören sollen, wie sie mich anging, als ich sie wegen Frederik angerufen habe. Da wusste sie es allerdings schon längst. Der Buschfunk scheint immer noch gut zu funktionieren.«

»Anneliese Günter sagt, ich hätte die Großefehntjer verflucht«, sagte ich.

»Mach dir nichts draus, du weißt, wie sie ist.«

»Klingt gar nicht mal so abwegig«, sagte Diana.

Alexa und ich sahen sie an.

»Seit wann glaubst du den Quatsch, den Anneliese Günter von sich gibt?«, fragte ich. »Du kennst sie doch gar nicht.«

»So habe ich das nicht gemeint«, sagte Diana. »Aber denk doch mal nach: Zwei Menschen, die du kanntest und die wie du aus Großefehn stammen, sind tot, wurden vielleicht sogar ermordet. Ein Irrer verfolgt dich und hätte mit dir fast dasselbe gemacht. Hast du schon mal darüber nachgedacht –« Sie stockte.

»Was, worüber soll ich nachgedacht haben?«

»Na ja, dass es bei der ganzen Sache eigentlich um dich geht?«

»Jetzt mach ihr doch keine Angst!«, sagte Alexa.

»Mach ich ja gar nicht. Sie soll nur vorsichtig sein.«

»Vorsichtig oder ängstlich? Überleg mal, was du sagst!«

»Ängstlich ist immer noch besser als tot!«

»Es ist ja nett, dass ihr euch meinetwegen sorgt«, unterbrach ich das Gezanke, »aber ich kann ganz gut selbst auf mich aufpassen.« Dass ich das nicht konnte, hatte ich zwar in den letzten Tagen eindrucksvoll bewiesen, aber ich wollte mich nicht an Kleinigkeiten festbeißen.

»Irgendwie müssen wir sicherstellen, dass du dich verteidigen kannst.« Alexa gab etwas Sahne in ihren Tee und beobachtete, wie sie sich an der Oberfläche zu einer Wolke formte. »Am besten so, dass sich keiner überhaupt erst an dich rantraut. Diana und ich können dich zwar im Auge behalten, aber wir können nicht rund um die Uhr in deiner Nähe sein. Das Pfefferspray bringt es im Zweifelsfall auch nicht wirklich.«

»Du hast recht«, sagte Diana. »Elli braucht eine richtige Waffe.«

»Auf keinen Fall!« Ich wedelte abwehrend mit den Händen in der Luft herum. »Ich bin kein Waffentyp. Ich bin mehr der Lass-uns-ein-Bier-trinken-und-Freunde-sein-Typ.«

»Davon wird Sugarboy sicherlich begeistert sein«, spottete Diana.

»Ich weiß auch schon, wo wir das Schmuckstück herbekommen.« Alexa nahm das Telefon von der Ladestation und verließ die Küche. Wenige Minuten später kehrte sie freudestrahlend zurück. »Alles geregelt, ich habe meine Kontakte spielen lassen.«

»Und was heißt das genau?«, fragte ich.

»Ihr zwei Hübschen macht euch heute Abend auf den Weg in Ellis Straße und klingelt bei Hausnummer 13. Fragt nach Adam und sagt, dass Henry euch schickt.«

»Henry?« Diana runzelte die Stirn. »Ist das nicht der Türsteher aus der Cobra? Der mit der Glatze?«

»Ich finde, sie steht ihm«, sagte Alexa.

»Und warum sollen Elli und ich zu diesem Adam gehen? Warum besorgt Henry die Waffe nicht selbst und gibt sie dir?«

»Ist das dein Ernst?« Alexa sprach, als erklärte sie einem Kleinkind, warum es nicht in die Hose pieseln soll. »Henry ist auf Bewährung. Wenn sie ihn erwischen, landet er wieder im Knast. Und ich kann mich als Künstlerin und im Kontaktzentrum nicht mehr blicken lassen, wenn die Sache schiefgeht.«

Zum Glück hatte ich keinen Ruf zu verlieren. Nach Helena Schöns Schundartikeln wunderte sich inzwischen keiner mehr, wenn das Schriftsteller-Flittchen jetzt auch noch die kriminelle Laufbahn einschlug.

Ich sah Diana mit meinem Hundeblick an. »Du musst ja nicht mitkommen.«

»Blödsinn, natürlich komme ich mit. Versprich mir nur, dass alles glattgeht.«

Ich hob zwei Finger zum Schwur. »Glatt wie ein Aal. Versprochen.«

Wir wussten beide, dass derartige Zusagen nicht viel taugten.

Alexa war ausgeflogen, um irgendeine Angelegenheit für das Kontaktzentrum zu regeln, und ich hatte ihr hoch und heilig versprechen müssen, das Haus nicht ohne sie zu verlassen. So vertrieb ich mir die Zeit, indem ich mit O'Malley kuschelte und ein Nickerchen machte.

Nach Alexas Rückkehr unternahmen wir einen Spaziergang am Greetsieler Hafen mit seiner Krabbenkutterflotte und ließen uns die frische Seeluft um die Nasen wehen. Etwas wehmütig dachte ich an meine Wohnung in Aurich. Mit meinem Umzug in die Stadt hatte sich mein Leben von Grund auf ändern sollen. Nun gut, das hatte es zweifellos getan, aber ich hatte an Partys und Bucherfolge gedacht und nicht an verschwundene Freunde, Drogenbarone und Leichen, die vor meinem Schlafzimmerfenster saßen und dabei meinen Lieblingsstuhl mit Leichenwasser tränkten.

Alexa munterte mich auf, indem sie mich in eine kleine Teestube einlud und mir ein riesiges Stück frisch gebackenen Apfelkuchen mit Sahne spendierte. Dazu gab es natürlich noch mal drei Tassen Tee, wie es sich gehört. Drei sind Ostfriesenrecht.

Der Spaziergang und ganz besonders der Kuchen hatten mich mit neuer Energie versorgt. Zurück in Alexas Haus nahm ich zwei Treppenstufen auf einmal und setzte mich im Gästezimmer an den massiven Sekretär. Dort klappte ich meinen Laptop auf, öffnete den Internetbrowser und gab »Crystal Meth« als Suchbegriff ein. Schließlich konnte ich meine Situation nur verstehen und bestenfalls ändern, wenn ich wusste, womit ich es zu tun hatte.

Fast sechs Millionen Suchergebnisse erschienen, allen voran Einträge von Drogenberatungsstellen, gefolgt von Presseberichten. Ich landete in einem Forum, in dem sich Betroffene austauschten, klickte mich durch die Seiten und erfuhr, dass Crystal Meth bereits im Zweiten Weltkrieg unter dem Namen Pervitin an der Front genutzt worden war. Es wirkte leistungssteigernd, unterdrückte Hunger und Müdigkeit und verstärkte den Sexualtrieb – damit passte es auch perfekt in unsere Zeit. Im Gegenzug führte es zu Psychosen, Halluzinationen und unerträglichen Entzugserscheinungen. Herstellen ließ es sich ziemlich einfach aus Grippemitteln, Rohrreiniger und anderen Abartigkeiten, die einem das Gehirn zerfraßen. Sogar Hitler soll das Zeug genommen haben. Das erklärte wenigstens einiges.

Ich öffnete die Bildersuche. Fotos von zerfressenen Gehirnen tauchten nicht auf, dafür gab es etliche Darstellungen von länglichen Kristallen, die zersplitterten Kluntjes ähnelten und denen man überhaupt nicht ansah, was sie anrichten konnten.

Zum Abschluss meiner Suche gab ich »Was soll ich tun, wenn eine Leiche vor meinem Schlafzimmerfenster sitzt?« in die Suchzeile ein. Ich hoffte auf ein paar aufmunternde Worte oder gute Ratschläge, aber Fehlanzeige: Es folgte eine Auflistung von Todesomen.

Nicht unbedingt das, was ich mir für den heutigen Abend wünschte.

13

Diana ließ ihren Fiat ein gutes Stück von meiner Wohnung entfernt auf dem Parkplatz eines Lebensmittelmarktes ausrollen. Gurgelnd erstarb der Motor.

»Wir hätten bei meiner Wohnung parken sollen«, sagte ich. »Der Weg wäre viel kürzer gewesen.«

»Wir gehen erst wieder zu deiner Wohnung, wenn die Alarmanlage läuft, vorher nicht. Nicht mal zum Parken.«

Rechts und links wurde die Straße von Blockbauten aus rotem Backstein gesäumt. In den meisten Fenstern brannte Licht, eine Handvoll Menschen hatte bereits die Weihnachtsbeleuchtung aufgehängt. So was erlebte man auch nur in der Stadt, in Großefehn hingegen wartete man, bis der Volkstrauertag und der Totensonntag vorbei waren, ehe man sich auch nur einen Tannenzweig ins Haus holte.

»Ausgerechnet Hausnummer 13«, stöhnte ich. »Ich bin ja nicht abergläubisch, aber dass dieser Waffenhändler in Haus Nummer 13 wohnt, ist kein gutes Zeichen.«

»Zufällig ist die Dreizehn meine Glückszahl.«

Wir entdeckten das gesuchte Haus auf der rechten Straßenseite, ein roter Klotz mit Betonbalkonen, davor ein paar immergrüne Büsche, die den Anwohnerparkplatz und die Müllcontainer säumten. Wir gingen zum Eingang und studierten die Klingelschilder.

»Hier steht nirgends Adam. Soll ich es da mal probieren?« Ich deutete auf die unbeschriftete Klingel einer Wohnung im oberen Stockwerk.

Diana nickte. »Ist wahrscheinlich sowieso nicht sein richtiger Name.«

»Sehr beruhigend.« Ich drückte den Klingelknopf.

Aus der Gegensprechanlage knarzte uns eine Stimme entgegen. »Ja?«

»Wir wollen zu Adam«, sagte ich. »Henry schickt uns.«

Keine Antwort. Nach einer halben Minute klingelte ich erneut, niemand meldete sich.

Diana trat ein paar Schritte zurück, legte den Kopf in den Nacken und spähte zu den Fenstern hoch. »Kommt der jetzt oder nicht?«

»Wir sollten besser gehen, bestimmt war das gar nicht Adam.«

Ich wandte mich um und ging ein paar Schritte in Richtung Straße. Meine Füße wären gerne gerannt, aber Diana machte keine Anstalten, sich vom Fleck zu bewegen.

Die Beleuchtung im Hausflur wurde eingeschaltet, und hinter der Haustür zeichnete sich eine Silhouette ab. Ein drahtiger Kerl mit Millimeterfrisur und Vollbart trat heraus. Er trug Jeans, ein weißes Muskelshirt und jede Menge Tätowierungen.

»Sind Sie Adam?«, fragte ich.

Statt einer Antwort bedeutete er uns, ihm zu folgen. Wir schritten links um das Gebäude herum, bis wir hinter einem Sichtschutzzaun auf einen Parkplatz gelangten. Eine einzelne Laterne kämpfte mit mäßigem Erfolg gegen die Dunkelheit. Wir gingen zu einem schwarzen BMW, der in der hintersten Ecke parkte. Adam steckte sich eine Zigarette an. Als er daran zog, spiegelte sich die Glut in seinen Pupillen.

Ich räusperte mich. »Henry schickt uns, weil –«

»Ich weiß, warum ihr hier seid.« Er öffnete den Kofferraum des BMW. Die Kofferraumbeleuchtung schien auf ein knappes Dutzend Pistolen, die schwarz und silbern glänzten.

Mir wurde schlecht bei dem Anblick, Schweiß bildete sich in meinen Handflächen. »Ich weiß nicht, welche ich brauche.« Ich blickte unschlüssig zwischen den einzelnen Waffen hin und her. »Was kostet denn die?« Mit zitternden Fingern deutete ich auf eine schwarze Pistole, die mich stark an die Waffe erinnerte, mit der Phil mir Snake vom Hals geschafft hatte. Bestimmt ein gutes Zeichen.

»Was haste denn damit vor?«, fragte Adam. »Willste jemanden kaltmachen, oder soll er sich nur in die Hosen scheißen?«

»Ho-hosenscheißen.«

»Dann ist dieses Schätzchen genau richtig für dich.« Er nahm die Pistole aus dem Kofferraum und streichelte ihren Lauf. »Haste Glück, hab heute Sonderpreise. Für hundertfünfzig Tacken kannste sie haben.«

Ich griff in meine Hosentasche, um das Geld herauszuholen. Leider hatte ich die Rechnung ohne Diana gemacht.

»Gibt es hier keinen Promirabatt?«, fragte sie.

»Hä?«, sagte Adam.

»Meine Freundin ist eine berühmte Schriftstellerin.«

Adam zuckte die Schultern. »Dann zweihundert Tacken.«

Diana stemmte die Hände in die Hüften. »Na, hören Sie mal, sie muss sich doch verteidigen können! Was glauben Sie denn, welche schriftstellerischen Meisterleistungen der Welt entgehen, wenn Elli was zustößt?«

Wahrscheinlich keine, dachte ich.

»Elli?« Adam trat die Zigarette aus und stieß den Rauch durch die Nasenlöcher aus. »Etwa Elli Vogel?«

Diana verschränkte die Arme vor der Brust. »Genau die.«

Adams Miene veränderte sich. Ich hatte noch nie ein wütendes Nashorn gesehen, das sich zum Angriff wappnet, aber der Anblick musste Adams Gesichtsausdruck in diesem Moment ziemlich nahekommen.

Ich zog Diana am Ärmel. »Komm, wir sollten gehen.«

Sie bemerkte den Wandel nicht, der mit Adam vor sich ging, und sah ihn herausfordernd an.

»Hast Mist gebaut, das weißte schon, Frau Autorin?« Adam sah nicht mich an. Er betrachtete die Pistole in seiner Hand.

»W-wann?«, fragte ich. Bitte nicht noch einer von Sugarboys Leuten!

»Erinnerste dich an deinen Auftritt im Kontaktzentrum?«

Ich hatte keine Ahnung, was er meinte, aber die Tatsache, dass er beim Reden mit der Pistole herumfuchtelte, gefiel mir überhaupt nicht.

»Vielleicht erinnerste dich ja auch an meinen Sohn, Tim.

Lächerlich gemacht haste ihn. Hat den ganzen Abend geweint, der Kleene.«

»Tim?« In meinem Kopf ratterte es. Vor mein inneres Auge schob sich ein blasses Gesicht, über dem ein dunkler Haarschopf prangte. Tim. Das konnte nur der Knilch sein, der mir bei meiner Lesung Nachhilfe in Sachen Matratzensport angeboten hatte.

Ich atmete tief durch, um meinen Herzschlag zu beruhigen. Deeskalation war angesagt, immerhin ging es Adam nicht um Sugarboy.

»Das war wohl ein bedauerliches Missverständnis«, sagte ich. »Wollen wir nicht ein Bier zusammen trinken und über die Sache sprechen?«

Adam schüttelte den Kopf. Er entsicherte die Waffe und zielte auf mich.

»Lauf!« Ich riss Diana mit mir und nahm die Beine in die Hand.

Sie stolperte, fing sich wieder und preschte neben mir den Gehsteig entlang. »Vielleicht hättest du auf Tims Angebot eingehen sollen«, keuchte sie.

»Dein Ernst?« Obwohl wir erst fünfzig Meter gerannt waren, war ich ebenfalls außer Puste.

»Dann würden wir jetzt nicht in diesem Schlamassel stecken.«

»Keine Sorge, der blufft nur, der schießt nie im Leben.«

Ein dumpfer Knall ertönte. Dann noch einer.

»Du solltest dringend an deiner Menschenkenntnis arbeiten.« Diana legte einen Zahn zu.

Adam folgte uns, blieb aber zwischendurch stehen, um zu zielen, sodass wir unseren Vorsprung ausbauen konnten.

»Ich kann mein Auto schon sehen.« Im Laufen fischte Diana die Autoschlüssel aus der Jackentasche. »Nicht schlappmachen!«

Ein stechender Schmerz schoss durch meine rechte Pobacke, und mein Bein sackte weg. »Ich bin getroffen!«

Diana packte mich am Arm und zog mich weiter. Als wir

nahe genug waren, öffnete sie ihr Auto mit der Fernbedienung, wir sprangen hinein und schossen mit quietschenden Reifen vom Parkplatz. Drei, vier Kugeln trafen die Karosserie.

»Keine Sorge, ist bestimmt nur ein Streifschuss.« Diana bog rechts auf die Bundesstraße. Ihre Stimme zitterte, sie hielt das Lenkrad krampfhaft umklammert, und ihre Fingerknöchel traten weiß hervor. »Aber ich fahre dich sicherheitshalber direkt ins Krankenhaus.«

Ich stemmte die Füße in den Fußraum und hob meinen Hintern vom Sitz. Mit der rechten Hand tastete ich an meiner Jeans entlang. Etwas Feuchtes klebte an meinen Fingern. Ich musste die Innenraumbeleuchtung nicht einschalten, um zu wissen, dass es sich um Blut handelte. Wie ein Streifschuss fühlte es sich definitiv nicht an.

Wenige Minuten später parkte Diana direkt unter einer Straßenlaterne vor der Ubbo-Emmius-Klinik. Der gläserne Eingangsbereich war hell erleuchtet und schien uns einladend entgegen. Ich gab ein erleichtertes Seufzen von mir – man weiß so eine wohnortnahe Krankenhausversorgung erst richtig zu schätzen, wenn man eine Kugel im Hintern hat –, quälte mich aus dem Autositz und stützte mich an der Tür ab.

»Warte, ich helfe dir.« Diana stieg aus, lief zwei Schritte und hielt inne, den Blick auf die Fahrertür gerichtet. Sie ging um das Auto herum, sah mich an, drehte mich mit dem Rücken zu sich und begutachtete mein Hinterteil.

»Normalerweise würde ich das ja als Kompliment auffassen, aber wir sollten uns echt beeilen«, sagte ich. »Bestimmt wurde eine Hauptschlagader getroffen, und ich verblute gerade.«

Diana lachte.

»Finde ich gar nicht witzig.« Ich humpelte einen Schritt vorwärts. »Hab ja nur das eine Leben.«

»Sieh doch mal.« Diana umfasste mein rechtes Handgelenk und hielt meine Hand auf Augenhöhe vor mein Gesicht.

Meine Finger waren grün.

»Ach du Kacke, ich bin ein Alien!«

»Du bist ein Quatschkopf!« Diana packte mich bei den Schultern und dirigierte mich um das Auto herum zur Fahrerseite. Ich verstand nicht, worauf sie hinauswollte, humpelte aber gehorsam vorwärts. Ein gelber, ein blauer und ein grüner Fleck klebten an der Fahrertür.

»Die Waffe, die du dir ausgesucht hast, war eine Paintball-Pistole«, sagte Diana. »Darum hat dieser Adam auch gefragt, ob du jemanden damit abknallen oder ihn nur erschrecken willst.«

Ich schüttelte ungläubig den Kopf und versuchte, ihre Worte zu begreifen.

Diana klopfte sich auf die Schulter. »Siehst du, ich habe dir doch gesagt, dass die Dreizehn meine Glückszahl ist.«

»Mein Hintern tut weh wie Sau, das würde ich nicht als Glück bezeichnen!«

Diana brachte mich nach Greetsiel zurück. Während der Fahrt war sie aufgekratzt und hielt unsere Begegnung mit Adam für ein tolles Abenteuer. Sie hatte gut reden, ihr Hintern war ja auch nicht zur Zielscheibe degradiert worden.

Ich schloss Alexas Haustür auf, ging geradewegs zum Gefrierschrank und stopfte mir einen Eisbeutel hinten in die Jeans.

»Oh, du bist ja schon wieder da.« Alexa schlenderte mit einem Glas Milch in der Hand in die Küche. »Wie ist es gelaufen?«

Ich drehte mich um und präsentierte meine Kehrseite. »So ist es gelaufen!«

»Ist das Vogelkacke?«

»Adam hat mit einer Paintball-Pistole auf mich geschossen!«

»Hast du ihm nicht gesagt, dass Henry dich schickt?«

»Doch, aber das war ihm egal, nachdem sich herausgestellt hat, dass sein Sohn mein enttäuschter Verehrer bei der Lesung war.«

Alexa griff nach dem Telefon. »Ich rufe Henry an, er soll dir eine andere Waffe besorgen.«

»Auf keinen Fall!« Ich nahm ihr das Telefon aus der Hand. »Wer garantiert mir denn, dass es beim nächsten Mal wieder nur Farbpatronen sind?«

14

Ich hatte so blendende Laune, dass nicht mal Habichts blödes Gesicht sie mir vermiesen konnte, als er am nächsten Tag eine Anwesenheitskontrolle, getarnt als Kassenprüfung, durchführte. Innerhalb von drei Tagen war ich überfallen worden, hatte eine Leiche entdeckt und eine Kugel – na gut, eine Farbkugel – kassiert, aber hey, letzte Nacht hatte ich ganze fünf Seiten geschrieben, und das gab mir einen größeren Kick, als ihn Snake oder Sugarboy mit ihrem Meth jemals erreichen konnten.

Ich hockte gerade vor dem Tresen und räumte die gewaschenen Handtücher ein, als sich Schritte näherten. Ich sah hoch und blickte in Phils Gesicht.

»Guten Morgen da unten«, sagte er. »Gut geschlafen?«

»Wie man es nimmt.« Ich zog mich am Tresen hoch, ein Stechen jagte durch meine rechte Pohälfte, auf der sich in der letzten Nacht ein riesiger Bluterguss gebildet hatte. »Ich habe geträumt, von einem Riesenkänguru mit Reißzähnen über den Marktplatz gejagt zu werden. Kennst du dich mit Traumdeutung aus und weißt, was das zu bedeuten hat?«

Phil pustete die Backen auf. »Nicht mein Fachgebiet.« Er setzte sich. »Ich habe gestern versucht, dich anzurufen.«

»Ich war mit Diana unterwegs und habe nicht auf mein Handy geguckt.«

»Hauptsache, ihr seid nicht zu deiner Wohnung gefahren.«

»Nein, warum?«

»In deiner Nachbarschaft hat es letzte Nacht eine Paintball-Schießerei gegeben, wahrscheinlich zwischen zwei Jugendgangs.«

»Ist nicht wahr!«

»Mit den Dingern ist nicht zu spaßen, das pfeffert ganz schön. Blutergüsse sind vorprogrammiert.«

»Da können wir ja wirklich von Glück reden.«

»Aber heute sieht die Sache wieder anders aus. Du kannst in deine Wohnung zurück. Die Alarmanlage wurde installiert, das aufgebrochene Schloss an deiner Gartentür habe ich ebenfalls auswechseln lassen.«

»Das ist ja super!« Oder auch nicht. In Alexas Haus gefiel es mir ganz ausgezeichnet, und das Wiedererwachen meiner Kreativität schrieb ich allein der guten Greetsieler Luft zu.

»Wurde Frederiks Leiche schon untersucht?«, fragte ich.

»Die Untersuchungen dauern noch an, aber es liegen erste Ergebnisse vor. Er hat wohl eine Überdosis Methamphetamin geschluckt. Dadurch muss er ziemlich schnell Hirnblutungen und Atemlähmungen bekommen haben, letztlich ist er erstickt. An seinem Körper finden sich Hämatome, die darauf hindeuten, dass er nach Eintritt des Todes getragen wurde. Also hat er sich nicht freiwillig vor dein Fenster gesetzt. Der Rechtsmediziner schätzt den Todeszeitpunkt auf zwischen dreiundzwanzig Uhr und vier Uhr in der Nacht zu Dienstag. Genaueres kann er erst sagen, wenn alle Tests abgeschlossen sind und das endgültige Obduktionsergebnis vorliegt.«

Ich hatte in meinem Leben genug Krimis gesehen, um mir ausmalen zu können, wie Frederik mit fahler Haut und Y-förmig geöffnetem Brustkorb auf einer Metallliege lag.

Rasch schüttelte ich den Kopf, um das Bild loszuwerden. »Ich frage mich, warum man ihn ausgerechnet in meinen Garten gesetzt hat.«

»Das dürftest du deinem Stalker zu verdanken haben. Ich bin mir ziemlich sicher, dass es sich dabei um Sugarboy handelt. Er wird dir Frederik als Warnung geschickt haben, damit du dich nicht weiter in seine Angelegenheiten einmischst.«

»Das ist gar nicht mal so einfach, immerhin ist er vielleicht für den Tod meiner Freundin verantwortlich. Apropos, hast du dir Lisas Unterlagen angesehen?«

Phil presste die Lippen zusammen, er mied meinen Blick.

»Was ist los?«, fragte ich.

»Es gibt bei Lisas Tod keinerlei Anhaltspunkte für ein Verbrechen.«

»Das habe ich mir gedacht. Es gehört ja vermutlich nicht viel dazu, eine Nichtschwimmerin ins Wasser zu befördern, ohne Spuren zu hinterlassen.«

Phil holte tief Luft, als kostete es ihn Überwindung, weiterzusprechen. »Es ist möglich, dass Karl etwas mit der Sache zu tun hat.«

»Das sage ich doch die ganze Zeit. Er hat irgendwas darüber herausgefunden.«

»Ich fürchte, wir missverstehen uns.« Phils Gesicht nahm einen gequälten Ausdruck an. »Ich habe mich bei den Obdachlosen am Georgswall nach ihm erkundigt. Zwar kannte keiner dort seinen Nachnamen, aber man konnte sich erinnern, dass Karl mal erwähnt hat, er würde ursprünglich aus Tschechien stammen, und dass er in Deutschland im Gefängnis gesessen hat. Ich habe also alle Tschechen mit diesem Vornamen aus unserer Datenbank filtern lassen und bin fündig geworden.« Er zog einen Aktenauszug mit Foto aus seiner Jackentasche und legte ihn auf den Tresen. »Sein richtiger Name lautet Karel Svoboda. Wusstest du das?«

Ich betrachtete das Foto. Ganz eindeutig Karl. Die Aufnahme musste älter sein, er war noch nicht vollständig ergraut und hatte weniger Falten. Dafür hingen die Haare in fettigen Strähnen in sein Gesicht, ein grauer Schleier überzog seine Haut, und seine Augen lagen tief in den Höhlen, dunkel und leer wie schwarze Kohlen. Der Text bestand aus wenigen Fakten: Karel Svoboda, gebürtiger Tscheche, Szenename »Piko«, achtjährige Haftstrafe in Bayern wegen Drogenherstellung und -handel. Die Buchstaben verschwammen vor meinen Augen.

»Drogen? Etwa Meth?« Mir gelang kaum ein Flüstern, aber Phil verstand mich und nickte.

Ich brauchte einen Moment, um zu begreifen, was das bedeutete. »Du glaubst, er arbeitet mit Sugarboy zusammen?«

»Ist das nicht naheliegend?«

Ich schob das Foto zurück. »Mir hat er erzählt, er habe unschuldig im Gefängnis gesessen. Das kann doch sein. Vielleicht war er wirklich unschuldig.«

»Ausgeschlossen. Viele aus der Szene konnten ihn damals identifizieren. Außerdem hat er ein umfassendes Geständnis abgelegt. Zu seinen Mitstreitern hat er allerdings kein Wort verloren, daher auch die hohe Haftstrafe. Einschlägig vorbestraft war er noch dazu.«

»Selbst wenn es so war, steckt er nicht zwangsläufig in der Sugarboy-Sache mit drin«, beharrte ich. Das konnte und wollte ich nicht glauben.

»Aber es ist sehr wahrscheinlich. Es tut mir leid, Elli. Ich hätte dir das gern erspart.« Er legte seine Hand auf meine.

»Eleonore, ich wusste ja gar nicht, dass du einen Freund hast!«

Ich hatte nicht bemerkt, dass meine Mutter ins Marlowe gekommen war. Blitzschnell entzog ich Phil meine Hand. »Das ist Phil, Mama, und … äh … er ist nicht mein Freund.«

»Na, na, na, sollst du deine Mutter belügen?« Sie fuchtelte mit dem Zeigefinger vor meinem Gesicht herum. »Ich sehe doch, was hier läuft. Man kann die Funken zwischen euch beiden ja fast mit bloßem Auge sehen.« Sie reichte Phil die Hand. »Maria Vogel, angenehm.«

Ich sah hilflos zu Phil, der nicht annähernd so peinlich berührt war wie ich, sondern über das ganze Gesicht grinste.

»Wo hast du Paps denn gelassen?«, fragte ich, um das Thema in unverfänglichere Gefilde zu lenken.

»Der ist im Biersalon hängen geblieben, als ich Schuhe kaufen war.« Zum Beweis hielt sie zwei Tüten mit ihren Errungenschaften hoch. Sie sah auf die Uhr. »Huch, das ist ja schon zwei Stunden her! Wie die Zeit vergeht, wenn man sich amüsiert. Ich sollte ihn wohl besser abholen.«

Als habe er nur auf sein Stichwort gewartet, wankte in diesem Moment mein Vater ins Marlowe. Er blieb im Eingang stehen, hielt sich links und rechts am Türrahmen fest und stierte, den Kopf leicht vorgestreckt, mit glasigen Augen geradeaus. Er erinnerte mich stark an Miss Sophies Butler James aus »Dinner for One«, nur dass hier kein Tigerfell lag und mein Dad einige Jährchen jünger sowie ein paar Kilo schwerer war.

»Rüdiger!« Meine Mutter strahlte ihn an und ignorierte, dass er total blau war. Sie drückte ihm einen Kuss auf den Mund und zerrte ihn an die Theke. »Sieh mal, Rüdiger, das ist Eleonores neuer Freund.«

»Er ist nicht mein –«

»Freut mich, ich bin Phil Winter.«

Mein Dad wollte die angebotene Hand schütteln, griff aber daneben. Beim zweiten Anlauf bekam er sie zu packen. »Rüdiger Rosenfeld. Sind Sie arbeitslos?«

»Nein, ich bin Polizist.«

»Machen Sie sich nichts draus, es muss auch solche Berufe geben.« Er klopfte Phil auf die Schulter. »Aber haben Sie ein Auge auf unser kleines Mädchen, meine Frau ist sehr eigen, was unser Nesthäkchen angeht.«

»Frau?« Meine Mutter zog die Augenbrauen hoch.

»Lebensgefährtin«, verbesserte sich mein Vater. »Wissen Sie, Phil, diese Frau ist für meine schlimmen Knie verantwortlich. Sie glauben gar nicht, wie viele Anträge ich ihr schon gemacht habe. Natürlich vergeblich. Es ist leichter, den Weißen Hai an die Leine zu legen, als dieser Frau einen Ring anzustecken.«

»Ach, du nun wieder.« Meine Mutter gab ihm einen liebevollen Klaps auf die Schulter und kicherte. »Kommt dein Freund heute auch zum Essen, Eleonore?«

»Er ist nicht mein –«

»Sehr gern«, sagte Phil.

»Großartig, ich freue mich! Wir sehen uns dann um sieben.« Sie hakte sich bei meinem Vater unter, und die beiden gingen ihrer Wege.

»Was sollte das denn?«, presste ich zwischen zusammengebissenen Zähnen hervor.

Phil sah mich unschuldig an. »So eine nette Einladung konnte ich doch nicht ausschlagen.«

Ich tröstete mich damit, dass ihm das blöde Grinsen schon noch vergehen würde, wenn er erst die Kochkünste meiner Mutter kennenlernte.

Um fünf vor sieben parkten wir vor dem Friesenhaus meiner Eltern. Der Fehnkanal fließt direkt vor ihrer Haustür entlang, alle paar hundert Meter spannt sich eine weiße Klappbrücke über das Wasser.

Ich hatte meine Habseligkeiten aus Alexas Gästezimmer in meine Wohnung zurückverfrachtet und Phils Angebot, mich abzuholen, gerne angenommen. So konnte ich das eine oder andere Bierchen mit meinem Vater zischen.

Ich sah Phil an. »Bist du bereit?«

»Ich war mal Pfadfinder.« Er lächelte sein schiefes Lächeln, und seine Augen funkelten. »Ich bin allzeit bereit, Süße.«

Mein Vater saß schon am gedeckten Esstisch und wirkte vergleichsweise nüchtern. Mittig zwischen dem weißen Porzellan stand ein Strauß gelber Rosen. Bierflaschen wären mir lieber gewesen.

»Setzt euch doch, ihr Lieben.« Meine Mutter deutete auf zwei Stühle an der Längsseite des Tisches.

Leichter gesagt als getan, denn der Bluterguss auf meiner Pobacke gab mir beim Sitzen das Gefühl, auf einem Igel zu brüten. Ich zog den Stuhl zurück und ließ mich im Zeitlupentempo darauf nieder.

Meine Mutter fing meinen Blick auf, nickte kaum merklich in Phils Richtung und zwinkerte mir verschwörerisch zu.

Ich schüttelte wild den Kopf, verzichtete aber darauf, die Sache richtigzustellen. Die Tatsache, dass auf ihre Jüngste geschossen worden war, hätte sie sofort dazu veranlasst, mich mit Sack und Pack nach Hause zurückzuschleifen.

Meine Mutter stellte eine riesige Schüssel auf den Tisch, aus der dicke Dampfwolken aufstiegen.

Ich erhob mich halb vom Sitz und schielte hinein. »Sauerkraut?« Ich verzog das Gesicht.

Ich hasse Sauerkraut.

»Wirsing«, tippte mein Vater. »Riecht aber nach Kohlrabi.«

»Das sind Spaghetti«, sagte meine Mutter.

»Ich will Würstchen.« Mein Vater verschränkte die Arme vor der Brust.

Meine Mutter drehte sich zu ihm um, den Kochlöffel in der Hand. »Du bekommst deine geliebten Würstchen, wenn ich genug von dir habe und dich unter die Erde bringen will. Bei deinem Cholesterinspiegel wäre jedes Würstchen wie ein Sargnagel für dich.«

»Dann brauche ich wenigstens ein Bier.« Mein Vater wandte sich an Phil. »Trinken Sie eins mit?«

Phil wehrte ab. »Nein danke. Ich muss noch fahren.«

»Ich nehme eins«, sagte ich.

»Es gibt keinen Alkohol«, sagte meine Mutter. »Dein Vater ist gerade wieder nüchtern. Ich habe hier Mineralwasser und kalten Hagebuttentee.«

Mein Vater sah mich panisch an, ich zuckte hilflos die Schultern und ertränkte die zerkochten Spaghetti in angebrannter Tomatensoße.

»Sie sind doch bei der Polizei, Phil. Ermitteln Sie auch wegen Frederik Bergmanns Tod?«, fragte meine Mutter.

»Ja, aber nur am Rande.« Phil bemühte sich, die wabbeligen Spaghetti auf seinen Teller zu manövrieren, aber sie klebten zu einem armdicken Strang zusammen. »Eventuell gibt es einen Zusammenhang mit –«

Ich trat gegen sein Schienbein.

Er stöhnte und wand sich auf dem Stuhl. »Mit einem anderen Fall.«

»Phil darf leider nicht darüber reden. Dienstgeheimnis und so«, sagte ich mit vollem Mund. »Ich habe jetzt übrigens eine Katze, genauer gesagt einen Kater. Er heißt O'Malley.«

»Ach, tatsächlich? Wissen Sie, Phil, Eleonore hatte als Kind auch schon mal eine Katze.« Meine Mutter tauschte einen Blick mit meinem Vater. »Wie hieß sie noch gleich? Muschi?«

Phil gluckste.

»Miezi«, sagte ich.

»Ach ja. Miezi war so dick, dass sie ständig in der Katzenklappe stecken blieb.«

»Die durfte wenigstens Würstchen fressen«, maulte mein Vater.

»Dafür ist sie auch nur vier Jahre alt geworden.«

»Sie wurde überfahren«, sagte ich. »Ihr tut so, als hätte ich sie zu Tode gemästet.«

»Schon gut, Eleonore. Wie bist du denn zu deinem Kater gekommen?«

»Karls Freunde haben ihn mir gebracht.«

»Karl?«

»Mein Freund. Der Penner.«

Meine Mutter verzog den Mund. »Nennen wir ihn bitte den Obdachlosen.«

»Das ändert auch nichts. Man sollte die Dinge immer beim Namen nennen«, sagte ich.

»Was ist mit diesem Karl?«, fragte mein Vater.

»Er ist verschwunden. Wie vom Erdboden verschluckt.«

»Habt ihr denn schon nach ihm gesucht?«, fragte meine Mutter.

»Ja, gleich am Tag nach seinem Verschwinden waren wir beim Tagestreff am Georgswall, aber die dortigen Penner wussten nichts.«

»Obdachlose.«

»Heini und Willi.«

»Wer?« Meine Mutter ließ das Besteck sinken und sah mich fragend an.

»Karls Freunde. Die Penner, die wir gefragt haben.«

Sie legte den Kopf schief und sah mich an wie meine frühere Lehrerin, Frau Müller-Landhorst, als ich den »Erlkönig« nicht auswendig aufsagen konnte.

»Die Obdachlosen«, sagte ich mit besonderer Betonung. »Wie auch immer. Du kennst doch den Chef der Obdachlosenhilfe. Kannst du ihn mal fragen, ob er etwas über Karls Verbleib weiß? Ein Freund von mir hat zwar schon mit einem seiner Mitarbeiter, einem Marco Brügge, gesprochen, aber der wollte ihm keine detaillierte Auskunft geben.«

Zwar galt die Schweigepflicht ebenso für den Chef der Obdachlosenhilfe, es bestand aber die Chance, dass meine Mutter durch ihre weitreichenden Kontakte doch noch etwas in Erfahrung bringen konnte. Schaden konnte es jedenfalls nicht, wenn sie es zumindest versuchte.

»Du meinst Herrn Neumann? Das kann ich machen.« Meine Mutter sah zum Kalender neben dem Kühlschrank, die Augen zusammengekniffen, um besser sehen zu können. »Er kommt bestimmt in den nächsten Tagen mal wieder vorbei.«

Wir überstanden das Essen ohne nennenswerte Schäden, obwohl man bezüglich etwaiger Langzeitfolgen natürlich noch keine Aussage treffen konnte, und um halb zehn pflanzten Phil und ich uns ins Auto und fädelten uns in den Verkehr auf der Bundesstraße in Richtung Aurich ein.

»Das muss das reinste Überlebenstraining für dich gewesen sein«, sagte ich.

Phil lächelte, den Blick konzentriert auf die Straße gerichtet. »Ich mag Herausforderungen.«

»Lernt man das auch bei den Pfadfindern?«

»Nein, das ist Veranlagung. Warum sonst hätte ich mich mit dir einlassen sollen?«

»Muss mir wohl entgangen sein, dass wir uns miteinander eingelassen haben«, sagte ich.

»Kann ja noch werden. Sieh es mal so: Bis vor ein paar Tagen dachtest du noch, ich sei ein durchgeknallter Killer, und heute habe ich schon deine Eltern kennengelernt.«

Ich verdrehte die Augen. »Der Besuch bei meinen Eltern war eigentlich als Abschreckung gedacht.«

»Hat nicht funktioniert.«

Zwölf Minuten später erreichten wir meine Straße.

»Du kannst mich hier rauslassen. Ich laufe das letzte Stück und schnappe ein wenig frische Luft.«

»Ich will noch schnell einen Blick in deine Wohnung werfen. Nicht dass wieder jemand eine Leiche in deinem Garten deponiert hat.«

Wir gingen den mit Waschbetonplatten ausgelegten Weg zur Haustür entlang. Ich gab den Code der neuen Alarmanlage ein, schaltete das Licht an und folgte Phil von Zimmer zu Zimmer, während er Ausschau nach Leichen, Irren und sonstigen Überraschungen hielt. Niemand da, nur ein schlafender Kater in meinem Bett. Auch im Garten war alles friedlich.

»Ich werde mir wohl einen neuen Schaukelstuhl kaufen müssen«, sagte ich mit einem traurigen Blick auf meinen ehemaligen Lieblingsstuhl. Er stand nun nicht mehr auf seinem Stammplatz unter der Überdachung, sondern auf dem winzigen Fleckchen Rasen. Ich hegte die Hoffnung, dass der Herbstregen einen Teil des Leichenwassers abspülte.

»Kann ich verstehen. Die Erinnerung an das, was mal drinsaß, kommt immer wieder, oder?«

»Es geht mir mehr um das Leichenwasser.«

»Bitte was?«

Ich zog ihn zum Stuhl und deutete auf die Wasserränder, die sich auf der Rückenlehne abzeichneten. »Das Leichenwasser ist ins Holz gesickert.«

»Elli, Frederik Bergmann war erst kurze Zeit tot, das da ist bestimmt kein Leichenwasser. Es wird Schweiß sein, seine Klamotten waren damit getränkt. Bei einer Überdosis schwitzen die Leute oft wie verrückt.«

Ich verzog das Gesicht, nicht sicher, was ich schlimmer fand. »Möchtest du den Stuhl haben?«

»Im Leben nicht! Gibt es nicht jemanden, den du hasst? Das wäre das ideale Geschenk.«

Den einen oder anderen ungeliebten Zeitgenossen gab es da schon, ich war mir nur nicht ganz sicher, wer den Spitzenplatz belegte. »Ich werde drüber nachdenken.«

Wir gingen durch die Terrassentür in meine Wohnung zurück.

»Dann gehe ich jetzt wohl besser.« Phil blieb im Wohnzimmer stehen und schien auf eine Antwort zu warten.

»Ja, es ist schon spät. Danke fürs Fahren.«

Er nickte und schlenderte zur Wohnungstür, ich folgte ihm.

Er hatte die Türschwelle kaum erreicht, als er sich ruckartig umwandte, mich mit sanfter Gewalt gegen die Wand presste und mich küsste. Heiß, fordernd.

So leidenschaftlich, wie der Kuss begonnen hatte, so schnell endete er auch. Phil löste meine Finger von seinem Jackenkragen, in dem sie sich aus unerklärlichen Gründen festgekrallt hatten, und trat lächelnd einen Schritt zurück. Seine Augen funkelten. Er beugte sich noch einmal vor und küsste mich erneut, diesmal so zart und flüchtig, dass sich unsere Lippen kaum berührten.

»Das warst du mir nach diesem Abend einfach schuldig.«

Dann ging er, und ich tat bis in die frühen Morgenstunden kein Auge zu.

15

Ein dicker Stein drückte mir die Luft ab. Ich wand mich hin und her, aber der Druck auf meinen Brustkorb ließ nicht nach. Schweißgebadet wachte ich auf, O'Malley lag auf mir und schlief tief und fest. Vorsichtig, um ihn nicht zu wecken, zog ich die Decke nach links, während ich nach rechts rutschte. Ich knipste das Licht an.

Eine Welle der Zuneigung überkam mich, als ich meinen Mitbewohner betrachtete. Er hatte eine Pfote über die Augen gelegt, das Maul leicht geöffnet, und zwischen seinen Fangzähnen schimmerten die winzigen Vorderzähnchen.

Sobald meine nackten Füße den Teppich berührten, sprang O'Malley auf und hopste zu seinem Futternapf. Ich fütterte ihn, duschte ausgiebig und gönnte mir ein umfassendes Stylingprogramm. Ich deckte meine Augenringe ab, trug ein leichtes Make-up auf und betonte meine Augen mit Lidschatten und Wimperntusche. Ich klatschte Haarschaum in die nassen Haare, knetete sie mit den Händen zu Locken und föhnte sie mit dem Diffusor über Kopf, ganz so, wie Diana es mir unzählige Male gezeigt hatte.

Nach einer Viertelstunde sah ich aus wie ein hellhäutiges Mitglied der Jackson Five.

Ich hätte mir das Zeug einfach aus den Haaren waschen können, aber es war ohnehin mal wieder Zeit für meinen vierteljährlichen Friseurtermin, und ich wählte die Nummer von Dianas Salon.

Eine Autofahrt später saß ich in einem dunkelblauen Ledersessel im McCut und atmete die chemikaliengeschwängerte Luft. Mein Auto parkte am Georgswall, denn das McCut verfügt über keine eigenen Kundenparkplätze.

»Das mit den Locken hat nicht ganz funktioniert«, sagte ich. »Kannst du da was retten?«

Diana stand hinter mir und musterte mich im Spiegel.

»Schätzchen, ich bin nicht Harry Potter. Aus dem da kann selbst ich kein Kunstwerk zaubern.« Sie fuhr mit den Händen durch mein Haar, ihre Finger blieben stecken. »Was hast du als Festiger genommen? Flüssigkleber?« Sie packte meinen Stuhl an der Rückenlehne und schob mich zum Waschbecken, wo sie meine Stylingbemühungen mit einem Wasserstrahl zunichtemachte.

»Kannst du mir gleich auch noch die Wimpern färben?«, fragte ich, als sie mir ein Handtuch um den Kopf wickelte.

Dianas Augen wurden groß. Sie ließ sich auf einen Hocker plumpsen und wirbelte meinen Stuhl zu sich herum.

»Die Wimpern färben?« Sie beugte sich so weit vor, dass unsere Nasenspitzen sich fast berührten. »Wer ist der Glückliche?«

»Ich habe keine Ahnung, was du meinst.«

»Du lässt dir doch nur die Wimpern färben, wenn du die Nacht mit jemandem verbringen willst. Beim letzten Mal war es Jörg.« Wie wir es uns angewöhnt hatten, unterstrich auch sie seinen Namen mit einem Würgelaut.

»Hör bloß auf, das waren die am schlechtesten investierten zehn Euro meines Lebens«, sagte ich.

»Ist es Phil?«

»Wie kommst du darauf?«

»Man merkt doch, wie zwischen euch die Funken fliegen.«

»Hast du mit meiner Mutter gesprochen?«

Diana schüttelte den Kopf. »Reine Beobachtungsgabe.«

»Also gut, du hast mich ertappt: Es ist O'Malley. Er war letzte Nacht in meinem Bett und hat mir den Atem geraubt.« Im wahrsten Sinne des Wortes.

Diana ließ sich nicht beirren. »Da läuft doch was zwischen dir und Phil. Du grinst jedes Mal so debil, wenn ich seinen Namen erwähne.«

Ich knetete meine Finger unter dem Frisierumhang und kämpfte gegen das Grinsen an. Es gelang mir für ungefähr viereinhalb Sekunden. »Er hat mich geküsst. Gestern Abend, nachdem wir bei meinen Eltern waren.«

»Wahnsinn!« Diana tat, als würde sie in Ohnmacht fallen. »Mit Zunge und allem?«

Zwei Frauen schräg hinter uns, eine mit einem Hut aus Alufolie, die andere mit einer Trockenhaube auf dem Kopf, hoben ihre Blicke von den Frauenzeitschriften und sahen halb entrüstet, halb neugierig zu uns herüber.

»Geht das auch leiser?«, zischte ich. »Mein Ruf ist durch Helenas Lügengeschichten jetzt schon im Arsch!«

»Warum willst du denn so eine Neuigkeit für dich behalten? Phil ist doch superheiß! Wenn ich du wäre, würde ich nicht hier sitzen und mir Farbe auf die Augen klatschen lassen, sondern schweißüberströmt und befriedigt neben ihm liegen.«

Diana sprang auf, schnitt mir die Spitzen und band meine Haare aus dem Gesicht, bevor sie die Wimpernfarbe auftrug. Ich hielt die Augen fest geschlossen, aber die Farbe kroch dennoch durch meine Lider und brannte wie Ameisengift.

»Denk dran, eine Packung Kondome zu kaufen. Ach was! Du solltest dir gleich einen ganzen Sack voll besorgen. Ich glaube, Phil ist ein Hengst.«

»Leise!« Ich schlug blind zur Seite, verfehlte Diana jedoch.

»Schon gut, schon gut. Ich muss jetzt sowieso Frau Huberts Farbe ausspülen. Deine muss noch zehn Minuten einwirken.« Dianas Schritte entfernten sich, und sie begann ein Gespräch mit einer der Lauscherinnen.

Ich hatte also volle zehn Minuten, mich meinen Gedanken hinzugeben, und die schweiften automatisch ab zu Phil. Ich dachte an sein Lächeln, seine Augen, seinen weichen Mund. An seine kräftigen Oberarme.

An Phil ohne Klamotten.

Hoppla! Ich versuchte fieberhaft, an etwas anderes zu denken, aber ohne optische Ablenkung gestaltete sich das schwierig. So schwelgte ich in erotischen Phantasien, bis Diana mich von der Farbe befreite und mir mein Augenlicht zurückgab.

Meine Augen juckten wie verrückt, aber dafür glänzten die Wimpern tiefschwarz. In Minutenschnelle zauberte Diana mir meine Wunschlocken ins Haar, und ich machte mich voller

Elan auf den Weg ins Marlowe. Die Locken wippten auf und ab, und meine Brüste taten es ihnen gleich, denn heute trug ich einen BH, der diese Bezeichnung nicht verdiente. Sehr zur Freude der männlichen Fußgänger, die mir auf meinem Weg durch die Fußgängerzone entgegenkamen und diesen Umstand mit einem wohlwollenden Nicken oder Augenzwinkern quittierten.

Zum ersten Mal seit Wochen kam ich pünktlich bei der Arbeit an und wollte die Wartezeit bis zum Eintrudeln der ersten Gäste mit einer Tätigkeit verbringen, für die der Habicht mich auch bezahlte. Ich füllte einen Eimer mit Wasser und machte mich daran, die Küchenregale abzuwischen.

Zehn Minuten später stand ich in einer überschwemmten Küche, der zerbrochene Eimer lag auf dem Boden.

Ich fluchte und trat gegen den Kühlschrank. Ein heißer Schmerz jagte durch meinen kleinen Zeh bis hinauf ins Schienbein. *Selber schuld macht Schaden*, trällerte es in meinem Kopf.

»Schnauze!«, blaffte ich, um das imaginäre Kinderquäken zu vertreiben.

»Ich habe doch gar nichts gesagt.«

Ich fuhr herum.

Sebastian lehnte mit lässig gekreuzten Armen im Türrahmen. Er trug eine helle Jeans, einen schwarzen Pullover und sah zum Anbeißen aus.

»Hast du dir wehgetan?«

Ich wackelte mit den Zehen. »Es geht schon.«

»Ich wusste gar nicht, dass hier ein Schwimmbad eröffnet werden soll. Dafür braucht Herr Habicht bestimmt eine Sondergenehmigung.«

»Was der braucht, ist ein neues Gesicht.« Ich nahm die letzten drei sauberen Handtücher vom Regal und warf sie auf den Boden, aber gegen den mittelgroßen See konnten sie nicht viel ausrichten. »Es würde ihm bestimmt nicht gefallen, dich in seiner Küche zu wissen.«

»Er wird schon nichts dagegen haben.« Sebastian lächelte,

schloss die Zwischentür zum Schankraum und kam auf mich zu.

»Was mö-möchtest du denn?«, fragte ich.

Er kam immer näher. Viel zu nah.

»Ich habe von der Sache mit Frederik Bergmann gehört und wollte nach dir sehen.« Er blieb direkt vor mir in der Pfütze stehen und sah mir tief in die Augen. »Entschuldige, dass ich mich jetzt erst blicken lasse.«

»Kein Problem. Ich war sowieso ausquartiert und habe bei Alexa gewohnt.«

»Ich habe noch mal über unser Gespräch neulich nachgedacht. Es war blöd von mir, dass ich deine Sorgen wegen Karl zunächst nicht ernst genommen habe.«

Ich winkte ab. »Kein Ding. Ich bin nicht nachtragend.«

Eine glatte Lüge. Bis heute sprach ich kein Wort mit Paula Zimmermann, weil sie mir in der siebten Klasse den Kakao weggetrunken hatte.

»Dann habe ich ja noch mal Glück gehabt. Habe ich dir eigentlich schon ein Kompliment wegen deiner Frisur gemacht?« Sebastian wickelte eine Locke um seinen Zeigefinger und streichelte mit dem Daumen meine Wange.

»Ich g-glaube …«

In einer fließenden Bewegung glitt seine Hand zu meinem Kinn, hob es leicht an, und bevor ich wusste, wie mir geschah, überbrückte er auch noch das letzte Stück zwischen uns und küsste mich. Sebastian war ein guter Küsser. Einer von der Sorte, die es einem schwer macht, die Finger bei sich zu behalten. Meine Fingerspitzen glitten über seinen Pullover und ertasteten die gleichmäßigen Erhebungen seiner Bauchmuskeln.

»Hallo!«

Ich brauchte einen Moment, um mich zu orientieren und zu verstehen, dass die Stimme aus dem Schankraum kam. Widerwillig löste ich mich von Sebastian.

»Hallo! Fräulein Vogel?«

Verdammt! Keiner außer dem Habicht nannte mich so. Ich

bedeutete Sebastian, in der Küche zu warten, strich meine Klamotten glatt und trat in den Schankraum.

Phil lehnte am Tresen, ein breites Begrüßungslächeln im Gesicht. »Guten Morgen, Sonnenschein!« Er musterte mich und zog die Augenbrauen zusammen. »Hast du geweint?«

»Nein, ich war beim Friseur. Vielleicht sind meine Augen wegen der Wimpernfarbe noch etwas rot.«

»Deine Lippen sind auch ganz geschwollen.«

»Dann muss es wohl eine Allergie sein.«

Ich spürte hinter mir eine Bewegung und eine warme Hand, die sich auf meinen Rücken legte.

Phils Augen verengten sich, und er presste die Lippen zusammen. Er nickte Sebastian ruckartig zu und schob mir den »Ostfriesland-Reporter« über den Tresen. »Ich wollte dir nur kurz den neuesten Artikel über dich zeigen. Gratuliere, du hast es auf die Titelseite geschafft. Ich muss weiter, wir sehen uns!«

Ehe ich noch ein Wort sagen konnte, stob er davon.

Sebastian lehnte sich an mich und las über meine Schulter hinweg mit. »Auricher Autorin in Mordfall verwickelt«, lautete die Überschrift auf der Titelseite. Helena Schön mutmaßte in dem Artikel, dass sich wegen meiner wechselnden Männerbekanntschaften ein Eifersuchtsdrama ereignet hatte. Der übliche Schrott eben.

Als ich jedoch ihre Ausführungen über meine »Unentschlossenheit in Gefühlsdingen« und die »unleidliche Situation, sich gleich zu mehreren Männern hingezogen zu fühlen« las, musste ich zugeben, dass sie zum ersten Mal den Nagel auf den Kopf getroffen hatte.

»Ich verstehe dein Problem nicht.« Diana saß mir gegenüber und kaute auf einer Lakritzschlange herum. Sie nutzte ihre Mittagspause, um sich einen Gratiskaffee im Marlowe abzuholen. »Schnapp sie dir doch einfach beide und ab in die Kiste! Wem du's heute kannst besorgen, den verschiebe nicht auf morgen. Wenn du alt und hässlich bist, ärgerst du dich, es nicht gemacht zu haben.«

»Ich fürchte, dafür bin ich nicht der Typ.«

Ich hatte Phil gegenüber schreckliche Schuldgefühle. Sein Blick, als Sebastian hinter mir aufgetaucht war, hatte sich tief in mein Gedächtnis gebrannt.

»Ihr habt euch doch nur geküsst. Du bist mit keinem von beiden zusammen, also hat auch keiner einen Grund, sauer zu sein. Du bist sozusagen vögelfrei.«

Die Neuros betraten das Marlowe, hängten Jacken und Schals an die kleinen Messinghaken, die in der Nähe jeder Sitzgruppe angebracht waren, und setzten sich an den Stammtisch.

»Schneewittchen ist nicht dabei«, sagte ich.

Diana folgte meinem Blick. »Vielleicht hat sie heute was anderes vor.«

Ich ging zum Tisch und nahm die Getränkewünsche unserer Besucher entgegen. Keine leichte Angelegenheit. Die ersten drei Bestellungen liefen ziemlich glatt, aber Herr Gerdes sprach lieber mit seinen inneren Stimmen als mit mir, Frau Heyen war damit beschäftigt, die Tischdecke parallel zur Tischkante auszurichten, und Frau Zweig wusch sich seit ihrer Ankunft die Hände auf der Damentoilette.

»Schneewittchen hat sich heute nicht im Kontaktzentrum blicken lassen«, sagte ich, als ich zu Diana zurückkehrte. »Niemand hat seit dem letzten Treffen etwas von ihr gehört, das ist kein gutes Zeichen.« Ich griff nach meinem Handy und rief Alexa an. Nach dem dritten Klingeln nahm sie ab.

»Nein, ich habe sie hier schon länger nicht mehr gesehen«, sagte sie. »Sonst ist sie mir öfter über den Weg gelaufen.«

»Weißt du, ob sie berufstätig ist?«

»Ja, sie arbeitet in irgendeinem Warenlager, ich glaube, bei einer Apotheke. Warte mal. Ach ja, bei der Fürstenberg-Apotheke.«

Ganz in der Nähe also. Ich bedankte mich und legte auf.

»Kannst du kurz übernehmen?«, fragte ich Diana.

»Ich habe Mittagspause.«

»Und ich hab's eilig. Ich laufe nur schnell rüber zur Fürstenberg-Apotheke und schaue nach Schneewittchen. Dauert höchstens eine Viertelstunde.«

»Aber keine Minute länger, ich muss pünktlich im Salon sein.«

Ich schlüpfte in meine Jacke und stob aus dem Marlowe. Draußen empfing mich frostige Kälte, die meinen Atem zu einer weißen Wolke formte.

Die Apotheke befand sich in einem hübschen alten Stadthaus am Marktplatz. Das Türglöckchen meldete einen neuen Kunden, als ich den Verkaufsraum betrat.

Der Apotheker, ein in einen weißen Kittel gekleideter Mann mit Vollbart und Brille, trat an den Verkaufstresen und setzte ein professionelles Lächeln auf. »Wie kann ich Ihnen helfen?«

Von einem Werberegal für Schönheitsseifen ging ein penetranter Rosengeruch aus, und meine Nase kribbelte. »Ich suche meine Bekannte. Sie arbeitet bei Ihnen.«

»Wie heißt Ihre Bekannte denn?«

»Das weiß ich leider nicht.«

Der Mann zog die Augenbrauen hoch.

»Ich habe sie nur unter ihrem Spitznamen kennengelernt«, sagte ich. »Alle nennen sie Schneewittchen. Sie wissen schon, dunkles Haar, helle Haut …«

»Ach, Sie meinen unsere Sarah. Ja, die ist im Lager. Warten Sie bitte kurz.«

Er verschwand durch eine dunkle Holztür, und es wurde still. Ich sah auf meine Uhr. In zehn Minuten musste ich wieder im Marlowe sein.

Unter Ausstoß einiger Kraftausdrücke betrat Schneewittchen – beziehungsweise Sarah – den Verkaufsraum. Bei meinem Anblick wurde sie noch bleicher, als sie es ohnehin schon war.

Leider machte ihr Chef keine Anstalten, uns allein zu lassen, sondern stellte sich neben sie, als habe er mir meinen entlaufenen Hund zurückgebracht. »Kann ich sonst noch etwas für Sie tun?«

Ja, verschwinden. »Nein, eigentlich nicht. Vielen Dank.«

Er verschränkte die Hände ineinander und sah aufmerksam von Sarah, die den Kopf gesenkt hielt, zu mir.

Innerlich rollte ich mit den Augen. Keine Chance, ihn loszuwerden, bevor er etwas verkauft hatte.

»Was wird denn im Moment am meisten verlangt?«

»Pflanzliche Stimmungsaufheller«, sagte er. »Sie wissen schon, der November.«

Oh ja, das wusste ich nur zu gut. »Was können Sie denn empfehlen?«

»Hier haben wir unseren Marktführer.« Er griff nach einem grünen Päckchen, das strategisch klug direkt hinter dem Verkaufstresen platziert war. Eine lachende Frau war darauf abgebildet, rücklings im Gras liegend, einen Strohhalm im Mundwinkel und Sonnenschein im Gesicht.

»Sonst haben Sie nichts in der Art da?«

»Schon, aber diese Sorte wird sehr häufig verlangt. Ich habe im Lager allerdings auch noch ein –«

»*Das* nehme ich«, sagte ich.

»Sind Sie sicher? Wenn Sie dieses Produkt –«

»Absolut.« Hauptsache, er ließ mich mit Sarah allein.

Mit einem bedauernden Gesichtsausdruck stellte er das Medikament zurück und ging nach hinten, um den Ladenhüter zu besorgen. Ich wartete, bis er durch die Holztür verschwunden war.

»Wir müssen dringend über Karl reden, Sarah.« Ich sprach leise und langsam, um sie nicht so unter Druck zu setzen wie bei unserem letzten Gespräch. Gar nicht so einfach, denn unzählige Fragen brannten mir unter den Nägeln.

Sie schüttelte den Kopf. »Es ist zu gefährlich.«

»Für dich oder für mich? Wenn es nur mich betrifft, nehme ich das gerne in Kauf.«

Sarah presste die Lippen zusammen.

»Egal, in was du hineingeraten bist, ich helfe dir. Und ich habe einen Freund, der dir ebenfalls helfen kann. Er ist Polizist.«

»Hurendödel!«

Dieses Wort wäre mir jetzt nicht zu Phil eingefallen, aber vielleicht hatte es auf Tourette ja eine ganz andere Bedeutung.

Ich blickte stumm auf ein Mittel gegen Blasenschwäche und wartete darauf, dass Sarah weitersprach. Als sie nach einer gefühlten Ewigkeit immer noch kein Wort gesagt hatte und sich die Schritte ihres Chefs näherten, griff ich nach ihrer Hand.

»Ich mache mir Sorgen um Karl. Hast du gehört, was in meinem Garten passiert ist?«

»Du meinst Frederik Bergmann?«

Ich nickte. »Ich glaube, Lisas und Frederik Bergmanns Tod und Karls Verschwinden hängen zusammen. Ich will nicht, dass Karl auch etwas zustößt.«

Der Apotheker stieß die Tür auf und hielt eine Tablettenpackung in die Höhe. »Da haben wir den guten alten Klassiker gegen schlechte Stimmung.«

Sarah nutzte die Gelegenheit, wandte sich ab und schlich mit gesenktem Kopf davon.

Ich entriss ihrem Chef die Packung und knallte das Geld auf den Tresen. »Genau das, was ich jetzt brauche.«

Sarah wusste etwas, ganz klar. Fragte sich nur, ob dieses Wissen Karl be- oder entlastete. Was, wenn er wirklich noch der Drogenmischer war, den Phil mir auf dem Aktenauszug präsentiert hatte? Andererseits passten die darauf genannten Fakten überhaupt nicht zu dem Karl, den ich kannte. Er hatte acht Jahre im Gefängnis gesessen, sicherlich hatte er sich in dieser Zeit geändert.

Seit meinem Gespräch mit Sarah waren Stunden vergangen, Diana war längst über alle Berge, und ich grübelte vor mich hin. Um mich abzulenken, klapperte ich die Tische der Gäste ab, die ihre kalten Knochen im Marlowe mit Kaffee, Grog und Glühwein aufwärmten. Die Erinnerung an Sebastians Kuss holte mich ein, und unwillkürlich biss ich mir auf die Unterlippe. Ein Gast fing meinen Blick auf und fuhr sich mit der Zunge anzüglich über die wulstigen Lippen. Angewidert wandte ich mich ab, sammelte die leeren Becher ein und hastete zum Tresen.

Jahrelang hatte ich von Sebastians Küssen geträumt und sie mir in den tollsten Farben ausgemalt. Kaum zu glauben, dass die Realität noch besser war. Blieb aber immer noch Phil. Sein Kuss hatte etwas in mir ausgelöst, dessen ich mir vorher nicht bewusst gewesen war.

»Hallo, Elli.«

Ich sah auf, Sarah stand vor mir. Ich wäre ihr am liebsten um den Hals gefallen.

»Ist der Polizist auch hier?«, fragte sie.

»Nein, das war er heute schon.« Im denkbar ungünstigsten Augenblick. »Möchtest du vielleicht mit mir reden?« Mein Herz stotterte wild vor sich hin. Ihre Anwesenheit konnte nur bedeuten, dass sie beschlossen hatte, ihr Schweigen zu brechen.

Sarah setzte sich auf einen Hocker, zupfte an einem Gesteck aus künstlichen Narzissen herum und starrte stumm vor sich hin. Dann nickte sie und sah mir direkt in die Augen. Gefasst, entschlossen.

Sie atmete tief durch. »Sugarboy hat gedroht, meine Mutter umzubringen.«

Und dann erzählte sie mir die ganze Geschichte.

16

Ein eiskalter Wind begleitete mich zu meinem Auto. Mitte November, und das Thermometer zeigte bereits fünf Grad unter null – das sah nach einem langen Winter aus. Während ich durch die Marktpassage eilte, hinterließ ich die dritte Nachricht auf Phils Mailbox: »Bitte ruf mich sofort zurück!«

In Rekordzeit erreichte ich mein Auto, aber die Bewegung hatte nicht dafür gesorgt, dass mir warm geworden war. Mit Eisklauen zog ich den Schlüssel aus der Jackentasche und versuchte, ihn ins Schloss zu stecken. Nichts zu machen.

Das Schloss war eingefroren.

Ich durchforstete meine Handtasche nach Türschlossenteiser, wurde aber nicht fündig. Ein Feuerzeug, um den Schlüssel zu erhitzen, besaß ich auch nicht mehr. Als Nichtraucher hatte man doch wirklich nichts als Ärger!

Eine Gruppe Jugendlicher zog schnatternd an mir vorbei. Ich tat das Einzige, das man in einer solchen Situation machen konnte: Ich verschränkte die Arme, lehnte mich ans Auto und tat so, als würde ich auf jemanden warten. Als die Gruppe außer Sicht war, versuchte ich mein Glück an der Beifahrertür. Auch hier kein Erfolg.

Ich probierte es mit dem Kofferraumdeckel, er sprang sofort auf. Was hatte ich für eine Wahl? Seufzend hakte ich die Heckablage und die Rückbank aus und kletterte in den Kofferraum. Ich zog die Klappe hinter mir zu und hangelte mich durch den Wagen nach vorn. Nach drei verschobenen Wirbeln und zwei Muskelzerrungen saß ich endlich, zerzaust und total erledigt, auf dem Fahrersitz und zupfte meine Kleidung zurecht.

Ich sah auf. Phil lehnte direkt vor mir an einem Laternenpfahl. Er trug eine Jeans und Boots, die Hände steckten in den Taschen einer blauen Jacke, und der Wind wehte ihm die Haare in die Stirn. Verdammt, er sah wirklich sexy aus.

Dunkle Haare, ermahnte ich mich insgeheim. Denk daran, dass du die Finger von dunkelhaarigen Männern lassen willst!

Ich kurbelte das Fenster herunter, die Scheibe löste sich mit einem Knacken. »Ich versuche schon seit einer Ewigkeit, dich zu erreichen!«

Phil stieß sich von der Laterne ab und trat ans Fenster. »Mein Handy war aus, ich musste eine Zeugin vernehmen. Nimmst du mich mit?«

»Meinetwegen, aber du musst durch den Kofferraum klettern. Meine Schlösser sind eingefroren, die gehen nicht mal von innen auf.«

»Ich habe da so meine Methoden. Gib mir mal den Schlüssel.«

Zehn Sekunden später saß er auf dem Beifahrersitz.

»Wie hast du das denn geschafft? Polizistentrick?«

Phil stellte ein kleines Fläschchen in die Mittelkonsole. »Türschlossenteiser.«

Ich atmete tief durch. »Den hättest du mir auch vorher geben können.«

»Und mir die Show entgehen lassen?«

Ich hätte ihn überfahren sollen, als er direkt vor mir stand und ich die Gelegenheit dazu hatte. Wenigstens dämpfte der Ärger über ihn mein schlechtes Gewissen. Ich fuhr rückwärts vom Parkplatz und reihte mich am Ende des Georgswalls in eine vorbeifahrende Kolonne auf der Bundesstraße ein.

»Wo möchtest du hin?«, fragte ich.

»Zu dir.«

»Ich bin nicht auf Besuch eingestellt.«

»Es ist dienstlich.«

Ich kutschierte uns zu meiner Wohnung. Auf der Fahrt erwähnte ich nichts von meinem Gespräch mit Sarah – ich zitterte jetzt noch am ganzen Leib, wenn ich nur daran dachte, und wollte keinen Unfall riskieren.

Wir betraten meine Wohnung. Zur Begrüßung rieb sich O'Malley abwechselnd an Phils und an meinen Beinen, um keinen von uns zu vernachlässigen. Oder in der Hoffnung, eine doppelte Portion Futter abzustauben. Ich bedeutete Phil, sich hinzusetzen, und führte die Raubtierfütterung durch. Keine leichte Angelegenheit, denn O'Malley vollführte einen komplizierten Slalomlauf um meine Beine.

Phil räumte stapelweise Zeitschriften zur Seite, bevor er einen freien Platz auf meinem Sofa fand. »Du solltest öfter aufräumen.«

»Ich nutze meine freie Zeit zum Schreiben. Auf dem Totenbett werde ich mir bestimmt nicht wünschen, ordentlicher gewesen zu sein.« Okay, das war vielleicht etwas geprahlt, aber ich hatte keine Lust, mir eine Lektion in Sachen Ordnung erteilen zu lassen. Außerdem reichte es ja, wenn ich das Chaos überblickte.

Phil ließ sich aufs Sofa fallen und hob die Hände. »Schon gut.«

»Ich habe Neuigkeiten.« Ich streifte meine Schuhe ab und setzte mich im Schneidersitz aufs Sofa. »Du wirst es nicht glauben: Karl ist der Bruder von Teresa Andersen, geborene Svoboda.«

»Ich kann dir nicht ganz folgen.«

»Du erinnerst dich doch bestimmt an Sarah, das Tourette-Mädchen.«

»Schneewittchen?«

Ich nickte. »Teresa ist ihre Mutter, und demzufolge ist Karl ihr Onkel. Sie hat mir erzählt, dass Karl tatsächlich früher als Meth-Koch für Sugarboy gearbeitet hat, nach seiner Entlassung aus dem Gefängnis wollte er aber nichts mehr mit ihm zu tun haben und ist in die Nähe seiner einzigen noch lebenden Verwandten nach Ostfriesland gezogen.«

»Und die haben ihn auf der Straße leben lassen? Tolle Familie.«

»Er wollte es nicht anders, um sie nicht in Gefahr zu bringen. Sugarboy soll nicht gerade zimperlich sein, wenn man sich von ihm abwendet, aus dem Grund hat Karl damals wohl auch alle Schuld auf sich genommen und die hohe Haftstrafe kassiert.«

»Was wissen die beiden über Sugarboy?«

»Wenig. Der Kontakt zu Karl war vor Jahren eingeschlafen, als er in Bayern auf die schiefe Bahn geriet, und als er dann vor gut einem Jahr nach seiner Entlassung aus dem Gefängnis bei ihnen auf der Matte stand, hat er sich sehr bedeckt gehalten. Je weniger die beiden wüssten, desto besser, behauptete er.«

»Nachvollziehbar. Wo kann ich Sarah erreichen?«

»Ich habe ihr deine Nummer gegeben, sie meldet sich morgen bei dir. Heute war sie total am Ende und konnte am Schluss vor lauter Tics kaum noch sprechen.«

Phil schenkte mir ein anerkennendes Kopfnicken. »Du hast wirklich ganze Arbeit geleistet.«

»Das ist noch nicht alles«, fuhr ich fort. »Nach Karls Verschwinden hat Sarah nach ihm gesucht, deshalb hatte sie sich ja auch an mich gewandt, weil sie hoffte, etwas über seinen Verbleib zu erfahren. Und rate mal, wessen Bekanntschaft sie dabei machen durfte.«

»Die unseres messerschwingenden Zombiefreundes?«

»Snake, genau. Er hat Sarah in der Nähe des Kontaktzentrums abgepasst und ihr eindrucksvoll beschrieben, was er mit ihrer Mutter anstellen würde, sollte sie weitere Schritte unternehmen.« Ich hatte schnell gesprochen und musste Luft holen. »Warum bist du eigentlich hier? Du sagtest doch, es sei dienstlich.«

»Ich konnte meinen Chef überzeugen, dass alles irgendwie mit Sugarboy zusammenhängt. Bei Karl ist die Sache ziemlich eindeutig, und dass du mit deiner Neugier in dieser Angelegenheit auf ziemlichen Widerstand gestoßen bist, spricht dieselbe Sprache. Vor diesem Hintergrund könnte auch an deinem Verdacht, dass Lisas Tod kein Unfall war, etwas dran sein. Wir können uns allerdings noch keinen Reim darauf machen, wie Frederik ins Bild passt.«

»Reicht es nicht, dass er an einer Überdosis Meth gestorben ist?«, fragte ich.

»Damit wäre er der Dritte in zwei Wochen.«

Ich fühlte, wie mir sämtliche Gesichtszüge entglitten.

»Es gab einen Todesfall hier in Aurich, einen in Leer und einen kurz hinter der niederländischen Grenze. Einige weitere Konsumenten sind nur knapp mit dem Leben davongekommen und werden in Krankenhäusern behandelt. Die Mischung, die hier im Umlauf ist, ist hochgefährlich und das Risiko, eine Überdosis zu erwischen, ziemlich hoch.« Er beugte sich vor und sah mir in die Augen, als wollte er mich hypnotisieren. Mit einem Mal konnte ich mir gut vorstellen, wie er Verdächtige in die Mangel nahm und zum Reden brachte. Diese Zielstrebigkeit stand ihm. Und irgendwie machte sie mich an. »Erinnere dich bitte an das Wochenende, als du Frederik im Marlowe getroffen hast. Ist dir an ihm irgendwas seltsam vorgekommen?«

»An dem kam mir alles seltsam vor. Diana und ich haben noch gescherzt, dass er bei seiner Arbeit wohl zu viele Dämpfe eingeatmet hat. Er hat die ganze Zeit zusammenhangloses Zeug gebrabbelt und wollte unbedingt ein Buch mit mir schreiben. Auf dem Weg zum Taxi hat er sich dann plötzlich verfolgt gefühlt, aber da war niemand.«

Phil rieb sich mit den Handflächen übers Gesicht. »Er könnte genau wie die anderen einfach nur ein Konsument, aber ebenso gut auch Sugarboys Geschäftspartner gewesen sein. Als Chemiker wäre es für ihn ein Leichtes gewesen, Crystal Meth herzustellen.«

»Aber warum hätte Sugarboy ihn dann umbringen sollen?«

»Er kann die Überdosis auch versehentlich genommen haben.«

»Schon. Aber hätte man ihn dann zu meiner Wohnung geschleppt und vor mein Fenster gesetzt?«

In meinen heiß geliebten Schaukelstuhl!

Mir kam noch ein anderer Gedanke. »Und was wäre, wenn Frederik hinter Sugarboy gesteckt hat? Immerhin habe ich seit seinem Tod keine Drohungen mehr erhalten.«

Phil schüttelte den Kopf. »Sugarboy muss älter sein, Frederik war erst einunddreißig.«

»Außer er hat schon früh mit der Drogensache angefangen.

Soweit ich weiß, hat er während seiner Ausbildung in einem anderen Bundesland gelebt. Ich weiß allerdings nicht, ob es Bayern war.« Ich dachte angestrengt nach, konnte mich aber nicht erinnern. Frederik war mir seit jeher nicht ganz geheuer gewesen, und daher hatte ich nie auf seinen Lebensweg geachtet.

»Es war Hessen, ich habe mich diesbezüglich bereits erkundigt. Frederik hat dort drei Jahre lang gelebt, ehe er nach Ostfriesland zurückkehrte, deine Theorie fällt also leider flach. Noch etwas: Ich muss dich bitten, mit niemandem über Karls richtigen Namen zu sprechen, Elli. Vielleicht bringt es uns einen Ermittlungsvorteil, wenn wir ihn für uns behalten.«

»Nicht mal mit Alexa und Diana?«

»Du hast es ihnen längst gesagt, oder?«

»Ist mir vielleicht rausgerutscht. Sonst noch Fragen?«

»Was läuft zwischen dir und diesem Sebastian Beck?«

»Ist das für deine Ermittlungen von Belang?«

»Natürlich.«

»Zwischen uns läuft nichts.« Ein Kuss zählte bestimmt nicht. Auch wenn der mir den Boden unter den Füßen weggezogen hatte.

»Magst du mich?«, fragte Phil.

»Fragst du das auch aus dienstlichem Interesse?«

»Nein, aus persönlichem.« Phil warf einen Blick auf die Edelstahluhr an seinem Handgelenk. »Feierabend. Jetzt beginnt der gemütliche Teil.« Er zwinkerte mir zu und rutschte näher.

Ich sprang auf. »Dann möchtest du bestimmt ein Bier.«

»Das wäre jetzt nicht mein erster Gedanke gewesen.«

Ich rettete mich in die Küche, zog zwei Bierflaschen aus dem Kühlschrank und drückte sie gegen meine glühenden Wangen.

»Du bist mir noch eine Antwort schuldig«, beharrte Phil, als ich mich wieder setzte und die Flaschen öffnete. Erneut rückte er näher, und mit jedem Zentimeter beschleunigte sich mein Herzschlag.

»Wenn du mir nicht gerade Türschlossenteiser vorenthältst, finde ich dich ziemlich nett.«

Phil verzog das Gesicht, als hätte er Zahnschmerzen. »Nett ist der kleine Bruder von scheiße.«

Ich zuckte die Schultern. »Immerhin kein Einzelkind.«

»Elli Vogel, du machst mich fertig!« Er zog mich an sich und küsste mich.

Wir sanken seitlich aufs Sofa. Phils Hand glitt unter mein Shirt. Als hätte jemand einen Schalter umgelegt, war ich im Beischlafmodus. Diana hatte recht: Ich war ungebunden, und ein wenig Ablenkung würde mir nach den Ereignissen der letzten Zeit sicher guttun. Nur für zehn Minuten nicht an Tote oder verschwundene Freunde denken, womöglich sogar länger – Phil war ja nicht Jörg.

Leider war es gar nicht so einfach, diese Gedanken abzuschalten. Ich hatte noch nie einen Toten gesehen, und das Bild von Frederiks Leiche hatte sich unauslöschlich in mein Gedächtnis gebrannt. Ich wünschte, es hätte sich mit seinen Worten ebenso verhalten. Vielleicht hatte ich die entscheidende Aussage, die eine Verbindung zu Karl offenbart hätte, aus Desinteresse überhört.

Phil atmete schwer, als seine Hände sich mit dem Inhalt meines BHs befassten.

»Verdammt!« Ich setzte mich ruckartig auf. »Piko!«

»Was?« Phil sah zu mir auf, seine Augen glänzten fiebrig.

»Frederik«, sagte ich. »Bei unserem Treffen im Marlowe hat er in einem vollkommen anderen Zusammenhang diesen Namen erwähnt, da hat er sich wohl verplappert. Es ergibt tatsächlich einen Sinn.« Ich eilte zum Schreibtisch, ließ mich auf den Drehstuhl fallen und durchsuchte die Schublade, bis ich den Aktenauszug mit Karls Foto fand, den Phil mir überlassen hatte.

»Echt jetzt?« Phil raufte sich die Haare und trat neben mich. »Das hätte dir auch zu einem anderen Zeitpunkt einfallen können.«

»Hier.« Ich deutete auf den Text unterhalb des Fotos, von

dem Karl mir mit ausdruckslosem Gesicht entgegenstarrte. »Karel Svoboda, Szenename Piko. Ich habe mir nichts weiter dabei gedacht, aber jetzt fällt mir wieder ein, dass Frederik diesen Namen als Beispiel für Babynamen genannt hat. Hier in der Gegend heißt aber keiner so.«

Phil sah über meine Schulter hinweg auf das Datenblatt, wobei er sich so weit zu mir herunterbeugte, dass ich seinen Atem an meinem Hals spüren konnte. »Piko war nicht nur Karls Szenename, Crystal Meth ist den Konsumenten auch unter dieser Bezeichnung bekannt.«

Ich nahm mein Handy, öffnete den Internetbrowser und gab die Suchbegriffe »Piko« und »Aurich« ein. Nur um sicherzugehen, dass wirklich niemand hier so hieß. Keine Treffer. »Damit liegt ja wohl auf der Hand, dass es einen Zusammenhang gibt«, sagte ich. »Ich würde mal behaupten, dass Karl und Frederik sich kannten. Oder dass Frederik zumindest Sugarboy gut genug kannte, um von dessen früherem Drogenkoch Piko zu wissen, denn Karl hat diesen Namen nie erwähnt.«

»Ganz deiner Meinung. Nicht schlecht, Elli.« Er hauchte einen Kuss unter mein Ohr.

Gar nicht einfach, sich zu konzentrieren, wenn er mir so auf die Pelle rückte. Dabei brauchte ich dringend eine zündende Idee, wie ich weiter vorgehen sollte. Natürlich beruhigte es mich, dass die Polizei sich nicht mehr querstellte, aber bis die alles neu aufgerollt und ihre Zeugen erneut befragt hatten, würden wir – würde Karl – wertvolle Zeit verlieren. Ich stützte die Ellenbogen auf die Tischplatte und meinen Kopf in die Hände.

Die Spur führte in zwei Fällen nach Großefehn, da musste ich Diana und Anneliese Günter recht geben. Aber hatte das wirklich etwas zu bedeuten? Lisa und Frederik waren schließlich in Aurich gestorben.

Es gab nur einen Weg, das herauszufinden.

»Ich fahre morgen nach Großefehn«, beschloss ich. »Bestimmt kann Judith meine Schicht im Marlowe übernehmen. Ich muss mit Lisas und Frederiks Eltern reden.«

Phil griff nach der Rückenlehne und drehte meinen Schreibtischstuhl zu sich herum. Er stützte die Hände auf die Armlehnen und sah mir fest in die Augen. »Ich dachte, dir sei mittlerweile klar geworden, was für Folgen deine Nachforschungen nach sich ziehen.«

»Mag sein. Ich werde trotzdem hinfahren.«

»Wirst du nicht.«

»Werde ich doch.«

»Wirst du nicht!«

»Werde ich doch!« Ich hatte dieses Spiel früher oft und lange mit meiner Schwester gespielt, ich konnte das stundenlang durchziehen.

Phil schloss die Augen und atmete tief durch. »Elli, selbst im höchst unwahrscheinlichen Fall, dass Frederik Sugarboy war, sind da immer noch seine Handlanger. Das Geschäft läuft schließlich weiter. Und wenn die mitbekommen, dass du nicht lockerlässt –«

»Okay, ganz wie du meinst«, unterbrach ich ihn. »Keine Nachforschungen mehr auf eigene Faust.«

»Danke!« Er küsste mich auf die Stirn.

Ich lächelte und legte den Kopf schief. »Du wirst mich einfach begleiten.«

17

»Ich kann nicht glauben, dass du mich dazu überredet hast. Noch ein Schlagloch mehr und die Straße ist wieder gerade.« Phil bedachte mich mit einem strengen Blick, als sei ich persönlich für den schlechten Zustand der Fahrbahn verantwortlich.

Der Memenga-Hof von Lisas Eltern lag am Rand der Meeden in Westgroßefehn, umgeben von weitläufigen Weideflächen. Die schmale Holperpiste, die dorthin führte, war zu beiden Seiten von tiefen Matschfurchen gesäumt. Zahlreiche Schnapsflaschen in den Entwässerungsgräben links und rechts der Straße zeugten davon, dass wir uns auf einer der Alki-Routen befanden, auf denen heimliche Trinker ihre Beweismittel entsorgten.

»Da vorn müssen wir rechts abbiegen«, sagte ich.

Der Frost hatte sein kurzes Stelldichein beendet, trotzdem hatte ich die Heizung in Phils Alfa Romeo bis zum Anschlag aufgedreht. Wir bogen in die Auffahrt ein, auf der sich die Serie von Schlaglöchern fortsetzte.

Der große Gulfhof befand sich seit jeher in Familienbesitz und war von Generation zu Generation erfolgreich weiter heruntergewirtschaftet worden. Das Reetdach auf dem Scheunenteil wies fußballgroße Löcher auf, durch die Backsteinmauern zogen sich Risse, und auf dem doppelflügeligen Scheunentor und der Stalltür waren nur noch Reste der einstmals grünen Farbe vorhanden. Zertretenes Laub bedeckte die Auffahrt und erfüllte die Luft mit einer erdigen Note, die sich mit dem Geruch von Gülle mischte.

Eine Frau in klobigen Gummistiefeln und mistverkrusteter Latzhose schlurfte uns aus dem Stall entgegen. Rottweilergesicht, teigiger Teint und mehr Fett als Haar auf dem Kopf. Eindeutig Frau Memenga, Lisas Mutter. In ihren Alltagsklamotten erkannte ich sie sofort, ganz im Gegensatz zu unserer letzten Begegnung auf Lisas Beerdigung, wo ich sie zum ersten Mal in meinem Leben in gewaschener Kleidung und mit geputzten Halbschuhen gesehen hatte. Sogar ihr Haar hatte sie zu diesem Anlass gekämmt, wenn auch nicht gewaschen. Ihr miesepetriger Gesichtsausdruck verriet mir, dass auch sie mich wiedererkannte.

»Moin, Moin!«, rief Phil ihr entgegen.

»Sei nicht so geschwätzig«, zischte ich ihm zu. »*Ein* Moin reicht. Du sagst in München ja auch nicht ›Grüß Gott, grüß Gott‹!«

»Was wollt ihr?« Frau Memengas Stimme verriet, dass sie gern und ausgiebig schrie. »Hab's eilig, muss noch sechs Schweine kastrieren.« Zum Beweis hielt sie ein Messer hoch, Phil trat respektvoll einige Schritte zurück.

»Wir möchten mit Ihnen über Lisa sprechen«, sagte ich. »Das ist Phil Winter. Er ist Polizist und an den Untersuchungen zu ihrem Tod beteiligt.«

Obwohl wir sozusagen inoffiziell hier waren, zückte Phil seine Marke.

Frau Memenga kniff die wässrigen Augen zusammen und sah uns durchdringend an. »Was für Untersuchungen?«

»Können wir uns vielleicht irgendwo in Ruhe unterhalten?«, fragte Phil.

»Wenn's sein muss.« Sie bedeutete uns, ihr zu folgen.

Im Haus roch es nach zerkochtem Kohl, Wollmäuse huschten über die Fliesen. Am Ende des Flurs fanden wir uns in einer altmodischen Küche wieder, die dringend einer Grundreinigung bedurfte.

»Ist Ihr Mann nicht da?«, fragte ich.

»Der fährt gerade Gülle.«

Frau Memenga setzte sich auf einen Stuhl am Kopf des Tisches, und wir ließen uns auf der verschlissenen Eckbank nieder.

»Also, was nun? Meinen Sie, jemand hat Lisa totgemacht?« In ihrer Stimme schwang nicht der Hauch einer Emotion mit.

»Um das herauszufinden, würden wir Ihnen gern ein paar Fragen stellen«, sagte Phil. »Können Sie uns sagen, ob Ihnen das letzte Mal, als Sie Lisa gesehen haben, etwas an ihr aufgefallen ist? Hat sie sich vielleicht vor jemandem gefürchtet?«

Lisas Mutter schüttelte den Kopf. »Aufgefallen ist mir nur, dass die plötzlich einen auf Schickimicki gemacht hat. Die hatte Geld, aber keine Angst.«

Nach dem, was ich wusste, war Lisa mit zwei Jobs und als alleinerziehende Mutter eigentlich immer eher knapp bei Kasse gewesen. »Hatte sie einen Freund?«, fragte ich.

»Glaub ich nicht. Die hat doch immer erzählt, dass sie ohne Kerl besser dran ist und die Janneke sehr gut allein versorgen kann.«

»Worüber haben Sie gesprochen, als Lisa das letzte Mal hier war?«, fragte Phil.

»Ach, sie hat nur kurz von ihrer Arbeit in der Disco erzählt. Hatte die Kleene dabei und ist auch bald wieder gegangen.«

»Disco? Sie meinen die Cobra?«, fragte Phil.

»Ja. Da war ja immer ordentlich was los. Hat wohl richtig gut verdient, Trinkgeld und so.«

»Von ihrer Arbeit im Marlowe hat sie nicht gesprochen?«, fragte ich.

»Was hätte sie da groß erzählen sollen? Dass sie Bekloppte aus'm Kontaktzentrum bedient?« Frau Memenga schnaubte abfällig, ein feiner Sprühregen flog aus ihrem Mund und landete auf der Wachstuchdecke. Sie wischte mit dem Unterarm über den Tisch und beseitigte damit zugleich die Krümel einer vergangenen Mahlzeit.

»Hat Lisa mal einen Karl erwähnt?«, fragte ich.

»War das einer ihrer Typen? In der Stadt sind die Frauen doch alle gleich.« Sie musterte mich von oben bis unten, und mir war klar, dass sie Helenas Artikel gelesen hatte.

»Was wissen Sie über Frederik Bergmann?«, fragte Phil.

»Nur, dass der tot auf ihrem Gartenstuhl gesessen hat.« Frau Memenga deutete mit dem schmutzigen Zeigefinger auf mich. »Musste ja irgendwann so weit kommen.«

Ich lächelte freundlich. »Haben Sie Interesse an einem Holzschaukelstuhl?«

»Ich glaube, damit hätten wir die wichtigsten Punkte geklärt«, fuhr Phil dazwischen. »Sollten wir noch Fragen haben, werden wir uns bei Ihnen melden.«

Wir verabschiedeten uns. Eigentlich schade, dass Phil mich unterbrochen hatte, denn ich hatte endlich jemanden gefunden, dem ich den Leichenwasser-Stuhl aus vollem Herzen gönnte.

Wir machten uns auf zu Frederiks Zuhause, das sich wie mein Elternhaus am Fehnkanal in Ostgroßefehn befand, wenn auch ein Stück weiter in Richtung Wiesmoor. Die Sonne schielte durch die Wolken, traute sich aber nicht hervor, als wir bei Frederiks Elternhaus auf die Auffahrt bogen. Ein altes Bauernhaus mit blank geputzten Bogenfenstern, umgeben von Büschen und Rosensträuchern. Alles picobello gepflegt.

Ein Golden Retriever schoss um die Ecke, bellte dreimal und drückte seine Nase in meinen Schritt. Ich schob ihn diskret zur Seite, Phil lachte. Aber nur, bis der Hund sein Begrüßungsritual bei ihm wiederholte.

Frederiks Familie hatte die Tierhaltung schon vor Jahren aufgegeben, also stiefelten wir direkt zur Haustür, der Hund lief schwanzwedelnd neben uns her. Ich klingelte und streichelte dabei sein Fell.

Frederiks Oma öffnete die Tür. Zum Glück, denn für eine Begegnung mit seiner Mutter war ich nicht gewappnet.

Oma Bergmann sah erst zu Phil, erkannte dann mich und lächelte. »Elli! Wie schön, dich zu sehen.«

Frederiks Oma hatte Haare wie Zuckerwatte und Augen wie Nougatpralinen, dazu einen Mund, der dafür gemacht zu sein schien, Kindern Geschichten zu erzählen. Wie eine ältere Version von Mary Poppins.

Sie bat uns herein, mästete uns mit Keksen und Tee und beantwortete geduldig unsere Fragen. Sie war sich sicher, dass Frederik sich nicht vor einer bestimmten Person gefürchtet hatte, jedoch hatte er sich in der letzten Zeit sehr verändert, hatte stundenlang an seinem Roman geschrieben und sein Zimmer geputzt.

»Dürfen wir sein Zimmer sehen?«, fragte Phil.

»Natürlich«, sagte Oma Bergmann. »Die Polizei war sowieso schon drin. Bitte seid mir nicht böse, wenn ich unten warte, aber die Treppe ist nichts mehr für mich.«

Wir stiegen die Stufen empor, sahen erst nach links, dann nach rechts. Der Flur führte in beide Richtungen.

»Es ist das letzte auf der linken Seite«, rief Oma Bergmann von unten.

Eine typische Jugendzimmereinrichtung in Bucheoptik empfing uns. Kaum zu glauben, dass hier ein Mann von Anfang dreißig gelebt hatte.

Ich stand unschlüssig in der Zimmermitte und sah Phil dabei zu, wie er den Blick suchend über die Regale schweifen ließ, in denen sich hauptsächlich Fachbücher über Chemie befanden, außerdem ein paar Actioncomics. Phil nahm verschiedene Bücher in die Hand, las die Umschlagtexte und stellte sie ins Regal zurück. Ich tat es ihm gleich, allerdings beschränkte ich mich auf die Comics, weil ich von Chemie keine Ahnung hatte.

»Moment mal«, sagte ich. »Hat Oma Bergmann nicht gerade gesagt, Frederik habe sein Zimmer stundenlang geputzt?« Ich fuhr mit dem Zeigefinger über den Regalboden. Eine dicke Staubschicht thronte auf meiner Fingerspitze. »Was ist dann das?«

»Du solltest dich nicht zu weit aus dem Fenster lehnen. Wenn ich da an deine Wohnung denke …«

»Mir sagt man aber auch keinen Putzwahn nach«, entgegnete ich.

»Nein, das wohl definitiv nicht.«

Phil ließ den Finger über die Arbeitsfläche des Schreibtischs gleiten. »Kein Staubkörnchen. Die Oberfläche wurde so stark geschrubbt, dass sich die Beschichtung schon löst.«

»Und das bedeutet was?«, fragte ich. »Hat er da Drogen zusammengebraut und musste die Rückstände verschwinden lassen?«

Phil schüttelte den Kopf. »In diesem Zimmer kann er kein

Meth gekocht haben. Du glaubst gar nicht, was für ein Gestank dabei entsteht. Dagegen war das beim Stall von Lisas Eltern nur ein leichter Ammoniakhauch.« Phil durchwühlte eine Schublade und zog ein Notizbuch hervor. Er blätterte die Seiten um, betrachtete sie skeptisch und reichte mir das Büchlein. »Was hältst du davon?«

Ich überflog die Notizen. »Nicht gerade große Lektüre. Da steht ja zigmal dasselbe.«

»Da hast du deinen großen Nachwuchsschriftsteller«, sagte Phil. »Er hat im Rausch einfach nur wirren Mist aufgeschrieben, passiert häufig. Die Junkies beißen sich an einer Aufgabe fest, sind davon überzeugt, großartige Dinge zu vollbringen, und merken nicht, dass sie einfach nur immer und immer wieder dasselbe machen. Genau wie beim Putzen.« Er machte eine Geste, die das Zimmer einschloss, und legte das Buch in die Schublade zurück.

Wir schauten in die übrigen Regale und Schubladen, fanden aber nichts Interessantes. Nichts, das ihn mit Lisa in Verbindung brachte, und keinen Hinweis, der sein Verhältnis zu Karl näher beleuchtete.

Wir verließen das Zimmer und kehrten ins Erdgeschoss zurück. Am Fuß der Treppe wartete Frederiks Mutter, Erna Bergmann. Sie trug das kurze Haar schwarz gefärbt, eine lilafarbene Strähne verlief schräg über der Stirn. Ihre Problemzonen betonte sie durch ein eng anliegendes Longshirt und eine Leggings, dazu hatte sie einen Gesichtsausdruck aufgesetzt, als habe sie soeben in eine Zitrone gebissen.

»Eleonore Vogel, mein Sohn sitzt tot in deinem Garten, und du durchwühlst sein Zimmer! Hast du keinen Anstand?«

»Wir sind hier, um zu helfen«, sagte ich. »Das ist Phil Winter, er ist Polizist.«

»Dann wissen Sie auch, dass mein Sohn niemals etwas mit Drogen am Hut hatte!«

»Was wir bislang wissen, deutet leider in eine andere Richtung«, sagte Phil.

Frau Bergmann sah ihn aus zusammengekniffenen Augen

an und zeigte auf mich. »Hat sie das gesagt? Läuft da was zwischen Ihnen? Sie waren doch bestimmt schon miteinander in der Kiste.«

Phil setzte sein charmantestes Lächeln auf. »Noch nicht.«

Ich lief puterrot an und boxte ihn in die Seite.

Frau Bergmann setzte einen vertraulichen Tonfall auf. »Sie wissen von Eleonores Männerbekanntschaften?«, raunte sie Phil entgegen.

»Ich habe keine Männerbekanntschaften!«

»Nun tu mal nicht so entsetzt. Du denkst wohl, wir lesen in Großefehn keine Zeitung? Mein Frederik war außerdem in letzter Zeit viel mit Jörg unterwegs, da hat sich das ganz anders angehört. Wenn du dich bei deinen ganzen Männern überhaupt noch an Jörg erinnerst.« Sie sah mich abschätzig an, die Stirn zu einem Waschbrett hochgezogen.

Ich atmete zweimal tief ein und aus. »Sie haben doch bestimmt großes Interesse an dem Schaukelstuhl, in dem –«

Phil zog mich zur Seite und trat zwischen uns. »Wie oft haben Frederik und Jörg sich getroffen?«

»So ein- oder zweimal in der Woche«, sagte Frau Bergmann.

»Wissen Sie, worum es bei diesen Treffen ging?«

»Meine Güte, zwei junge, attraktive Männer, die miteinander befreundet sind. Da frage ich doch nicht nach, worüber die reden.«

Als sie ihren Sohn als attraktiv bezeichnete, verschluckte ich mich fast an meiner eigenen Spucke. Durch die liebenden Augen einer Mutter ging wohl jeder Realitätssinn flöten.

Wir verabschiedeten uns. Frau Bergmann stieg die Treppe hinauf, um zu kontrollieren, ob wir im Zimmer ihres Sohnes etwas angestellt hatten, Oma Bergmann brachte uns zur Tür. Sie drückte jedem von uns eine Tüte selbst gebackene Kekse in die Hand und sagte, wir seien ihr jederzeit willkommen.

»Und was machen wir jetzt?«, fragte ich.

»Wir sollten Jörg einen Besuch abstatten. Wenn er und Frederik wirklich so gut befreundet waren, könnte er etwas wissen. Außerdem habe ich mittlerweile so viel von ihm gehört, dass ich ihn einfach kennenlernen muss.«

»Auf keinen Fall!«

»Auf jeden Fall.« Phil lachte. »Der Fahrer bestimmt immer das Ziel.«

Ich ließ mich auf den Beifahrersitz plumpsen und angelte einen Keks aus der Tüte.

»Fahr da vorn bitte links runter.«

»Vor oder nach dem Edeka-Markt?«

»*Bei* dem Edeka-Markt. Ich brauche unbedingt was zu trinken, meine Kehle ist schon ganz ausgetrocknet.« Eigentlich brauchte ich unbedingt Schokolade, da ich einer Begegnung mit Jörg ohne Nervennahrung nicht gewachsen war.

Phil setzte den Blinker und fuhr auf den großen Parkplatz. Der Schriftzug »Grootfehn« prangte über dem Eingangsbereich und wies die Kunden darauf hin, dass in diesem Laden vorwiegend Plattdeutsch gesprochen wurde. Auf der Außenwand links neben dem Eingang befand sich das Ostfrieslandwappen mit seinen sechs Feldern, in denen sich die Wappen der wichtigsten früheren Häuptlingsfamilien wiederfanden.

Die Eingangstür öffnete sich automatisch, und wir traten ein. Von der Bäckerei im Eingangsbereich wehte der Duft von frisch gebackenem Zimtbrot zu uns herüber.

Ich streifte durch die Regalreihen, war kurz versucht, mir aus dem Regal mit der Beschriftung »Lecker Drüppkes« alkoholische Unterstützung zu besorgen, entschied mich dann aber doch für eine Tafel Vollmilchschokolade und eine Packung Milchcremeriegel. Zum Runterspülen klemmte ich mir eine Flasche Cola unter den Arm.

Ich sammelte Phil beim Chipsregal ein, er hielt eine Packung Erdnüsse, ohne Fett geröstet und ungesalzen, in der Hand. »Bei Jörg sollten wir unbedingt –«

Ich sah an ihm vorbei zum Mittelgang, packte ihn am Arm und zog ihn hinter die Stirnseite des Regals in Deckung.

»Was ist denn los?«

»Psst!« Ich legte den Finger an die Lippen und lugte vorsichtig in den Gang.

Sie hatte mich nicht bemerkt.

Ich schlich am Zeitschriftenregal entlang in Richtung Kasse, wobei ich Phil weiterhin am Ärmel hielt. Neben dem Regal mit den Glückwunschkarten befand sich ein Aufsteller mit Grußkarten aus Ostfriesland. »All up Stee?«, fragte ein geschwungener Schriftzug auf einer Postkarte, auf der eine schwarzbunte Kuh neugierig in die Kamera blickte.

Nein, hier war gar nichts in Ordnung!

»Vor wem versteckst du dich denn?« Phil linste zum Mittelgang. »Vor der alten Frau im Mantel? Die mit dem Dutt?«

»Das ist Anneliese Günter, Jörgs Vermieterin.« Gar nicht so einfach, den Würgelaut zu flüstern.

»Sie kommt in unsere Richtung.«

Ich achtete nicht mehr auf Phil und schlich rückwärts in die nächste Regalreihe.

»Elli, warte, sie kommt doch genau von –«

Aber es war zu spät. Am Fruchtgummiregal stieß ich mit Anneliese Günter zusammen.

»Sieh an, Eleonore Vogel.« Anneliese Günter trug den Henkel eines Einkaufskorbs in der Armbeuge, in der anderen Hand hielt sie eine Salatgurke, die sie anklagend auf mein Gesicht richtete. »Dass du dich noch mal hier blicken lässt, wundert mich. Dachte, du wärst jetzt ein Stadtjer.«

»Was ist ein Stadtjer?«, fragte Phil.

»Ein Stadtmensch.« Ich wandte mich an Anneliese Günter. »Sie wissen genau –«

»Und wen stürzt du dieses Mal ins Unglück?« Sie nahm ihre Goldrandbrille ab und starrte zu Phil. Tränensäcke hingen wie getrocknete Aprikosen unter ihren Augen.

Ich atmete tief durch. »Ich stürze niemanden ins Unglück.«

»Dann denk mal an den armen Jörg. Jeder weiß doch, dass du die Trennung von ihm nicht verkraftet hast und ihn darum unter dem Deckmantel künstlerischer Freiheit in deinem Buch verunglimpfst.« Sie fuchtelte mit der Gurke vor meiner Nase herum. »Natürlich habe ich diesen Schund nicht gelesen, aber ganz Großefehn spricht darüber. Du solltest dich was schämen!«

»Der *arme* Jörg lügt und betrügt, wo er nur kann!«, zischte ich. »Wenn sich jemand schämen sollte, dann er.«

»Man kriegt immer, was man verdient.« Anneliese Günter lächelte verschlagen. »Er ist ja so verliebt in seine Helena. Was für eine wunderbare und hübsche junge Frau! Und so schlank!«

»Wenn Sie meinen.« Ich hatte keine Lust, mich mit dem Runzelweib zu zanken, und ging zur Kasse.

Nur eine Kasse war geöffnet. Kein Wunder, es war Viertel vor drei, die meisten Großefehntjer waren um diese Zeit entweder bei der Arbeit oder saßen beim Tee zusammen. Lediglich eine junge Mutter machte ebenfalls Anstalten, sich an die Kasse zu begeben. Auf ihrem Einkaufswagen thronte ein Maxi-Cosi, aus dem ein pausbäckiges Baby herausschaute. Anneliese Günter huschte an mir vorbei, sie war erstaunlich flink für ihr Alter. Sie drängte die junge Frau unsanft zur Seite und pfefferte ihre Einkäufe auf das Kassenband.

Ich gab der verdutzten Kundin mit einer Geste zu verstehen, dass die Alte ein bisschen plemplem sei. Sie nickte verständnisvoll und trat einen Schritt zurück. Phil und ich stellten uns dahinter an.

Beim Herausgehen drehte sich Anneliese Günter noch einmal zu uns um. »Bleib du ruhig in Aurich, Eleonore Vogel, da passt du besser hin.«

»Ich gehe, wohin es mir passt«, rief ich ihr hinterher. »Sie passen doch auch besser in die Hölle und treiben sich trotzdem hier herum.«

Phil stellte seine Erdnussdose auf das Kassenband, ein breites Lächeln im Gesicht.

»Hätte ich gewusst, dass das Landleben so idyllisch ist, wäre ich nicht in die Stadt gezogen.«

Ich verdrehte die Augen und bezahlte.

Ich lotste Phil zu dem kleinen Einfamilienhaus in der Nähe von Großefehns Wahrzeichen, der reetgedeckten Windmühle. Hier hatte Jörg eine Oberwohnung beim Teufel gemietet. Statt der Schokolade hatte ich die Kekstüte zur Hälfte leer gefuttert – eine reife Leistung, wenn man bedachte, dass wir nur fünf Minuten gefahren waren. Die Kekskrümel kratzten in meinem Hals, und ich spülte sie mit dem Rest Cola hinunter.

Phil stieg aus, und ich rutschte tiefer in den Sitz. »Ich warte im Wagen.«

»Nichts da, du kommst mit.«

Er öffnete die Beifahrertür, zog mich mit sanfter Gewalt aus dem Wagen und dirigierte mich zur Haustür. Meinen sehnsüchtigen Blick auf die Kekstüte ignorierte er. Er drückte den Klingelknopf, und nach einer halben Minute polterten Schritte die Treppe herunter.

Jörg trug eine tief sitzende ausgeblichene Jeans und ein weißes T-Shirt. Sein dunkles Haar war länger als bei unserer letzten Begegnung und lockte sich über den Ohren.

Er setzte sein Perlweiß-Lächeln auf. »Hey, El!« Er beugte sich vor und hauchte mir einen Kuss auf die Wange.

Es kostete mich meine gesamte Selbstbeherrschung, ihm nicht das Knie in die Weichteile zu rammen.

»Und Els Freund.«

Die beiden reichten sich die Hände.

Phil rasselte seinen Begrüßungsspruch runter und klärte Jörg über den Grund unseres Besuchs auf.

Jörg bat uns rein, stieg die Treppe rauf und führte uns ins Wohnzimmer. Die Luft roch nach kaltem Zigarettenrauch. Unter der Dachschräge stand noch immer die braune Ledercouch, die er von seinem Onkel Erwin geerbt hatte, an der gegenüberliegenden Seite die Schrankwand aus Kiefernholz. Alles sah genauso aus wie in meiner Erinnerung, nur der alte Fernseher war gegen ein monströses Modell mit Flachbildschirm ausgetauscht worden.

Und es wälzte sich kein nacktes Liebespaar auf dem Teppich.

»Wir sprachen gerade mit Frau Bergmann«, sagte Phil. »Sie sagte uns, Sie und Frederik hätten sich häufig getroffen.«

»Haben wir.« Jörg klopfte eine Zigarette aus der Schachtel und zündete sie an. Er kniff die Lider zusammen, als ihm der Rauch in die Augen stieg.

»Warum so häufig?«, fragte Phil.

»Wir waren Kumpels.« Jörg blies den Rauch aus und legte die Hand auf die Brust, etwa an die Stelle, wo das Herz saß. Natürlich nur bei Menschen, die ein Herz besaßen. »Wir haben zusammen abgehangen und waren oft in der Cobra, Freddys Stammladen. Er kannte 'ne Menge Leute da.«

»Wann waren Sie das letzte Mal da?«

»Das muss vor mehr als drei Wochen gewesen sein.«

»Und warum danach nicht mehr?«

»Freddy hat getrauert. Wegen Lisa. Allein wollte ich auch nicht hin.«

»Helena geht doch auch in die Cobra. Warum bist du nicht mit ihr gegangen?«, fragte ich.

»Sie recherchiert. Dabei will ich ihr lieber nicht im Weg stehen.«

Schön, dass er auf ihre Arbeit Rücksicht nahm, bei mir hatte er sich das immer verkniffen. Er schien wirklich etwas für sie zu empfinden, genau wie Anneliese Günter gesagt hatte. Vielleicht konnte sich ein Arschloch ja doch ändern, wenn es auf das passende Gegenstück traf? Gleich und gleich gesellt sich eben gern.

»Worüber recherchiert sie denn?«, fragte ich.

»Ist gerade an so einer Drogenstory dran und mischt sich am Wochenende unter das Partyvolk.«

Phil und ich tauschten einen Blick.

»Wissen Sie Genaueres?«, fragte Phil.

»Nee, das interessiert mich auch nicht so. Wir reden nicht viel über die Arbeit.«

Kein Wunder, wenn nur eine Person etwas zu berichten hatte. Ich ging fest davon aus, dass Jörg sich auch in den letzten Monaten nicht um einen Job bemüht hatte.

»Um auf Frederik Bergmann zurückzukommen«, sagte Phil. »Was lief zwischen ihm und Lisa?«

»Er saß immer an der Theke, an der sie bedient hat, hat sie angeschmachtet und mit Trinkgeld überschüttet.«

»Mehr lief da nicht?«

Jörg zog ein letztes Mal an seinem Glimmstängel. Er hielt den Rauch übertrieben lange in den Lungen, bevor er ihn ausstieß und die Zigarette im überquellenden Aschenbecher ausdrückte. »Nicht wirklich. Ich glaube, sie hat ihn nur benutzt, um an Kohle zu kommen. Sie wusste, dass er einiges auf der hohen Kante hatte, er wollte sich demnächst ein Haus kaufen.«

»Dann muss er ganz schön was gespart haben.« Auch wenn die Häuser in Ostfriesland vergleichsweise billig waren, musste man das Geld dafür erst mal haben. Ich überschlug im Kopf meine Finanzen und kam zu dem Schluss, dass mein Erspartes gerade für eine Haustür reichte.

»Wie ist er zu dem Geld gekommen?«, fragte Phil.

»Keine Ahnung. Hat wohl gut verdient.«

»Vielleicht bei Sugarboy?«, fragte ich.

Phil sah mich warnend an.

»Wer soll das denn sein?«, fragte Jörg.

Kein Zusammenzucken, kein hektisches Blinzeln. Er blickte fragend von mir zu Phil. Jörg konnte mit dem Namen nichts anfangen, ganz eindeutig.

Ich winkte ab. »Ach, niemand.«

»Wer waren Frederiks Freunde in der Cobra?«, fragte Phil.

»So 'n Schmaler, Timo hieß der, glaub ich. Und noch zwei, drei andere, von denen ich mir die Namen nicht gemerkt hab.«

»Sind mal Namen wie Karl oder Snake gefallen?«, fragte ich.

»Nie gehört. Ich habe einen Onkel, der Karl heißt.«

»Und Piko?«

»Klingt nach 'nem Kinderspielzeug.«

Wir sahen ein, dass wir von Jörg nichts Brauchbares mehr erfahren würden, und tauschten einen einvernehmlichen

Blick. Jörg versprach, sich zu melden, falls ihm ein Geistesblitz käme. Also eher unwahrscheinlich.

Wir waren gerade aufgestanden, als die Zimmertür aufschwang und eine Blondine von vielleicht zwanzig Jahren ins Zimmer stöckelte. Sie trug schwarze Reizwäsche, die nichts der Phantasie überließ, und dazu Stilettos. Die Brüste standen wie aufgeblasene Luftballons vom Körper ab.

»Wann kommst du denn endlich, Liebling?«, quengelte sie, ohne Phil und mich groß zu beachten.

»Ich bin gleich bei dir, Süße.«

Die Blondine wandte sich um und trippelte wieder aus dem Zimmer, ihr Stringtanga verschwand zwischen den runden Pobacken.

Verdattert sah ich ihr hinterher. »Das war aber nicht Helena.«

Jörgs Gesicht verzog sich zu einem schiefen Grinsen. »Ups.«

»Beruhigend, dass du dich kein Stück geändert hast. Du bist noch dasselbe Schwein wie früher. Kaum zu glauben, dass ein so kleiner Schwanz so unersättlich sein kann.«

Ich marschierte erhobenen Hauptes an Phil vorbei, dessen Körper vor unterdrücktem Lachen zuckte, und holperte die Treppe runter.

»El, jetzt bist du aber ungerecht«, rief Jörg vom oberen Absatz.

Zwar konnte er meinen ausgestreckten Mittelfinger nicht mehr sehen, ich hielt ihn aber sicherheitshalber in die Höhe gereckt, bis Phil und ich in die kühle Herbstluft traten.

Es dämmerte bereits, als wir über die Bundesstraße zurückfuhren. Pferde grasten auf einigen umliegenden Weiden, und Nebel stieg bis zu ihren Bäuchen auf.

»Irgendeine Idee, was wir jetzt machen können?«, fragte ich.

Phils Blick blieb etwas zu lange an meinem Ausschnitt hängen. »Mir würde da schon was einfallen.«

Die Zeit für eine schlagfertige Antwort verstrich, und so

starrte ich aus dem Fenster, bis die Hitze aus meinem Gesicht gewichen war. »Habt ihr Jann eigentlich schon zu Frederik befragt?«, sagte ich.

»Deinen Saufkumpan? Ja, mit dem haben die Kollegen gesprochen, aber er hat Frederik wohl nur das eine Mal im Marlowe gesehen, als ihr euch dort getroffen habt. Er konnte sich nur noch bruchstückhaft an den Abend erinnern, hatte wohl ordentlich was intus. Wenn du möchtest, können wir trotzdem noch zu ihm fahren.«

»Keine schlechte Idee. Ich klingel mal durch, ob er da ist.« Ich zog mein Handy aus der Jackentasche.

Eine SMS von Alexa tauchte im Display auf. *Sitze im Marlowe. Sebastian war hier und wollte dich sehen.*

Obwohl Phils Aufmerksamkeit der Straße gewidmet war, drückte ich die Nachricht schnell weg und wählte Janns Nummer.

Nach dem fünften Klingeln nahm Denise, der Dämon, ab. »Wie schön, dass dein Name im Display erscheint, Eleonore Vogel! Das war ja mal wieder ganz großes Kino von dir und meinem Mann. Ich liege im Krankenhaus, kann mich nach meinem Kaiserschnitt kaum bewegen, und ihr lasst die Puppen tanzen und veranstaltet ein Besäufnis!«

Ich legte auf und verstaute das Handy. »Keiner da.«

»Hat da nicht gerade jemand gesprochen?«

»Nur der Anrufbeantworter.« Ich griff nach Oma Bergmanns Kekstüte, aber sie war leer. Enttäuscht ließ ich sie sinken. »Haben deine Kollegen auch mit Wilbert gesprochen?«

»Ja, aber er hatte Frederik erst an dem Abend kennengelernt und wusste so gut wie nichts über ihn.«

In Aurich angekommen fuhren wir nicht direkt zu meiner Wohnung, sondern machten einen kleinen Umweg, der uns zu Burger King führte. Ich gönnte mir zwei Portionen Pommes und eine Cola, danach hatte mein Gehirn genügend Brennstoff für neue Ideen.

»Hast du Lust, heute mit mir in die Cobra zu gehen?«, fragte ich.

»Ein Date?«

»Eher eine Ermittlung. Alle Personen, mit denen wir heute gesprochen haben, haben die Cobra erwähnt. Wir sollten uns dort noch einmal umschauen.«

»Klingt einleuchtend.« Phil ließ den Wagen vor meiner Wohnung ausrollen und stellte den Motor ab.

»Du kannst dir deinen Kontrollgang sparen«, sagte ich. »Meine Wohnung und mein Garten sind einbruchssicher.«

»Auf keinen Fall. Wenn ich schon mal die Chance auf ein Date mit dir habe, will ich kein Risiko eingehen.«

»Es ist eine Ermittlung.«

»Nenn es, wie du willst. Ich für meinen Teil habe nur verstanden, dass wir den heutigen Abend miteinander verbringen.«

Er löste den Sicherheitsgurt, stieg aus und begleitete mich in meine Wohnung. Schwer zu sagen, ob er sie wirklich nur durchsuchen oder da weitermachen wollte, wo wir gestern aufgehört hatten.

Als wir in meinem Wohnzimmer standen, wo es beim letzten Mal beinahe zum Äußersten gekommen war, pochte es in meiner Brust. Auf dem Streifzug durch meine Wohnung, der in meinem Schlafzimmer endete, wanderte das Pochen in meinen Schritt. O'Malley lag in meinem Bett und maunzte genervt, als ich das Licht anknipste. *Kommt nicht auf dumme Gedanken*, hieß das. *Das Bett gehört mir.*

»Ach, das hätte ich ja fast vergessen.« Phil nestelte mit beiden Händen in seinem Nacken herum. »Ich habe hier etwas für dich.«

Er drückte mir eine silberfarbene Kette in die Hand, das Metall trug noch seine Körperwärme in sich. An der Kette baumelte ein kleiner runder Anhänger, in den ein Anker eingraviert war.

Wollte er mich damit rumkriegen? Wie plump war das denn? Und so überflüssig! Außerdem würde ich niemals aus Dankbarkeit mit jemandem ins Bett steigen. Glaubte ich jedenfalls – bislang gab es wenig Anlass, der Männerwelt für irgendwas zu danken.

»Meine Oma hat mir die Kette vor ihrem Tod geschenkt. Du sollst sie als Glücksbringer tragen.«

»Auf keinen Fall. Ich habe deine Oma ja nicht mal gekannt.« Was, wenn sie als Geist umherwandelte und von meinen Gefühlen für Sebastian Beck wusste? Sie würde mich garantiert verfluchen. Ehrlich, Geister spüren so was.

»Sie ist ja nur geliehen.« Phil bedeutete mir, mich umzudrehen. Er legte mir die Kette um und streichelte wie zufällig meinen Hals, sofort bekam ich eine Gänsehaut. »Wenn jemand Glück brauchen kann, bist du es, bei den Begegnungen, die du immer hast. Nicht dass du noch als Schlangenfraß endest.«

»Welch witziges Wortspiel!«

Allerdings war mir bei diesem Gedanken gar nicht nach Lachen zumute.

18

Es klingelte an der Tür. Ich schreckte hoch, griff nach meinem Handy und starrte auf die Uhrzeit. Verdammt, ich war eingeschlafen! Ich rappelte mich auf und hastete zur Haustür.

»Komm rein, ich brauche noch einen kleinen Moment.«

»Du bist eine Frau, das ist dein gutes Recht.« Phil trug eine Jeans und ein weißes Hemd, dessen Ärmel bis zu den Ellenbogen hochgekrempelt waren. Er folgte mir in die Wohnung und fläzte sich neben O'Malley aufs Sofa.

»Ich war eigentlich schon fertig, aber dann haben O'Malley und ich noch ein Glas Wein getrunken und sind auf dem Sofa eingeschlafen«, entschuldigte ich mich und deutete auf das leere Rotweinglas auf dem Couchtisch. »Also eigentlich habe nur ich getrunken, O'Malley hat gleich geschlafen. Ach, ist ja auch egal. Ich beeile mich!«

Ich verschwand im Badezimmer und beäugte mein Spiegelbild. Heute hatten meine Haare sich ausnahmsweise einmal nicht vorgenommen, mir das Leben zu versauen, sie fielen in gleichmäßigen Wellen über meine Schultern. Sah man von der Stelle über dem linken Ohr ab, wo ich auf der Sofalehne gelegen hatte. Dort waren sie platt, als hätte jemand ein heißes Bügeleisen draufgedrückt. Ich versuchte zu retten, was zu retten war, und vertraute letztlich darauf, dass mein Ausschnitt von diesem Dilemma ablenken würde. Ich hatte mich für mein Cobra-Outfit vom letzten Mal entschieden, die enge schwarze Jeans und das rote Top. Ich putzte mir die Zähne, legte einen Hauch Parfüm nach und stiefelte ins Wohnzimmer zurück.

»Fertig.« Ich griff nach der Handtasche, die neben dem Sofa lag.

Phil musterte mich von oben bis unten. »Vielleicht sollten wir hierbleiben.«

Ich fasste mir ins Haar. »So schlimm?«

»Ganz im Gegenteil.« Er erhob sich und kam auf mich zu.

»D-du parkst bestimmt vor meinem Haus, oder?«

»Wie immer.«

Er blieb so dicht vor mir stehen, dass ich seinen Atem auf meinem Gesicht spüren konnte. Seine Finger schlossen sich um den Kettenanhänger an meinem Ausschnitt und strichen dabei leicht über meine Haut. Dieses Mal wirkte die Berührung ganz und gar nicht zufällig. Er wusste genau, was er tat. Und er merkte schnell, welche Wirkung er damit bei mir erzielte.

»Wir müssen los«, piepste ich.

»Hast du Angst, wir könnten uns zu nahe kommen?«

»Ich? Angst? Haha! Ha-hast du meine Handtasche irgendwo gesehen?«

»Sie hängt über deiner Schulter.« Phils Augen wurden weich, lächelnd schüttelte er den Kopf, legte mir die Hand in den Nacken und drückte einen Kuss auf meine Stirn. »Bist du startklar?«

Ich salutierte. »Alles klar, Herr Kommissar!«

»Alles klar, Herr Kommissar?« Diana prustete los und verschluckte sich an ihrem Cocktail. »Meine Güte, dich hat's echt erwischt!«

»Quatsch!« Ich wartete, bis sie ihren Lachanfall überstanden hatte. »Dich hat es erwischt, und du überträgst das auf mich.«

Wir standen an einem Stehtisch unweit der Tanzfläche, Phil war an die Bar gegangen, um uns Getränke zu besorgen.

»Warum willst du es dir nicht eingestehen?« Diana stützte sich mit den Unterarmen auf die Tischplatte. »Phil ist doch super, was spricht gegen ihn?«

»Also erstens«, ich zählte die Gegenargumente an den Fingern ab, »ist er dunkelhaarig, und ich muss dich ja bestimmt nicht an die von dir höchstpersönlich aufgestellte Regel erinnern.«

Diana sog an ihrem Strohhalm und winkte ab. »Die Regel ist Schrott, wird gestrichen. Was noch?«

»Zweitens haben er und Jörg dieselbe Augenfarbe. Fast zumindest.«

»Und Millionen andere Menschen auch.«

»Drittens ist er Polizist. Jeder weiß, dass Beziehungen mit Polizisten zum Scheitern verurteilt sind.«

»Um Himmels willen, Elli, du sollst ihn ja nicht gleich heiraten!«

Phil kam zurück und drückte mir eine Bierflasche in die Hand. Diana beugte sich zu mir, die Lippen dicht an meinem Ohr. »Du erwähnst Sebastian übrigens kaum noch, seit der Herr Kommissar sich um dich bemüht. Und das, obwohl der große Schwarm dich sogar geküsst hat.«

Ich rollte mit den Augen. »Wolltest du dich nicht mit Wilbert treffen?«

»Er ist auf der Tanzfläche.« Diana nickte in Richtung der zappelnden Menge, und ihre Augen glommen auf, als sie die Halbglatze ausmachte, auf der sich die bunte Beleuchtung spiegelte.

Wilbert fing ihren Blick auf, löste sich aus der Menge und kam in seinem albernen Shuffleschritt auf uns zu.

Diana klatschte begeistert in die Hände. »Du hättest Tänzer werden sollen!«

Wilbert machte eine Drehung um die eigene Achse, verlor das Gleichgewicht und stieß einen Hocker um. »Hoppla.« Als er sich bückte, um ihn aufzuheben, riss die Hosennaht an seinem Hintern und gab den Blick auf eine weiße Rippunterhose frei. Wilbert fasste sich an den Po und sah uns mit schreckgeweiteten Augen an. »Ach herrje! Fällt das doll auf?«

Er drehte sich um, und Diana, Phil und ich besahen uns das Malheur.

»Nicht, wenn du als Reh durchgehen willst«, sagte Phil.

Wir sahen ihn fragend an. Wenn es etwas gab, mit dem Wilbert absolut keine Ähnlichkeit hatte, war es ein Reh.

»Was guckt ihr so? Rehe haben doch weiße Hintern«, sagte Phil.

»Woher kennst du dich mit Rehhintern aus?«, fragte ich.

»Mein Vater ist Jäger.«

Ich beugte mich zu Diana. »Viertens, fünftens, sechstens: Sein Vater ist Jäger. Jäger hassen Katzen, ich hasse Jäger.«

»Na so was!« Wilbert drehte sich um sich selbst und versuchte, einen Blick auf sein Hinterteil zu erhaschen. »Was mache ich denn jetzt?«

Diana hakte sich bei ihm unter. »Du kommst mit zu mir, und ich kümmere mich darum. Mein Nähkästchen hat einiges zu bieten.«

Ich war mir ziemlich sicher, dass sie nicht von Nadel und Faden sprach. Sie nahm Wilberts Hand und führte ihn zum Ausgang. Kurz bevor die beiden aus unserem Blickfeld verschwanden, drehte sie sich um und machte das Victoryzeichen.

»Bin gespannt, wann wir die wiedersehen«, sagte Phil.

»Heute jedenfalls nicht mehr«, sagte ich. »Diana kann gar nicht nähen.«

Wir mischten uns unters Volk. Im Gewühl aus schwitzenden Leibern und aufdringlichen Parfüms sah ich für den Bruchteil einer Sekunde ein bekanntes Gesicht. Ein Gesicht, das mir Schauer über den Rücken jagte. Bleich, fleckig, übersät mit Pusteln. Darüber rotblonde Haarbüschel.

Ich zog Phil am Ärmel. »Snake ist hier!«

»Wo?« Phil legte schützend einen Arm um mich.

»Na, da –« Ich deutete auf die Stelle, an der ich Snake gesehen hatte. Er war weg. »Gerade war er noch da.«

»Bist du dir sicher?«

»Ich bin doch nicht blöd! Er stand da, wo jetzt die Blonde in dem roten Minikleid steht.«

»Nette Rückansicht«, sagte Phil.

Ich knuffte ihn in die Seite. In diesem Moment drehte die Blonde sich um. Es war Helena Schön. Sie erkannte mich und setzte ihr gekünsteltes Lächeln auf, warf die blonde Mähne über die Schultern und stöckelte auf uns zu.

»Wie schön, euch zu sehen.« Sie legte den Kopf schief und lächelte Phil an.

»Die Freude ist ganz deinerseits«, sagte ich.

»Lass uns doch bitte das Kriegsbeil begraben, Elli. Ich ertrage es einfach nicht, wenn wir uns streiten.« In einer theatralischen Geste legte sie die Hand auf ihr Dekolleté. Ihr Ausschnitt reichte fast bis zum Bauchnabel, und rund um ihre Brust zeichneten sich die Rippen wie ein Lattenzaun ab.

Aufreizend langsam ließ sie den Blick von Phils Schuhen bis zu seinen Haarspitzen gleiten. »Machst du mich bitte endlich mit dem schönen Mann an deiner Seite bekannt?«

Ich hätte ihr am liebsten die High Heels von den Füßen gerissen und die Absätze in ihr dämlich lächelndes Puppengesicht gehämmert.

Zu meinem Entsetzen erwiderte Phil ihr Lächeln und stellte sich vor.

»Es freut mich, dass du endlich über Jörg hinweg bist, Elli.« Helena behielt Phil im Auge, während sie mit mir sprach. »In deinem … nennen wir es Buch … bist du ja ganz schön nachtragend.«

»Bücher sind fiktiv. Das solltest du eigentlich wissen, deine Schundartikel sind es schließlich auch.«

»Ich glaube, ich besorge uns mal was zu trinken«, sagte Phil und duckte sich davon.

»Bin dabei.« Ich wollte ihm folgen, aber Helena hielt mich zurück.

»Ich möchte dir ein Angebot machen.«

Ich hob abschätzig die Brauen. »Glaubst du wirklich, ein Angebot von dir könnte mich auch nur ansatzweise interessieren?«

»Bestimmt sogar. Wie ich gesehen habe, ist dein Buch einige Verkaufsränge nach oben geklettert, seit ich über dich berichte.«

Damit hatte sie ausnahmsweise recht. »Ist mir egal«, log ich. »Wir sehen uns!« Ich hob die Hand zu einem halbherzigen Gruß, aber Helena umfasste mein Handgelenk und hielt es fest.

»Ich kann dir helfen, Karl zu finden.«

Ich blieb wie angewurzelt stehen und ließ die Hand sinken. »Woher weißt du von Karl?«

»Ich habe meine Quellen, das ist mein Job. Ich kann dafür sorgen, dass ganz Ostfriesland nach ihm sucht. Es kostet dich nur ein Interview.«

»Was willst du wissen?«

»Ich will jedes Detail über Frederik Bergmanns Tod. Wie er ausgesehen hat, seinen Gesichtsausdruck, eventuelle Verletzungen. Angeblich soll er an einer Überdosis gestorben sein. Welche Droge war es?«

Das Angebot klang verlockend, aber es würde Phil bestimmt nicht gefallen, wenn ich die vorläufigen Obduktionsergebnisse preisgab. Und ob ich Karl damit einen Gefallen tat, stand auch in den Sternen.

Phil kehrte von der Theke zurück. »So, die Damen, ich glaube, den können wir jetzt alle gebrauchen.« Er stellte drei Gläser ab, auf jedem Glas thronte eine halbe Zitronenscheibe, daneben legte er drei winzige Salztütchen aus Papier.

»Ich kann mir nie merken, wie man Tequila trinkt.« Helena schüttelte das Salztütchen in der einen Hand und hielt die Zitronenscheibe zwischen Daumen und Zeigefinger der anderen. »Erst das Salz oder erst die Zitrone?« Sie streckte die Brust raus, bis der dünne Stoff über ihren A-Körbchen spannte.

»Erst das Salz.« Phil lächelte und riss ein Salztütchen auf.

Helena klimperte unschuldig mit den Augenlidern. »Und jetzt lecken?«

Phil ließ das Salztütchen fallen, die Körner kullerten über die Tischplatte.

Ich verzichtete auf das Beiwerk, kippte den Tequila runter und knallte das Glas auf den Tisch. »Ich drehe mal eine Runde.«

Ich bahnte mir einen Weg durch die Menge, das Blut rauschte in meinen Ohren. Natürlich reichte ihr Jörg nicht, Helena musste mir auch noch Phil ausspannen – und den schien es gar nicht zu stören!

Wie schaffte ich es bloß immer wieder, dass die Männer das Interesse an mir verloren? Wahrscheinlich hatte ich eine geheime Superkraft, die darin bestand, Männer zu vergraulen. Fehlte nur noch ein Superheldinnenname, bei dessen Klang die Männer gleich Reißaus nehmen konnten. Scare-away-Girl oder so.

Na gut, sollte Phil sich mit Helena vergnügen, genau genommen hatten wir ja kein Date, sondern führten nur eine gemeinsame Ermittlung durch. Und die verwandelte sich jetzt eben in eine Einzelermittlung.

Ich verharrte am Rand der Tanzfläche, stürzte mich aber nicht ins Getümmel, sondern schlug den Weg zur Theke oberhalb der Tanzfläche ein. Abgesehen davon, dass ich ein Rhythmuslegastheniker bin, finde ich es an der Theke gemütlicher, und im Idealfall wusste dort jemand etwas über Frederik oder Lisa zu berichten.

Ich orderte ein Bier und linste zu Phil und Helena. Die beiden hatten sich nicht vom Fleck bewegt und plauderten angeregt. Helena legte ihre Hand auf Phils Unterarm, und er lächelte. Na, dann Prost!

Ein dürrer junger Kerl mit buschigen dunklen Haaren starrte mich an. Nicht auf die Art, in der Betrunkene einen anstarren, weil sie für jeden Fixpunkt dankbar sind, sondern so, wie man Bekannte ansieht, während man darauf wartet, dass sie einen erkennen.

»Hallo, Elli«, sagte er.

Auf meinen fragenden Blick hin grinste er und strich sich das Haar zurück.

Die Geste kam mir bekannt vor.

»Du, tut mir leid, dass ich bei deiner Lesung nicht so gut drauf war. Das ist echt blöd gelaufen.«

Natürlich, Tim! Der Kerl, der bei meiner Lesung um ein Date gebeten hatte.

Ich winkte ab. »Null Problemo.«

»Tut mir auch leid, dass mein Dad auf dich geschossen hat.«

»Kann ja mal vorkommen.«

»Und das mit dem Freddy vor deinem Fenster tut mir auch leid. Kannte ihn gut, er war mein Thekenkumpel.«

Bingo.

Manchmal hatte man eben doch Glück. Und Tim hier zu treffen erwies sich als absoluter Glücksfall. Er wirkte viel zugänglicher als bei meiner Lesung, nicht wie ein Gestörter. Manchmal täuschte man sich eben in den Menschen.

»Du hast echt geile Titten.«

Und manchmal auch nicht.

Nun gut, man konnte aus Schimmel Penicillin machen, also musste sich auch aus diesem Gespräch mit Tim etwas rausholen lassen.

Ich schenkte ihm mein naivstes Lächeln, strich mir die Haare hinter die Ohren und beugte mich etwas vor, damit mein Ausschnitt besser zur Geltung kam. »Danke. Sag mal, hast du nicht Lust, mir was von Freddy zu erzählen? Er war mein Schulfreund, aber wir hatten uns in den letzten Jahren leider total aus den Augen verloren.«

Tims Blick fiel in meinen Ausschnitt, und seine Augen traten aus ihren Höhlen. »Ich hab gerade vor allem Lust auf was anderes.«

»Sind eigentlich noch andere Freunde von ihm hier?«

»Nein. Aber keine Sorge, ich werde dir schon reichen, Baby.«

Okay, ich sollte einen Gang zurückschalten, sonst ließ der Kerl gleich noch die Hosen runter.

Ich setzte mich aufrecht hin und zog den Ausschnitt zurecht. »Wann hast du Frederik zum letzten Mal gesehen? Ich meine lebend?«

Tims Blick klärte sich nur langsam. »Keine Ahnung. Vor drei Wochen oder so.«

»Kanntest du Lisa Memenga?«, fragte ich.

»Klar, die hat doch hier gearbeitet. Hatte nie viel mit der zu tun, aber Freddy stand voll auf die.«

»Und sie auf ihn?«

Tim zuckte mit den Schultern. »Glaub ich eher nicht. Sie

hat ihn zwar angemacht, aber das hatte wohl eher materielle Gründe.«

»Inwiefern?«

»Die stand voll auf Besitz und so. Freddy wollte ihretwegen sogar ein Haus kaufen, damit sie und ihre Tochter da einziehen konnten.«

»Ich dachte, die beiden waren kein Paar?«

»Freddy meinte, dass sie das mit dem Haus bestimmt bald werden würden.«

Typisch männliche Logik.

»Und nun sind beide tot.« Tim stützte die Hände auf die Theke und blickte gedankenverloren geradeaus. »Wenigstens können sie jetzt zusammen sein.«

Ich konnte mir für Lisa Besseres vorstellen, als die Ewigkeit mit Frederik Bergmann zu verbringen, aber die unerwartete Romantik in Tims Äußerung rührte mich. Da spielte es auch keine Rolle, dass Frederik noch nicht beerdigt war und er seine letzte Ruhestätte zudem auf einem anderen Friedhof als Lisa finden würde.

»Kennst du einen Karl? Oder Karel? Oder Piko? Hat Frederik diese Namen mal erwähnt?«

Tim schüttelte den Kopf. »Muss ich einen von denen kennen?«

»Nein, wahrscheinlich nicht. Aber mal ganz unter uns.« Ich legte die Hand auf Tims Arm, wie es Helena auch gerade wieder – schon wieder! – bei Phil machte. »Hast du eine Ahnung, wer Freddy umgebracht haben könnte? Ich glaube, wenn einer den Durchblick hat, bist du es.«

Tim hob das Kinn und verschränkte die Arme. Mir fiel auf, wie groß seine Nasenlöcher waren. Wahrscheinlich popelte er gern.

»Ich glaube, die Polizei hat Freddy umgebracht.«

»Wie kommst du denn darauf?«

»Freddy hat in den letzten Wochen immer davon gesprochen, dass die Polizei ihn verfolgen würde.«

Ich dachte an unsere letzte Begegnung im Marlowe und

an Frederiks seltsames Verhalten am Taxistand. Durch meine Internetrecherche wusste ich, dass viele Meth-Konsumenten unter Verfolgungswahn und Halluzinationen litten. Auch bei Frederik sprach alles dafür, denn wäre die Polizei ihm wirklich auf den Fersen gewesen, hätte Phil das bei seinen Recherchen erfahren. Keine heiße Spur also.

Tim legte mir den Arm um die Schultern. »Aber nun reden wir die ganze Zeit über Freddy und haben noch gar nicht über uns gesprochen. Weißt du, ich habe gleich gemerkt, dass da was zwischen uns ist.«

»Wie kommst du denn darauf?«

»Es muss dir nicht peinlich sein, Baby. Ich habe ein Gespür für Frauen. Weißt du, eine Frau ist wie ein offenes Buch für mich.« Er machte eine Geste, als würde er in einem Buch blättern.

»Aha.«

»Und wenn ich bei der richtigen Seite angekommen bin, stecke ich mein Lesezeichen rein.«

Ich war mir nicht sicher, ob ich die Botschaft richtig verstand, aber ich wollte auf keinen Fall Bekanntschaft mit Tims Lesezeichen machen. »Ich bin lesbisch.«

»Echt? So hätte ich dich gar nicht eingeschätzt. Weil ja in den Zeitungsberichten –«

»Das ist nur so eine PR-Geschichte.«

»Hm, lesbisch.« Tim rieb sich das Kinn. »Irgendwie geil. Kann ich mal mitmachen?«

»Nein, das ist keine gute Idee.«

»Ich bin gut bestückt.«

»Das glaube ich dir gern, aber daran sind wir Lesben leider nicht interessiert.« Ich hielt die Handflächen nach oben und versuchte, meinem Gesicht einen bedauernden Ausdruck zu verleihen, während ich die Schultern hob. Eine Geste, die ich mir bei der letzten Fußball-WM nach einem Foul von der italienischen Nationalmannschaft abgeguckt hatte.

»Darf ich denn wenigstens mal zugucken? Weißt du, ich habe nämlich nichts gegen Lesben, ich schaue mir sogar immer die Filme mit denen an. Also die mit den normalen Lesben, die Kampflesben mit den kurzen Haaren mag ich nicht.«

»Du bist ja total tolerant«, sagte ich.

»Das kann man wohl sagen. Weißt du, ich glaube, wir verstehen uns. Und vielleicht änderst du deine Meinung ja noch. Wir sollten Telefonnummern austauschen.« Er zog sein Smartphone aus der Hosentasche.

Was blieb mir übrig? Ich war mir ziemlich sicher, dass es sich bei Tim um Frederiks Cobra-Kumpel handelte, von dem Jörg heute Nachmittag gesprochen hatte, und da er bislang der Einzige war, den ich ausfindig machen konnte, durfte ich es mir mit ihm nicht verscherzen. Ehrlich gesagt hatte ich auch Angst vor einem neuen Paintball-Zusammenstoß mit seinem Vater.

»Ich werde mich auf jeden Fall bei dir melden«, sagte er, nachdem er meine Nummer eingespeichert hatte. Er drückte mich an sich und gab mir einen nassen Schmatzer auf die Wange.

Ich wand mich aus seinem Klammergriff und wischte die Spuren mit dem Handrücken weg. »Kann's kaum erwarten.«

»Hier steckst du, ich habe dich schon überall gesucht.«

Ich drehte mich um. »Phil, wie schön, dass du hier bist. Das ist mein neuer Kumpel, Tim. Tim, das ist mein Freund Phil.« Ich verengte die Augen zu Schlitzen. »Mein schwuler Freund.«

Phil streckte Tim die Hand entgegen.

Tim verzog das Gesicht, verschränkte die Finger ineinander und nickte zur Begrüßung. »Ich geh dann mal. Hab's nicht so mit Schwuchteln. Ich melde mich bei dir, Baby!«

Tim düste ab, und Phil zog die Augenbrauen hoch. »Dein schwuler Freund?«

Ich zuckte mit den Schultern. »Schien mir passend, du scheinst ja auf hagere Gestalten zu stehen.«

»Bist du sauer auf mich?«

»Warum sollte ich? Hast du was von der netten Rückansicht erfahren?«

»Nun, sie steht auf dunkelhaarige Männer mit blaugrauen Augen.«

Das war mir bereits bekannt. »Schön für sie.«

»Und ich habe ihre Telefonnummer.«

»Schön für dich. Du, da drüben wartet noch jemand auf mich, ich muss da mal hin.«

»Sag Bescheid, wenn du nach Hause möchtest.«

»Natürlich.« Und mir den ganzen Heimweg lang die Schwärmerei über Helena anhören? Nie im Leben!

Ich ließ Phil stehen und ging zu den Toiletten, denn natürlich wartete niemand auf mich. Ich schloss mich in eine der Kabinen ein und kämpfte gegen die aufsteigenden Tränen an. Ich pinkelte, wusch mir an einem der Marmorwaschbecken die Hände und ignorierte das missmutige Gesicht, das mir aus dem Spiegel entgegenblickte.

Ich wollte nur noch nach Hause, mich in mein Bett kuscheln, mit O'Malley an meiner Seite einschlafen und nicht mehr über Männer oder Verrückte nachdenken. Kam sowieso aufs Gleiche raus.

Ich stieß die Tür auf und prallte mit jemandem zusammen.

»Hoppla, nicht so stürmisch!«

»Sebastian!« Ich befreite mich aus seinem Griff, der mich vor einer schmerzhaften Bekanntschaft mit dem Boden bewahrt hatte.

»Ich wusste gar nicht, dass du heute hier bist«, sagte er. »Warum hast du nichts gesagt?«

Weil ich seit unserem Kuss keine Gelegenheit hatte, auch nur ein Wort mit dir zu wechseln, und weil ich selbst nicht mehr weiß, wen oder was ich will, dachte ich. »Das hat sich ganz spontan ergeben. Ich bin mit einem Bekannten hier.«

»Mit dem Polizisten?«

»Du weißt, dass er Polizist ist?«

»Klar, er hat uns ja vor ein paar Tagen befragt.«

»Wie bitte?«

»Ja, er und sein Kollege. Haben sich auch die Räumlichkeiten zeigen lassen.«

Und mir hatte er kein Wort davon gesagt. Sicherlich machte er sich einen Spaß daraus, mir etwas vorzuspielen.

»Geht es dir nicht gut, Elli? Du bist ganz blass.«

»Es geht schon. Ich habe nur Kreislaufprobleme.«

»Soll ich dich nach Hause bringen?«

Keine schlechte Idee. Oder in eine Therapieeinrichtung, in der man lernte, notorische Lügner zu durchschauen. »Du hast hier sicherlich genug zu tun.«

»Nichts, was wichtiger wäre, als dich sicher nach Hause zu bringen.«

Während der Fahrt sprachen wir wenig, und ich überlegte, ob ich ihn in meine Wohnung bitten sollte – ich musste Phil dringend aus dem Kopf bekommen. Bevor ich mich entschieden hatte, setzte mich Sebastian vor meiner Haustür ab. Er verabschiedete sich mit einem Lächeln, machte aber keine Anstalten, mir näherzukommen.

Wie ein ausgesetzter Hund sah ich den Rücklichtern seines Audis hinterher, bis sie in der Dunkelheit verschwanden.

Scare-away-Girl hatte wieder einmal zugeschlagen.

19

Ich fühlte mich wie gerädert, als am nächsten Morgen mein Handy klingelte. Schlaftrunken tastete ich auf dem Nachttisch herum.

»'lo?«, meldete ich mich.

»Selber hallo, Schlafmütze!«

Ich ließ mich in die Kissen zurückfallen. »Alexa. Was gibt's?«

»Kannst du gleich ins Kontaktzentrum kommen?«

»Keine Chance.« Ich schielte auf meinen Radiowecker. »Ich war gestern den ganzen Tag unterwegs und habe die Nacht nur vier Stunden geschlafen.«

»Mehr als drei Stunden Schlaf sind persönlicher Luxus, außerdem hast du es versprochen.«

»Was liegt denn an?« Mit dem Telefon am Ohr quälte ich mich aus dem Bett und zog die Jalousie hoch. Betonfarbene Wolken hingen tief am Himmel, und es würde bald regnen. Eigentlich das passende Wetter, um den Tag im Bett zu verbringen und sich in Selbstmitleid zu suhlen.

»Kindliche Frühförderung.«

»Dafür bin ich zu alt.«

»Du sollst ja auch nicht gefördert werden. Ich habe heute die Kindergartengruppe hier, und du sollst den Kleinen etwas über die Schriftstellerei erzählen.«

»Mir ist heute nicht nach Reden.«

»Das ändert sich, wenn du vor den Kleinen stehst. Komm schon, Diana will nachher auch noch vorbeischauen und mir helfen. Was ist denn los mit dir? Du bist doch sonst nicht so muffelig.«

»Phil und ich hatten Streit.«

»Warum denn das?«

»Weil er ein Idiot ist. Er hat mich die ganze Zeit lang nur an der Nase herumgeführt, und ich fühle mich echt verarscht.«

Eine glatte Untertreibung! Ich fühlte mich zutiefst gedemütigt. Endlich hatte ich einem Mann wieder ansatzweise trauen können, und dann entpuppte sich dieser als genauso charakterlos wie mein räudiger Ex. Mein einziger Trost war, wieder schreiben zu können.

»Wenn es tatsächlich so sein sollte, hat er dich sowieso nicht verdient.«

»Lahmer Spruch.«

»Aber wahr. Du bist jung, hübsch und hast einen liebenswerten Charakter. Wenn Phil das nicht sieht, ist das sein Pech.«

»Er ist mir sowieso egal.«

»Das glaubst du doch selbst nicht.«

»Nein, nicht wirklich.«

Um halb zwei war ich nicht mehr nur jung, hübsch und liebenswert, sondern auch mit den Nerven am Ende.

Ich liebe Kinder, wirklich. Sie sind lebensfroh, nehmen die Erwachsenen nicht allzu ernst und sagen, was ihnen gerade in den Sinn kommt. Aber die Kinderschar, die Alexa hier auf den künstlerischen Weg bringen wollte, war schwerer unter Kontrolle zu bringen als eine Horde Minions.

Angefangen hatte es, als ich mich den Kindern mit folgendem Satz vorstellte: »Hallo, mein Name ist Eleonore Vogel. Ihr dürft mich aber gern Elli nennen.«

Harmlos.

Dachte ich zumindest.

»Elli Propelli«, prustete ein pausbäckiger Junge mit Sommersprossen.

Als hätte jemand ein unsichtbares Kommando gegeben, sprangen die Kinder auf, hüpften auf der Stelle und flatterten mit den Ärmchen wie junge Vögel. Dabei sangen sie ununterbrochen »Elli Propelli, Elli Propelli«.

Die Erzieherinnen, eine Mittvierzigerin mit aschblonden Haaren und Hornbrille und ein üppiges schwarzhaariges Mädel mit Zopf und zu viel Make-up, stellten nur mittelschwere Bemühungen an, die Meute zu beruhigen.

»Marvin, bitte setz dich auf deinen Platz. – Celina, schlag bitte nicht auf Mandys Kopf, das tut doch weh! – Cedric, zieh bitte deine Hose wieder an.« Die Ältere schob sich die Brille auf die Nasenwurzel, aber sie rutschte augenblicklich wieder herunter.

Die Jüngere spielte an ihrem Handy herum und warf einen gelangweilten Blick auf die entfesselte Horde. Die Kinder versammelten sich zu einer Polonaise um uns herum, und sie machte ein Foto.

»Also ich weiß nicht, ob das so eine gute Idee ist, Wiebke«, sagte die Ältere, während die Kinder um sie herumtanzten wie Indianer um einen Marterpfahl. »Wir sollten die Kinder nicht in ihrem negativen Verhalten bestärken, um den pädagogischen Ansatz –«

Wie eine Welle rollte die Kinderschar über sie hinweg und riss sie zu Boden. Ich sah dem Geschehen zu wie einer Naturkatastrophe, die man nicht verhindern kann. Unfähig, irgendetwas zu unternehmen. Die Schwarzhaarige machte ein Selfie.

Die Tür öffnete sich einen Spalt, und Diana lugte herein. »Ach du Scheiße!« Sie schlug die Tür wieder zu.

Statt uns unserem Schicksal zu überlassen, stand sie aber schon wenig später wieder vor uns, tütenweise Süßigkeiten im Gepäck. Die Kinder verstummten und reckten die Hälse.

»So, ihr Zwerge.« Diana ließ die Tüten auf einen Tisch fallen. Sie blickte streng in die Runde und sah jedem Kind in die Augen, bis es den Blick abwandte. »Ich habe hier tonnenweise Schokolade für euch.«

Die Kinder brachen in Jubelgeschrei aus, Diana hob den Zeigefinger. Als hätte jemand die Stumm-Taste einer Fernbedienung gedrückt, herrschte Stille.

»Die bekommt ihr aber nur, wenn ihr euch jetzt an die Tische setzt und still seid. Wer ohne Aufforderung auch nur einen Pieps von sich gibt, bekommt nichts. Klar?«

Die Kinder nickten eifrig, kletterten auf die Stühle und ließen die Beinchen baumeln.

Die Aschblonde rappelte sich auf, richtete ihre Brille und ordnete ihre Haare. »Sehr gut, Kinder. Ich wusste, ihr würdet euch beruhigen.« Sie ließ sich auf einen Stuhl plumpsen, japste nach Luft und drückte die Hand aufs Herz. »Alles eine Sache des Respekts, alles eine Sache der Einstellung.«

Ich erzählte den Kindern in leicht geschönter Form von meinem Schriftstellerleben und davon, wie aus einer einfachen Idee – Jörgs sexuelle Eskapaden mit der schönen Helena verpackte ich kindgerechter, als sie es verdient hatten – ein komplettes Buch wurde. Zum Schluss verfassten wir eine Kurzgeschichte über Elli Propelli, ein kleines Mädchen, das einen Propellerhut trägt und damit um die Welt fliegt.

Die Kinder und ihre Erzieherinnen zogen weiter zum Malkurs mit Alexa, und Diana und ich setzten uns auf zwei Stühle und verputzten die Süßigkeiten, die wir vor den Kinderklauen hatten retten können.

»Wie läuft es mit Wilbert?«, fragte ich, nachdem ich von meinen gestrigen Erlebnissen mit Phil berichtet hatte. »So wie deine Augen funkeln, hast du letzte Nacht mit ihm geschlafen.«

»Ein bisschen vielleicht.« Diana lächelte. »Ach, es war einfach umwerfend! Zuerst haben wir stundenlang darüber geredet, wie es wohl wäre, wenn wir es täten.«

»Wie beim Telefonsex?«

»Genau, nur ohne Telefon. Und dann –«

Die Tür schwang auf, Alexa wankte herein und rettete mich vor weiteren Details. Ihre Haare standen zu Berge, und sie sah aus wie die letzte Überlebende einer verlustreichen Schlacht.

»Die kleinen Monster sind endlich weg«, keuchte sie. »Schaut euch das an.« Sie hielt uns einige aufgefächerte Seiten mit wirrem Gekrakel unter die Nase.

»Was soll das denn sein?« Ich tippte auf das oberste Bild. »Eine Kellerassel?«

»Das bin ich! Marvin hat gefragt, ob er mich malen darf, und ich Idiot habe Ja gesagt. Aber das hier ist echt der Gipfel!« Sie zog ein Bild voller rosafarbener Linien aus dem Stapel.

»Wenn man Kinder verderben will, muss man sie einfach in den Kindergarten schicken. Die kleine Lea hat ihr Lieblingsmotiv gemalt.«

Es gab nur ein Motiv, das aber in den verschiedensten Ausführungen zu sehen war: Penisse. Ein gutes Dutzend kleiner, schrumpeliger rosa Penisse.

Diana seufzte. »Ich muss an Wilbert denken.«

Mich schüttelte es.

»Ich brauche Alkohol«, sagte Alexa. »Im Aufenthaltsraum müsste noch ein Karton Sekt von meiner letzten Vernissage stehen.«

»Seit wann trinkst du Alkohol?«, fragte ich.

»Seit jetzt. Ich habe eben beschlossen, niemals Kinder zu bekommen. Darauf sollten wir anstoßen.«

Wir wurden fündig und setzten uns an einen Tisch im Aufenthaltsraum. Ich öffnete den Sekt und füllte drei Gläser, trank von meinem aber nur ein paar kleine Schlucke, da ich noch fahren musste. Ganz im Gegensatz zu Alexa, die zwei Gläser in Rekordzeit runterkippte. Ich fragte mich, wie sie dieses Tempo durchhalten wollte.

An meiner Wade brummte es. Ich hob meine Handtasche hoch und zog das Handy heraus.

»Ich wusste doch, dass Phil dir schreiben würde«, sagte Alexa.

Ich schaute auf das Handydisplay. »Die Nachricht stammt nicht von Phil, diese Nummer kenne ich nicht. Jemand hat mir ein Foto geschickt.« Ich entsperrte den Bildschirm und öffnete die Nachricht. »Igitt!«

Ich ließ das Telefon angewidert auf den Tisch fallen, die Silikonhülle bremste den Sturz ab. Diana nahm es in die Hand und betrachtete das Foto. »Das ist ja ein nackter Kerl. Bah, was für ein Hungerhaken! Da ist mein Wilbert ganz anders.«

Alexa zog Dianas Hand zu sich rüber. »Wer ist das denn?«

»Du kennst ihn«, sagte ich. »Denk mal an die Lesung neulich.«

»Dein Verehrer? Der Sohn von diesem Adam? Und warum schickt der Knilch dir Nacktfotos?«

In Kurzfassung berichtete ich von meinem gestrigen Gespräch mit Tim. Alexa und Diana bogen sich vor Lachen.

»Du darfst einem Kerl doch nie, wirklich niemals nicht erzählen, dass du lesbisch bist«, japste Diana, während sie sich die Tränen aus den Augenwinkeln wischte.

»Ich dachte, dann hört er auf, mich anzugraben«, verteidigte ich mich.

»Das spornt die Kerle höchstens an. Nichts geilt Männer mehr auf als die Vorstellung von zwei Frauen, die miteinander Sex haben.«

»Immerhin habe ich einen von Frederiks Cobra-Freunden ausfindig gemacht.«

»Reife Leistung«, sagte Alexa. »Darauf trinken wir noch einen!«

»Du solltest langsamer machen«, ermahnte ich sie.

»Keine Sorge, ich hab das voll im Griff. Und nächstes Mal komme ich mit in die Cobra, ihr hängt da ja inzwischen ständig rum.«

»Wir waren erst an zwei Abenden da«, entgegnete ich. »Es ist zwar ein super Laden, aber hauptsächlich gehen wir dahin, weil ...«

»Weil?«, fragte Alexa, als ich nicht weitersprach.

»Mir ist da gerade ein Gedanke gekommen.« Mein Herzmuskel krampfte sich schmerzhaft zusammen. »Was, wenn ich dem Falschen auf der Spur war, als ich Phil verdächtigt habe?«

»So weit waren wir doch schon.«

»Das meine ich nicht. Was, wenn es Sebastian ist?«

»Wenn er was ist?«

»Der Anrufer, Sugarboy, was weiß ich! Was, wenn er dahintersteckt?«

Die Stille, die sich im Raum breitmachte, dröhnte in meinen Ohren. Diana und Alexa sahen erst sich an und dann mich, die Münder halb geöffnet.

»Alle Spuren führen in die Cobra«, fuhr ich fort. »Und seien wir mal ehrlich, erst seit ich mich nach Karl erkundige, zeigt Sebastian überhaupt Interesse an mir. Vielleicht will er mich aushorchen oder von Karls Spur abbringen.«

»Ist dir schon mal der Gedanke gekommen, dass er einfach auf dich steht?«, fragte Diana. »Sieht doch jeder, dass er dich am liebsten bespringen würde.«

»Klingt ziemlich weit hergeholt«, sagte ich. Letzte Nacht hatte er jedenfalls nicht den Eindruck gemacht. »Und das hätte ihm außerdem auch früher einfallen können.«

»Und warum hätte er den Kerl von der Obdachlosenhilfe nach Karl fragen sollen, wenn nicht, um dir zu helfen?«

»Was, wenn er gar nicht nachgefragt hat?«, warf ich ein. »Wenn er es nur gesagt hat, um mich zu beruhigen?«

»Du wirst paranoid, Elli.« Alexa sah mich eindringlich an. »Deine Nerven brauchen eine Pause. Geh nach Hause und schlaf dich aus. Wenn du so weitermachst, klappst du uns noch zusammen.«

»Vielleicht hast du recht.« Ich erhob mich und nahm meine Jacke vom Wandhaken. »Gestern dachte ich kurz, ich hätte Snake in der Cobra gesehen.«

»Da wäre er wohl ziemlich aufgefallen«, sagte Diana.

»Ich bringe dich zum Auto.« Alexa machte Anstalten aufzustehen.

»Nicht nötig. Ich parke ganz in der Nähe auf einem Anwohnerparkplatz, und außerdem bin ich bewaffnet.« Ich durchstöberte meine Handtasche und hielt zum Beweis das Pfefferspray in die Höhe.

Alexa runzelte die Stirn. »Es bringt gar nichts, wenn du das Spray in der Handtasche spazieren trägst. Im Ernstfall brauchst du viel zu lange, bis du es in der Hand hast.«

Ja, das war mir auch schon aufgefallen.

Ich holte mir eine Pizza von Ernestos Pizzeria und fuhr grübelnd durch die Dunkelheit. Es regnete, die Tropfen zerplatzten auf der Windschutzscheibe zu kleinen Sternen, in denen sich das Licht der entgegenkommenden Fahrzeuge brach.

Lag ich richtig mit meiner Vermutung? Gab es eine Verbindung zwischen Sebastian und Sugarboy? Konnte er es sogar selbst sein? Soweit ich wusste, hatte Sebastian nie in einem anderen Bundesland gelebt, allerdings hatte ich während der verschenkten Zeit mit Jörg kaum Augen für andere Männer gehabt.

Phil hatte davon gesprochen, dass Sugarboy älter sein musste. Wie viel älter? Reichten die vier Jahre, die Sebastian und mich trennten? Unwahrscheinlich, aber nicht unmöglich. Das Schlimmste war, dass es tatsächlich einen Sinn ergab: Die Cobra boomte seit einigen Monaten, dort tummelten sich genügend drogenwillige Partygänger. Seit dem Sommer breitete sich auch das Meth in der Gegend aus, und mit Sebastians Geschäftsbeziehungen ließ es sich leicht an den Mann bringen. Außerdem suchte er tatsächlich erst seit Karls Verschwinden meine Nähe. Phil schien ihn schon vor mir ins Visier genommen zu haben, warum sonst hätte er Sebastian befragen und sich die Räumlichkeiten der Cobra zeigen lassen sollen?

Ich hielt vor meiner Wohnung, leerte den Briefkasten und machte es mir auf dem Sofa gemütlich, während der Regen wütend gegen das Wohnzimmerfenster trommelte. O'Malley trabte heran und erbettelte ein Stückchen Pizza, ein Käsefaden verfing sich in seinen Schnurrbarthaaren.

Ich stellte den Fernseher an und sah meine Post durch. Der erste Brief kam von meinem Telefonanbieter, durch den dünnen Umschlag schimmerte das Wort »Rechnung«. Ich warf ihn ungeöffnet auf den Tisch.

Das zweite Schreiben kam von der Norddeutschen Autorenvereinigung. Man bot mir an, mich in der nächsten Ausgabe des vierteljährlich erscheinenden Magazins in der Rubrik »Selfpublishing« vorzustellen. Ein paar Interviewfragen waren aufgeführt, und das Schreiben schloss mit der Bitte, dem Fragebogen ein aussagekräftiges Foto beizufügen.

Mein Handy meldete einen eingehenden Anruf. Auf dem

Display leuchtete Phils Name. Ich ignorierte das Klingeln und blätterte das beigefügte Heft der Autorenvereinigung durch, um mich von den Antworten der darin Interviewten inspirieren zu lassen. Ich notierte ein paar Stichpunkte, wohl wissend, dass größtenteils Unsinn dabei herauskam.

Mein Handy brummte. Eine SMS. Wieder von Phil.

Sorry wegen gestern. Können wir reden?

Wahrscheinlich war er gerade erst Helenas Bett entstiegen, sonst hätte er sich früher gemeldet. Innerlich klopfte ich mir auf die Schulter. Gut, dass außer ein bisschen Rummachen nichts gelaufen war.

Man bereut eben immer nur die Männer, mit denen man geschlafen hat, nie umgekehrt.

20

»Ich will tot sein!« Alexa hangelte sich auf einen Hocker und ließ den Kopf auf den Tresen fallen.

»Was ist denn gestern noch passiert?«, fragte ich.

»Alles!« Alexa hob den Kopf, die Holzmaserung zeichnete sich auf ihrer Stirn ab. Sie hielt sich die Hand vor den Mund, ihre Wangen blähten sich auf, und sie rannte im Sauseschritt zur Damentoilette.

Sekunden später waren nur noch Würgelaute zu hören, die ausnahmsweise einmal nichts mit dem Namen meines Exfreundes zu tun hatten.

Der Habicht stakste ins Marlowe, bei meinem Anblick zogen sich seine Mundwinkel auf zwanzig nach acht. »Was machen Sie denn hier? Ich hoffe, Sie bringen mir die Kasse nicht durcheinander.«

»Ich habe Judiths Schicht übernommen«, sagte ich. Judith wollte sich heute mit ihrem Freund aus Bayreuth treffen, und nachdem sie mich am Freitag wegen meiner Fahrt nach Großefehn vertreten hatte, war ich ihr den Gefallen schuldig. »Um vier löst Katja mich ab.«

Von den Toiletten drang ein beklagenswertes Husten und Stöhnen zu uns herüber.

»Was ist denn da los?« Habichts Schnabel zuckte nach links, die schlaffe Haut unter seinem Kinn schlackerte.

»Meine Cousine hat gestern Sekt getrunken.«

»Ich dachte, sie meidet Alkohol.«

»Jetzt wissen Sie auch, warum.«

Habichts Nasenflügel bebten. »Wenn Sie danebenbricht, machen Sie die Sauerei weg, Fräulein Vogel!«

»Schon klar, Boss.«

Alexa schlurfte zum Tresen zurück und hielt sich den Bauch. Ihre Augen tränten, rote Flecken überzogen ihre Wangen.

»Meine Güte, kaum zu glauben, was alles aus einem Menschen rausko–« Sie erstarrte bei Habichts Anblick. »Hoppla.«

Der Habicht schnaufte eine Begrüßung und verpieselte sich durch die Küchentür ins Büro.

Ich wartete, bis seine Schritte verklungen waren. »Bei dem Anblick kommt es einem gleich noch mal hoch, was?«

»Na gut, er ist nicht der Hübscheste, aber ich glaube, er macht sich. Er hat dem Kontaktzentrum eine Spende zugesagt und finanziert einen Teil der noch fehlenden Möbel. Oh, die optische Wiedergutmachung naht.« Alexa nickte in Richtung der Fensterfront.

Sebastian machte nicht den Eindruck, als sei er auf dem Weg ins Marlowe. Er blickte geradeaus, die Miene teilnahmslos. Tief in Gedanken versunken ging er an der Eingangstür vorbei in Richtung Marktplatz.

Ich spurtete zur Tür und riss sie auf. »Sebastian!«

Er drehte sich um und lächelte. »Hey! Seit wann arbeitest du denn sonntags?«

»Ist eine Ausnahme. Ich wollte mich noch mal dafür bedanken, dass du mich vorgestern nach Hause gefahren hast.«

»Ist doch selbstverständlich. Geht es dir besser?«

»Besser?«

»Ich meine deinen Kreislauf, ist der wieder in Ordnung?«

»Ach ja, der verdammte Kreislauf.« Der vergnügte sich bestimmt gerade mit meiner Erzfeindin. »Dem könnte es nicht besser gehen.« Ich sah in Sebastians Schokoladenaugen und nahm alles an Schauspieltalent zusammen, was ich besaß. »Sag mal, kannst du mir die Nummer von dem Obdachlosenhelfer geben, diesem Marco, mit dem du über Karl gesprochen hast?«

Sebastian wirkte verwundert. »Warum das?«

»Ich möchte nur noch mal persönlich mit ihm sprechen, sozusagen als Abschluss für mich, damit ich mir wirklich sicher sein kann, dass es Karl gut geht.« Ein flaues Gefühl machte sich in meinem Magen breit, irgendwas zwischen dunkler Ahnung und schlechtem Gewissen.

»Okay«, er zog sein Handy aus der Jackentasche. »Ich schicke sie dir.« Er schmunzelte, und in seinen Augen blitzte es. »Dann habe ich auch endlich deine Nummer.«

Ich diktierte ihm meine Handynummer und konnte nichts dagegen tun, dass mein Herz seit seinem letzten Satz in doppeltem Tempo schlug. »Kannst du sie mir bitte gleich rüberschicken? Ich muss heute nur bis vier arbeiten und könnte mich dann sofort darum kümmern.«

»Mal sehen, ob ich Marco eingespeichert habe.« Sebastian wischte über den Bildschirm seines Smartphones. »Nein, leider nicht. Du bekommst sie, sobald ich zu Hause bin.«

Er setzte seinen Weg fort, und ich ging ins Marlowe zurück. Alexa hatte einen Arm auf der Theke ausgestreckt und den Kopf darauf abgelegt. Sie schnarchte leise.

Ich tippte sie an. »Du solltest nach Hause gehen und dich hinlegen.«

»Hmmm.«

»Musst du heute nicht ins Kontaktzentrum?«

Alexa rappelte sich auf, sie brauchte einen Moment, um mich zu fixieren. »Wer soll denn am Totensonntag ins Kontaktzentrum kommen? Wir haben heute geschlossen.«

»Heute ist Totensonntag? Das ist mir ganz entfallen.« Eigentlich ganz gut, dass ich die Trauertage verdrängt hatte, denn sie machten mir eine Heidenangst. Ständig sollte man sich seiner eigenen Sterblichkeit bewusst sein und über den Tod nachdenken – als ob man dazu nicht noch genug Zeit hatte, wenn man unter der Erde lag.

Um halb vier hatte ich immer noch keine Nachricht von Sebastian. Ich trommelte mit den Fingerspitzen auf dem Tresen herum und betrachtete Alexa, die ihren Rausch inzwischen auf einer Eckbank ausschlief. Als Diana die Tür öffnete, zuckte sie nicht einmal.

»Hey, was machst du denn hier?«, fragte ich.

»Ich komme gerade von Wilbert.« Diana warf ihre Jacke über einen Hocker und setzte sich. »Wollte hören, ob es was Neues von der Polizistenfront gibt.«

»Nichts. Nada.«

»Wird schon. Gott, ich fühle mich so voller Leben, seit ich mit Wilbert schlafe! Wie neugeboren – nur ohne die schrumpelige Haut.«

Ich versuchte, Alexa aufzuwecken.

»Hey, Schlafmütze!« Ich schüttelte sie an der Schulter. »Ich haue gleich ab. Willst du hierbleiben?«

»Hmmm.«

»Diana ist da.«

»Hmmm.«

Mein Handy klingelte. Ich zog es aus der Tasche und nahm das Gespräch an.

»Entschuldige den späten Anruf«, sagte Sebastian.

Himmel! Am Telefon klang seine Stimme noch anziehender als im wahren Leben. Er könnte Sugarboy sein, ermahnte ich mich. Sei vorsichtig und krieg deine Gefühle unter Kontrolle! »Hast du die Nummer für mich?«

»Am besten, ich komme mit. Marco hat momentan Urlaub, wir sollen ihn in seiner Wohnung besuchen. Ich bin um kurz nach vier bei dir.«

Ich legte auf und biss mir auf die Unterlippe. Wie sollte ich herausfinden, ob Sebastian log, wenn er mir bei dem Gespräch auf die Finger schaute?

»Warum so ein langes Gesicht?«, fragte Diana.

»Sebastian holt mich gleich ab.«

»Verstehe. Und du hast wieder mal nicht vorgesorgt.« Diana lächelte wissend und zauberte eine Packung Kondome aus ihrer Handtasche hervor.

»Was soll ich denn damit?«, fragte ich.

»Muss ich dir das wirklich erklären?«

»Du glaubst doch nicht ernsthaft, dass ich mit ihm in die Kiste springe?«

»Ehrlich gesagt glaube ich, dass du da den ganzen Tag nicht mehr rauskommen wirst. Er ist der totale Hengst!«

»Das hast du auch schon über Phil gesagt.«

»Dann sind eben beide Hengste. Fury und Black Beauty.«

Sie wieherte, tat so, als würde sie auf einem steigenden Pferd sitzen, und klapste sich mit der flachen Hand auf den Po.

Alexa hatte sich aufgerappelt und verfolgte Dianas Show mit skeptischem Blick. »Was stimmt nicht mit ihr?«

»Müssen die Hormone sein. Sie schläft neuerdings mit Wilbert.« Ich zog den Brief der Autorenvereinigung aus meiner Handtasche und reichte ihn Diana. »Hier, verwende deine Energie mal für was Sinnvolles.«

»Was ist das?« Alexa kämpfte sich auf die Füße und schlurfte zu uns herüber.

»Eine Interviewanfrage.«

Ich zeigte den beiden die Antworten, die ich bislang notiert hatte.

Alexa überflog den Text und schüttelte den Kopf. »Das ist erbärmlich.«

»Woher nehmen Sie Ihre Inspiration?«, las Diana vor. »Von untreuen Exfreunden und Idioten aller Art. – Was ist denn das für eine Antwort? Du bist doch Schriftstellerin, gebrauch mal deine Phantasie!«

»Wie soll man auf so was phantasievoll antworten?«, fragte ich. »Die Fragen sind ungefähr so spannend wie die bei der Krebsvorsorge.«

»Warum schreibst du, dass du kein Künstlertyp bist?«, fragte Alexa, die schon weitergelesen hatte. »Jeder hat eine künstlerische Ader, wir müssen deine nur aufspüren.«

»Wenn du meinst.«

Sie sah mich aus zusammengekniffenen Augen an und dachte offenbar krampfhaft nach. »Leidest du unter Existenzangst?«

»Höchstens unter der Angst, dass Sugarboy meine Existenz auslöschen will.«

»Hast du ein Drogenproblem?«

»Nein.« Das bisschen Alkohol zählte bestimmt nicht.

»Trägst du gern Schals?«, mischte sich Diana ein.

»Wie bitte?«, fragte ich.

»Na, Künstler tragen doch immer diese albernen Schals.«

»Das tun wir nicht«, sagte Alexa.

»Tut ihr doch.« Diana zupfte an Alexas weißem Seidenschal.

Alexa fluchte.

»Nein, keine Schals«, sagte ich.

»Hast du Depressionen?«

»Selten.«

Meine künstlerische Ader lag offenbar sehr tief und ließ sich nicht so leicht aufspüren, aber Alexa und Diana ließen nicht locker, und nach zehn Minuten einigten wir uns darauf, dass ich ein chaotischer Mensch und darum sehr wohl eine Künstlerin war. Alexa fasste dies zunächst als Beleidigung auf, aber wir bestärkten sie darin, dass sie die einzige gut organisierte und ordentliche Künstlerin war, die frei herumlief – was sie absolut einzigartig machte.

»Hast du ein gutes Foto von dir?«, fragte Alexa.

»Von mir gibt es keine guten Fotos. Höchstens das von der Lesungsankündigung aus dem ›Ostfriesland-Reporter‹. Wollen wir das nehmen?«

»Nein, nicht schon wieder dasselbe. Ich hole schnell meine Kamera aus dem Kontaktzentrum.« Alexa wuselte davon, die Aussicht auf künstlerische Betätigung hatte jede Spur ihres Katers vertrieben. Nach neun Minuten kehrte sie mit der Kamera zurück.

»Ich glaube, den Weg hättest du dir sparen können«, sagte ich. »Für Autorenfotos muss man doch vor einer Bücherwand sitzen und intellektuell aus der Wäsche schauen.«

Diana grinste. »Die nehmen dir das eher ab, wenn du dich vor eine Bar stellst.«

»Hey, keine schlechte Idee.« Alexa wedelte mit der linken Hand, in der sie den Fotoapparat hielt. »Stell dich mal da vor den hohen Schrank.«

»Mit den Biergläsern im Hintergrund?«, fragte ich.

»Quatsch! Mehr nach links. Ich fotografiere dich so, dass man nur das dunkle Holz sieht. Das wirkt dann fast wie bei einem Bücherregal, sieht aber noch besser aus.«

»Ich bin aber überhaupt nicht fotogen.« Ich fuhr mir notdürftig mit den Fingern durchs Haar.

»Vertrau mir, ich bin Profi.«

Die Zuversicht in Alexas Stimme überzeugte mich. Ich warf mich in die Brust und lächelte.

»Gut so, ich mache erst mal eine Probeaufnahme.«

Es blitzte. Bunte Flecken tanzten vor meinen Augen. Alexa starrte auf das Kameradisplay, auf dem das Bild erschien.

»Ui!« Sie zog die Augenbrauen hoch und stieß den Atem aus. »Macht nichts, das probieren wir gleich noch mal.«

Wieder blitzte es.

»Du darfst die Augen nicht zumachen«, sagte sie.

Ich hielt die Augen krampfhaft geöffnet.

Blitz!

»Und nicht starren!«

»Schon klar.« Ich zog ein paar Grimassen, um meine Gesichtsmuskeln zu lockern, und stellte mich wieder in Positur.

Blitz!

Blitz, blitz, blitz!

»Ich kann mir das nicht erklären.« Alexa musterte das Display. »Hast du in der Zwischenzeit einen Schlaganfall bekommen oder so?«

»Zeig mal.« Ich nahm ihr die Kamera ab und klickte mich durch die Bilder. Sie hatte natürlich recht. Entweder hatte ich die Augen geschlossen, sah aus, als würde ich kleine Kinder fressen, oder ich grinste so verkrampft, dass mein Doppelkinn das halbe Foto einnahm.

»Vielleicht ist heute einfach nicht der richtige Tag zum Fotografieren«, sagte Alexa, während sie ihre Kamera verstaute. »Wir holen das im Kontaktzentrum nach, da haben wir auch die passende Beleuchtung.«

Ich sah zur Fensterfront. »Ich muss sowieso los. Sebastian ist da.«

Marco Brügges Wohnung lag im ersten Stock über Hongs Asia-Imbiss in der Oldersumer Straße. Durch die gekippten

Wohnzimmerfenster drang der Geruch exotischer Gewürze ins Innere.

Ich zwängte mich neben Sebastian auf ein schmales Zweiersofa, auf dem fünf Personen von Marcos Statur Platz gefunden hätten.

Marco setzte sich uns gegenüber in einen alten Korbsessel und strich sich das rotbraune Haar aus der Stirn. »Ich weiß nicht, ob ich dir helfen kann, Elli. Karl hat schon vor Wochen angekündigt, Ostfriesland zu verlassen.«

»Aber warum hat er sich dazu an die Obdachlosenhilfe gewandt?«, fragte ich. »Er hätte doch einfach sang- und klanglos weiterziehen können.«

Marco hob die Schultern. »Das darf ich dir leider nicht sagen. Persönliche Informationen unterliegen der Schweigepflicht.«

Obwohl es in dem Raum recht kühl war, trug Marco nur ein T-Shirt zur Jeans. Sicherlich gehörte er zu den beneidenswerten Menschen, denen nie kalt war und die kein Gramm Fett ansetzten, weil ihr Stoffwechsel rund um die Uhr auf Hochtouren lief.

»Kennst du Karls vollständigen Namen?«, fragte ich.

Marco dachte nach und zwirbelte sein Ziegenbärtchen. »Nein, den hat er nie erwähnt. Wir führen Akten über die Obdachlosen, aber natürlich können wir sie nicht zwingen, ihre Nachnamen anzugeben. Oft stimmen nicht einmal die Vornamen. Nur bei formellen Anträgen müssen sie sich ausweisen, und einen solchen Antrag hat Karl nicht gestellt.«

»Kannst du Karls Aussehen beschreiben?«, fragte Sebastian. »Nur um sicher zu sein, dass ihr von derselben Person sprecht.«

»Karl ist ziemlich groß«, sagte Marco. »Über eins achtzig. Und schlank. Graue Haare. In letzter Zeit habe ich ihn immer mit einem schwarzen Mantel gesehen.«

Sebastian warf mir einen fragenden Blick zu.

Ich nickte. »Das ist er. Hat er seinen Kater mal erwähnt?«

»O'Malley? Klar, der ist doch sein Ein und Alles.«

»Und trotzdem hat er ihn nicht mitgenommen.«

»Er wollte ihm keinen Umzug zumuten. Katzen stecken so was ja nicht so leicht weg wie Hunde, zumal Karl auf der Straße bleiben wollte.«

»Damit niemand ihn finden kann?«

Marco beugte sich vor und stützte die Ellenbogen auf die Oberschenkel. »Deine Hartnäckigkeit in allen Ehren, Elli, aber das ist nicht so ungewöhnlich, wie du vermutlich glaubst. Die Obdachlosen wollen in der Regel nichts an ihren Lebensumständen ändern. Nicht die Armut treibt sie auf die Straße, sondern die Tatsache, dass sie kein geregeltes Leben führen können oder wollen.«

Wir verabschiedeten uns von Marco und nahmen die Treppe nach unten. Als wir die Haustür aufstießen, wurden wir vom Verkehrslärm auf der Oldersumer Straße empfangen. Der Gehsteig und die Fahrbahn waren noch nass vom letzten Regenschauer. Ein Stück entfernt ragten die Flügel der Stiftsmühle zwischen den Häusern auf der gegenüberliegenden Straßenseite empor. Wir schlugen den Weg zurück in Richtung Fußgängerzone ein.

»Hoffentlich bist du nicht enttäuscht«, sagte Sebastian. »Meinst du, du kannst jetzt mit der Sache abschließen?«

»Habe ich denn eine Wahl?«

Obwohl mein Auto noch an der Nürnburger Straße stand und es schon wieder regnete, begleitete mich Sebastian zu meinem Wagen. Er hatte einen Regenschirm dabei, unter dem wir beide Platz fanden. Die frische Luft tat mir gut und half mir, meine Gedanken zu ordnen.

Mein Handy klingelte, und ich nahm das Gespräch an.

»Ich habe Neuigkeiten für dich, Eleonore«, meldete sich meine Mutter.

»Bin ganz Ohr.«

»Herr Neumann hat mich gerade angerufen, er macht heute den Notdienst bei der Obdachlosenhilfe. Gestern war er endlich mal wieder bei uns in der Ostfriesischen Landschaft, und mir ist eine Idee gekommen, wie man ein Projekt mit den

Obdachlosen machen kann. Du weißt ja, dass mir schon lange diese eine Idee –«

»Was hat er gesagt?«, unterbrach ich ihren Redeschwall.

Meine Mutter holte Luft. »Er hat gestern bei seinen Mitarbeitern nachgehakt und heute alle Akten gewälzt und Notizen durchwühlt. Ohne Erfolg. Karl hat sich nie an die Obdachlosenhilfe gewandt, und von einem Marco Brügge hat er noch nie etwas gehört.«

21

Meine Hand zitterte, als ich das Handy in die Jackentasche steckte. Sebastians Lippen bewegten sich, aber ein hohes Pfeifen in meinen Ohren übertönte seine Worte.

Natürlich hatte Karl sich nie an die Obdachlosenhilfe gewandt, ich hätte meinem Gefühl trauen sollen. Er war nicht der Typ, der sich Hilfe suchte, er regelte seine Angelegenheiten lieber selbst. Stattdessen war ich auf Sebastian reingefallen. Oder auf Marco, je nachdem, wer der Lügner in dieser Geschichte war.

Sebastian legte einen Arm um meine Schultern. »Oder was meinst du?«

Bei seiner Berührung fuhr ich zusammen, das Pfeifen verstummte. »Wie bitte?«

Er blieb stehen und sah mich besorgt an. »Alles in Ordnung? Ich habe gefragt, ob wir heute Abend was machen wollen.«

»Wir beide? Zusammen? Allein?«

Seine Augen wurden eine Spur dunkler. »Das ist der Plan.«

Ich biss mir auf die Unterlippe. Wenn ich etwas aus ihm herausbekommen wollte, hatte ich gar keine andere Wahl, als mich allein mit ihm zu treffen. Nur leider behagte mir diese Vorstellung überhaupt nicht. Wer trifft sich schon gern mit einem Drogenbaron?

Sebastian verstand mein Zögern falsch. »Entschuldige, ich wollte nicht, dass du denkst, ich will …« Nervös schob er die Hände in die Jackentaschen. »Also eigentlich würde ich gern mit dir essen gehen. Oder ins Kino. Was dir lieber ist.«

Beides nicht die passenden Orte, um einen potenziellen Mörder auszuhorchen.

Mein Blick fiel auf den Schriftzug eines kleinen Lebensmittelladens ein paar Meter vor uns. »Wir könnten zusammen kochen«, sprudelte es aus mir hervor, noch bevor ich mich daran erinnerte, dass ich das Kochtalent meiner Mutter geerbt hatte.

Sebastian lächelte und nahm meine Hand. »Das wäre ganz nach meinem Geschmack. Bei dir oder bei mir?«

»Bei mir.« Wenn ich mich schon mit einem Schwerkriminellen traf, dann zu meinen Bedingungen.

»Soll ich dir die Kondome vorbeibringen? Sie sind Wilbert ohnehin zu groß.«

»Nein! Ich will Sebastian auf den Zahn fühlen und nicht in die Hose.«

»Aber selbst wenn er sich als Krimineller entpuppen sollte, bräuchte er doch nur mit den Fingern schnippen, und du würdest dir die Klamotten vom Leib reißen. Willst du da nicht lieber vorbereitet sein? Ehe du weißt, was los ist, hast du aus Versehen mit ihm geschlafen.«

»Keine Sorge, das wird nicht passieren. Zur Sicherheit habe ich meine Beine nicht rasiert.« Außerdem vertraute ich auf Scare-away-Girls Superheldinnenkraft.

»Was sagt eigentlich Alexa zu deinem Plan?«

»Sie kann sich nicht vorstellen, dass Sebastian etwas mit der Sache zu tun hat, aber ich soll mich nach unserem Treffen bei ihr melden.«

Nach dem Telefonat mit Diana brachte ich meine Wohnung auf Vordermann. Alles, was irgendwo herumlag, flog aufs Bett. Noch so eine Vorsichtsmaßnahme – auch wenn ich mir nicht vorstellen konnte, dass Sebastian der Bett-und-Blümchensex-Typ war.

Ich deponierte eine Dose Pfefferspray in der Küchenschublade und die zweite auf dem Wohnzimmerschrank, denn auch wenn ein Teil von mir nicht so recht an eine Verbindung zwischen Sebastian und Sugarboy glauben wollte: Gänzlich unbewaffnet wollte ich ihm nicht gegenüberstehen.

Sebastian klingelte auf die Minute pünktlich. Ein Geistesblitz traf mich auf dem Weg zur Tür. Vielleicht würde Alexa meiner Theorie mehr Beachtung schenken, wenn ich mein

Verhör als Sprachmemo aufzeichnete. Ich spurtete in die Küche, schaltete mein Handy auf Aufnahme und legte es mit dem Display nach unten auf den Küchentisch.

Es klingelte erneut, und ich öffnete die Tür. »Schön, dass du da bist.«

Sebastian trug eine Papiertüte mit Einkäufen im Arm. »Ich lasse mir doch nicht die Gelegenheit entgehen, meine berühmte Ratatouille mit der noch berühmteren Eleonore Vogel zu kochen.«

Das sprach nicht unbedingt für die Ratatouille, aber da Sebastian mich im nächsten Moment auf die Wange küsste, verflogen meine Zweifel. Er schob sich an mir vorbei in die Wohnung, ich sog seinen Duft ein und schloss die Augen. Als meine Lider aufeinandertrafen, erschien Phils Gesicht vor mir. Verdammt, den konnte ich jetzt gar nicht gebrauchen!

Ich folgte Sebastian in die Küche. Meine einzigen Kochvorbereitungen hatten darin bestanden, zwei Edelstahltöpfe auf den alten Plattenherd zu stellen.

Sebastian stellte die Tüte auf der Arbeitsplatte ab und zog eine Flasche Rotwein heraus. »Das Wichtigste zuerst. Zum Kochen gehört immer Wein.«

Klang nach dem perfekten Hobby für mich. Ich organisierte zwei Gläser aus dem Küchenschrank, und wir stießen an. Schon beim ersten Schluck zog sich mein Gaumen zusammen. Mein Blick huschte zum Etikett auf der Flasche. Keine Ahnung, was die ganzen französischen Wörter bedeuteten, schmeckte aber nach einem Edelzeug vom Weinhändler, für das man eine Menge Geld hinblätterte und sich im Nachhinein ärgerte, keinen lieblichen Wein beim Discounter gekauft zu haben.

Sebastian spülte Paprika, Auberginen und Zucchini unter fließendem Wasser ab. »Hast du ein Messer?«

Ich reichte ihm das Gemüsemesser, das meine Mutter mir geschenkt hatte, zog es aber zurück, bevor er danach greifen konnte. Besser, wenn ich ihm nicht gleich eine Waffe in die Hand drückte. »Ich kann das machen.«

Er sah mich irritiert an. »Okay.«

Während ich das Gemüse schnitt und wir über Belanglosigkeiten plauderten, fragte ich mich, welche Aufnahmedauer ein Handy zur Verfügung hatte. Wenn ich Beweise wollte, musste ich das Verhör langsam mal starten. »Wie gut kanntest du eigentlich Frederik Bergmann?«

»Nur flüchtig, meistens saß er am Tresen bei Lisa.«

»Kaum zu glauben, dass beide tot sind. Meinst du, die Todesfälle hängen irgendwie zusammen?« Ich beobachtete seine Reaktion aus den Augenwinkeln. Kein Zucken, nicht mal ein nervöses Blinzeln.

»Wie kommst du denn darauf?«

»Es ist doch seltsam, dass zwei Personen aus Großefehn, die jedes Wochenende in der Cobra waren, kurz nacheinander gestorben sind.«

»Das Gesetz des Zufalls. Manchmal kann man gar nicht so verdreht denken, wie das Leben läuft. Ich habe den Polizisten übrigens in den letzten Tagen gar nicht mehr gesehen. Sind seine Ermittlungen abgeschlossen?«

»Keine Ahnung.«

»Also seid ihr kein Paar?«

»Nein, sind wir nicht.« Mit einem sauberen Schnitt entmannte ich die Zucchini.

Sebastian trocknete sich die Hände an einem Handtuch ab und warf es sich über die Schulter. Er stand jetzt dicht hinter mir und legte mir die Hände auf die Schultern. Zärtlich streichelte er meine Arme und gab mir einen Kuss auf den Hinterkopf.

»Das sind doch mal gute Neuigkeiten.«

Ich spürte seine Körperwärme durch alle Klamottenschichten. Oh Mann, ich musste dringend auf Abstand gehen oder auf der Stelle im Bad verschwinden, um mir die Beine zu rasieren. Gedanklich verpasste ich mir einen Tritt in den Hintern. *Reiß dich zusammen und denk an Karl!*

»Kennst du eigentlich jemanden namens Snake?«, fragte ich.

Sebastian überlegte kurz. »Nicht dass ich wüsste. Wer ist das?«

»Ach, nur jemand, den ich neulich in der Stadt kennengelernt habe. Ziemlich auffällige Erscheinung. Ich dachte, ich hätte ihn am Freitag in der Cobra gesehen.«

»Leider kenne ich nicht alle Gäste persönlich.« Sebastian löste sich von mir und griff nach dem Teller mit den Zucchinischeiben und Paprikawürfeln. Zischend landeten sie im heißen Öl.

»Und Marco? Wie lange kennt ihr euch schon?«

»Fast zehn Jahre. Warum?«

»Ich habe mich gefragt, ob seine Infos zu Karl wirklich stimmen. Nicht dass ich ihm eine Lüge unterstellen will, aber vielleicht hat er einfach die Personen verwechselt.«

»Bestimmt nicht. Marco engagiert sich mit Leib und Seele, außerdem hat er Karl doch beschrieben.«

»Trotzdem wusste er seinen Nachnamen nicht. Wenn Karl angeblich so viel Vertrauen zu ihm hatte, warum hat er ihn dann nicht preisgegeben?«

»Kennst du ihn denn?«

»Ja.«

»Dann hat Karl dir wohl mehr vertraut als ihm.«

Ich wünschte, es wäre so gewesen. »Kannst du dir vorstellen, dass die beiden Todesfälle und Karls Verschwinden zusammenhängen?«

»Das hört sich nach einer ziemlichen Räuberpistole an. Willst du etwa sagen, ein Serienmörder treibt hier sein Unwesen?«

»Nein, aber eine Drogenbande, die Crystal Meth herstellt und unter die Leute bringt.« Die Worte waren mir rausgerutscht, bevor ich darüber nachdenken konnte. Aber nun, da sie ausgesprochen waren, konnte ich auch gleich aufs Ganze gehen. »Karl hat seinen Namen nicht ohne Grund geheim gehalten. Er hat früher mit dieser Bande zusammengearbeitet und wusste, dass man ihn verfolgen würde, wenn er sich von ihr abwandte.« Krampfhaft umfasste ich den Griff des Gemüsemessers. Mit dem Pfefferspray in der Hand hätte ich mich sicherer gefühlt, aber leider stand Sebastian vor der Schublade, in die ich es gelegt hatte.

Er hob die Augenbrauen, bewegte sich unwillkürlich in meine Richtung, hielt aber sofort wieder inne. »Crystal Meth? Und wie sollte diese ›Bande‹ das Zeug deiner Meinung nach unters Volk bringen?«

»Vielleicht in einem beliebten und gut besuchten Club.«

»Wird das ein Verhör?«

»Das ist es bereits.«

»Gibt es denn etwas, wofür ich mich rechtfertigen muss?«

»Du meinst, abgesehen davon, dass du mich wegen Karl und Marco belogen hast?«

Sebastians Miene änderte sich nicht, aber jeder Muskel in seinem Körper spannte sich an.

Ich wich einen Schritt zurück. »Ich weiß, dass Karl die Obdachlosenhilfe nie aufgesucht hat. Und dass Marco dort nicht arbeitet.«

Sebastian presste die Lippen zusammen, sein Blick glitt zu dem Messer in meiner Hand.

»Bist du Sugarboy?« Mehr als ein Flüstern brachte ich nicht zustande.

»Natürlich nicht, Elli! Ich –«

»Komisch, dass dir der Name überhaupt etwas sagt, ich hatte ihn doch noch gar nicht erwähnt. Wolltest du dich mit mir verabreden, um mich aus dem Weg zu schaffen? Wie Lisa und Frederik?«

Alle Farbe wich aus Sebastians Gesicht. »Wie kannst du so was von mir denken?«

Mit erhobenen Händen kam er auf mich zu. Falls diese Geste beschwichtigend gemeint war, bewirkte sie das Gegenteil. Ich wich rückwärts zur Küchentür, das Messer wie ein Schwert zur Verteidigung erhoben.

»Vergiss es!« Ich warf es nach ihm und rannte los.

»Nicht! Bleib hier!«

Ich stürzte aus meiner Wohnung, O'Malley sauste an mir

vorbei und verschwand rechts im Gebüsch. Ich lief die Straße entlang, ohne bei einem der angrenzenden Häuser zu klingeln. In dieser Gegend ging man abends nicht gern an die Tür. Mein Handy hatte ich auf dem Küchentisch liegen lassen, und meine einzige Chance auf Hilfe bestand darin, mich allein durchzuschlagen, vielleicht schaffte ich es sogar bis zum Polizeirevier. Laufen war zwar nicht gerade meine Stärke, aber mit dem Tod im Nacken sah die Sache natürlich anders aus.

Ich bemerkte den schwarzen Geländewagen, der an der falschen Straßenseite parkte, zu spät. Als ich an ihm vorbeirannte und mir noch Gedanken über meine Fluchtroute machte, flog die Tür auf, und ich knallte mit voller Wucht dagegen. Die Luft wurde mir aus den Lungen gepresst, ich spürte einen Schlag gegen den Kopf, einen stechenden Schmerz in der Rippengegend und ging zu Boden.

Das Letzte, was ich sah, war ein von Pusteln übersätes Gesicht, dessen Mund sich zu einem fast zahnlosen Lächeln verzog. Am Hals schlängelte sich eine Schlange entlang.

Dann wurde alles schwarz.

22

Ich war mir ziemlich sicher, dass ich noch lebte. Im Himmel hätte ich nicht auf einem harten Steinboden gelegen, und für die Hölle war es hier etwa tausend Grad zu kalt. Außerdem wusste jeder, dass es in der Hölle nach Schwefel stank und nicht nach Ammoniak.

Ich lag auf dem Bauch, mein Kopf dröhnte. Am liebsten wäre ich wieder in die Dunkelheit hinabgesunken, aus der ich aufgetaucht war. Dort hatte ich keine Schmerzen gespürt.

Und keine Angst.

Ich hob den Kopf und öffnete die Augen. Ich musste mehrmals blinzeln, bis ich mich an die Helligkeit gewöhnt hatte. Mühsam stemmte ich mich auf alle viere. Eine Welle der Übelkeit überkam mich, und ich musste würgen, stechende Schmerzen jagten durch meine rechte Seite und meinen Schädel. Sicherlich hatte ich sie meinem Zusammenprall mit der Autotür zu verdanken. Ein Tropfen Blut rann von meiner Stirn und landete in einer Steinfuge auf dem Boden.

Langsam klärte sich mein Blick, und ich nahm meine Umgebung wahr. Ich befand mich in einem riesigen fensterlosen Raum mit weiß gekalkten Wänden, wahrscheinlich eine Kellerhalle. Die Neonröhren an der Decke spendeten kaltes Licht. An der Längswand mir gegenüber standen drei mannshohe kupferfarbene Metallkessel, von denen Rohre nach oben und in die Wände abzweigten. Meine Wandseite war in drei Gitterzellen unterteilt, in der mittleren Zelle saß ich.

Und ich war nicht allein hier unten.

»Karl!« Ich ignorierte die Schmerzen und kroch zum Seitengitter.

Karl saß auf einer Matratze in der Mitte der Nebenzelle, das linke Hosenbein hochgezogen und das Bein angewinkelt. Er schien mich nicht zu bemerken. Sein Schienbein war blutverschmiert, die Haut mit Wunden übersät. Einige waren verkrustet oder entzündet, aus anderen trat frisches Blut hervor. Seine Verletzungen erinnerten mich auf schreckliche Weise an die Wunden in Snakes Gesicht.

»Karel Svoboda!« Ich schlug gegen das Gitter, ein metallisches Scheppern hallte durch das kellerartige Gewölbe.

Karl drehte sich um und sah mich an. Das Weiße in seinen Augen war von feinen roten Fäden durchzogen, die Pupillen groß und schwarz. Er hatte tiefe Augenringe, und das sonst so gepflegte Haar hing strähnig zu beiden Seiten von seinem Kopf herunter.

»Elli.« Er sah durch mich hindurch, aber seine Lippen formten sich zu einem Lächeln. Als hätte ihn etwas gebissen, schlug er plötzlich auf sein Bein. »Diese verdammten Würmer!« Er quetschte die Haut zusammen, wie um einen Pickel auszudrücken.

»Da sind keine Würmer«, sagte ich.

»Überall Würmer!« Karl kratzte die blutende Wunde. »Würmer!«

Schritte näherten sich. Eine graue Metalltür neben Karls Zelle wurde geöffnet, und Snakes Zombiegesicht erschien in meinem Blickfeld.

»Chef, sie ist wach«, rief er über die Schulter.

Ein zweites Fußpaar nahte und blieb vor meiner Zelle stehen. »Sie glauben gar nicht, welche Freude es mir bereitet, Sie so zu sehen. So gefallen Sie mir eindeutig besser.«

Ich zog mich an den Gitterstäben hoch. Um nichts in der Welt wollte ich Sugarboy die Genugtuung gönnen, auf mich herabzusehen. Mir wurde schwindelig, und ich musste mich mit der Schulter gegen das Gitter lehnen. Ich stakste vorwärts, die Glieder steif, als wären sie eingefroren, den Kopf kurz vorm Platzen.

Er ergötzte sich an meinen Schmerzen, ein höhnisches Lächeln im Gesicht und die Augen vor Freude geweitet.

»Nichts für ungut, Herr Habicht, aber beim Namen Sugarboy hätte ich nun wirklich nicht an Sie gedacht. Wann hat man Ihnen den Namen verpasst? Vor vierzig Jahren?«

»Vöglein, Vöglein, so neugierig … dich zu fangen war nicht schwierig.«

»Der große Dichter sind Sie ja auch nicht gerade.«

Habicht zuckte die Achseln. »Auf den Inhalt kommt es an.«

Meine rechte Seite schmerzte, als hätte mich ein Rammbock am Rippenbogen getroffen. Ich verlagerte das Gewicht nach links. »Warum halten Sie Karl hier gefangen?«

»Ach, Fräulein Vogel, das wissen Sie doch längst.«

»Nein, klären Sie mich doch bitte auf.«

»Stellen Sie sich nicht dümmer, als Sie sind!« Die Heftigkeit in seiner Stimme ließ mich zusammenzucken. »Halten Sie mich für blöd? Das Marlowe ist komplett verwanzt, ich weiß genau, dass Sie es wissen. Seine Nichte hat es Ihnen erzählt!«

Ich biss die Zähne zusammen. »Angeblich ist es doch ein Kinderspiel, Meth zu kochen. Warum muss es ausgerechnet Karl machen?«

»Weil er der Beste ist, das habe ich schon vor Jahren erkannt, als wir unser gemeinsames Geschäft aufzogen. Sie wissen, dass ich aus Süddeutschland stamme?«

Ich schüttelte den Kopf. Hätte ich das gewusst, mir wäre einiges klarer gewesen.

»Jedenfalls haben Karel und ich uns an der tschechischen Grenze kennengelernt«, fuhr Habicht fort. »Schnell stellten wir fest, dass wir beide eine Leidenschaft für Crystal Meth hegten. Er, was die Herstellung betraf, und ich, was den Vertrieb anging. Es war nur logisch, dass wir uns zusammentaten. Unsere Zusammenarbeit verlief außerordentlich erfolgreich, bis uns die dortigen Vietnamesenmärkte das Leben schwer machten. Auf einmal hat jeder an seinem Stand unter der Hand Meth verkauft, und das zu Spottpreisen. Damals konnten wir unser Geschäft durch eine eigene Erfindung retten: Green Piko. Ich weiß nicht genau, wie Karel auf diese Mischung gekommen ist, aber das ist auch nebensächlich. Die Junkies hätten ihr letztes Hemd dafür gegeben, und wir hätten ein Vermögen gemacht – wenn Karel die Finger von seiner eigenen Kreation gelassen hätte. Er verlor die Kontrolle, wurde unvorsichtig und landete im Knast.«

»Und dort hat er einen Entzug gemacht und wollte danach verständlicherweise nichts mehr mit Ihnen zu tun haben. Um ihn vom Gegenteil zu überzeugen, sind Sie ihm nach Aurich gefolgt.« Ich sah zu Karl, der mit an die Brust gezogenen Knien auf der Matratze saß, Blut klebte an seinen Fingern. »Woher wussten Sie, dass er sich hier aufhält?«

»Ich hatte seine Schwester und deren Tochter schon vor Jahren ausfindig gemacht. Bei neuen Geschäftsbündnissen sichere ich mich gern ab, damit meine Partner die nötige Loyalität an den Tag legen. Wenn es um das Leben von Verwandten geht, sind die Menschen viel gewissenhafter.«

»Aber Karl hat doch schon über ein Jahr hier gelebt, bevor Sie überhaupt aufgetaucht sind«, sagte ich. »Warum haben Sie so lange gewartet?«

Habicht hob die schmalen Schultern. »Ich hatte mich wegen seines Gefängnisaufenthalts notgedrungen mit den Vietnamesen arrangiert und verkaufte ihren Stoff in meinen Läden. Na ja, was heißt arrangiert? Ich bezahlte ihre Wucherpreise, und sie ließen mich dafür in Ruhe. Als ich gedanklich wieder einmal beim guten alten Piko weilte, von dem ich wusste, dass er sich nach Ostfriesland abgesetzt hatte, kam mir eine geniale Idee.« Der Habicht strahlte und breitete die Arme aus. »Dies war der perfekte Ort, um einen neuen Crystal-Markt aufzuziehen, mit mir an der Spitze. Von hier aus kann ich Deutschland und die Niederlande mit Meth versorgen, ohne mir Gedanken um Grenzkontrollen machen zu müssen. Kein Mensch beachtet die Autos, die *in* die Niederlande fahren, erst auf dem Rückweg zieht man sie aus dem Verkehr. Es könnte ja jemand Marihuana an Bord haben.« Er lachte selbstgefällig. »Selbst ohne Karel und sein Green Piko hätte ich mit dem normalen Crystal hier ein Vermögen verdient.«

Ich hätte alles dafür gegeben, mich hinzusetzen, aber ich krallte mich trotzig am Gitter fest, bis meine Fingerknöchel weiß hervortraten. »Sie sollten sich nicht so weit aus dem

Fenster lehnen. Sie wissen doch: Wenn der Bösewicht den Plan ausplaudert, ist das immer sein Ende.«

Habicht lächelte. »Das bleibt abzuwarten.«

»Wie haben Sie Karl überhaupt gefunden? So klein ist Aurich nun auch nicht.«

Die Wände schleuderten Habichts Lachen zurück. »Das ist das absolut Beste an der Geschichte! Durch Sie!«

Ich sah ihn verständnislos an. »Wie meinen Sie das?«

»Wenn Sie ihn nicht wie einen Streuner ins Marlowe gelockt hätten, hätten meine Leute noch lange nach ihm suchen können. Ich hätte im Leben nicht damit gerechnet, dass er mir ganz ohne mein Zutun einfach so über den Weg laufen würde, während ich noch damit beschäftigt war, meine neue Existenz aufzubauen.«

»Das verstehe ich nicht«, sagte ich. »Sie waren nie im Marlowe, wenn Karl da war, und wir haben uns nur dort getroffen.«

»Nein, nicht drinnen.«

Eine Erinnerung schob sich in mein Bewusstsein. Karl, der das Marlowe verließ und in der Tür mit dem Habicht zusammenprallte. Habichts stechender Blick. Es ergab auf einmal einen schrecklichen Sinn. Ich schloss die Augen.

»Wie ich sehe, erinnern Sie sich.« Habicht lächelte befriedigt. »Ich habe meine Leute verständigt, und die haben ihn festgesetzt. Nach einer kleinen Dosis Crystal war er sofort wieder bereit, für mich zu arbeiten. Ich sollte Ihnen wohl für Ihre Unterstützung danken.«

»Aber Karl hätte doch merken müssen, dass Sie ihm gefolgt sind. Sie haben sich ja nicht gerade unauffällig verhalten, haben Gebäude gekauft und standen in den Zeitungen.«

»Er kannte meinen richtigen Namen nicht, und ich habe immer darauf geachtet, dass keine Fotos für die Zeitungsberichte gemacht wurden.«

»Und die SMS, die Karl angeblich geschickt hat? Kam die von Ihnen?«

»Sie meinen so wie die, die heute Abend an Ihre Cousine

gegangen ist?« Er holte mein Smartphone aus seiner Hosentasche und schwenkte es vor meiner Nase. »Sie hätten wirklich besser auf Ihr Handy aufpassen sollen.«

Auch das noch. »Es wäre weniger verdächtig gewesen, wenn Sie Karls SMS an mein Handy geschickt hätten. Er sagt immer zuerst mir Bescheid.«

»Das ist mir ehrlich gesagt ziemlich egal. Niemand hätte sich nach dieser SMS von offizieller Seite auf die Suche nach ihm begeben.«

»Wenn Sie auf meine Nachrichten oder Anrufe reagiert hätten, hätten Sie mich länger hinhalten können.«

»Darauf kam es mir nicht an. Ich brauchte nur Zeit, damit meine Leute Karels Rucksäcke aus dem Abbruchhaus holen konnten. Es sollte schließlich so aussehen, als hätte er freiwillig das Weite gesucht.«

»Was haben Sie meiner Cousine geschrieben? Von meinem Handy?«

»Nur, dass Sie einen sehr schönen Abend mit Sebastian Beck verbringen. Ihre Cousine freut sich sehr für Sie.«

Ich unterdrückte das Herzstolpern, das mich bei Sebastians Namen überfiel. Und das schlechte Gewissen. Ich hatte ihn zu Unrecht verdächtigt, und schlimmer noch: Wenn ich mich nicht so in meinen Verdacht hineingesteigert hätte, säße ich jetzt nicht in dieser Patsche.

»Sebastian wundert sich sicherlich, dass ich verschwunden bin. Bestimmt hat er inzwischen die Polizei verständigt.«

Habicht stieß einen theatralischen Seufzer aus. »Ich fürchte, heute ist nicht Ihr Tag.« Er streckte die rechte Hand aus und schnippte mit den Fingern. Bald darauf stand Sebastian vor mir, flankiert von Snakes Helfern.

Alle Zuversicht, die ich mir bei meinen letzten Worten eingeredet hatte, war mit einem Schlag wie weggefegt. »Ich wollte nicht, dass du da mit reingezogen wirst«, sagte ich leise.

Sebastian mied meinen Blick.

»Aber, aber, Fräulein Vogel, machen Sie sich doch keine Vorwürfe! Unser Sebastian weiß, wem er verpflichtet ist.« Habicht klopfte Sebastian auf die Schulter. »Während Sie ihm wie eine läufige Hündin nachgerannt sind, hat er mir die Informationen über Sie zukommen lassen, die mir meine Wanzen nicht verschaffen konnten, und hat Sie abgelenkt, damit ich gewisse Vorkehrungen treffen konnte.«

Eine eisige Hand umklammerte mein Herz und drückte es bis auf den letzten Blutstropfen aus. Ich starrte Sebastian an, mein Mund öffnete und schloss sich, aber ich brachte keinen Ton heraus.

»Nun schauen Sie doch nicht so! Immerhin verdanken Sie es nur ihm, dass Sie noch leben. Ich wollte Sie gleich aus dem Weg räumen, aber er war dagegen. Als mein Kronprinz hat er ein gewisses Mitspracherecht. Na ja, hatte. Jetzt müssen wir das wohl ändern.«

Sebastians Blick schnellte zu Habicht. »Was soll das heißen? Das war so nicht abgesprochen!«

»Kleine Planänderung.« Der Habicht gluckste. »Überraschung!«

»Warum bringen Sie es nicht gleich hinter sich?«, zischte ich. Seine selbstgefällige Art ging mir gehörig auf die Nerven. Ich hatte ihn ja immer schon für einen Psycho gehalten, aber das hier sprengte alle Dimensionen.

»Geduld, Fräulein Vogel, Geduld. Für Sie werde ich mir etwas ganz Besonderes einfallen lassen, das haben Sie sich redlich verdient. Es wird nicht so einfallslos sein wie bei …«, er schnippte mit den Fingern, als suchte er nach den richtigen Worten, »ach ja, wie bei Ihrer Freundin Lisa.«

»Sie verdammtes Schwein!«

»Das alle Trümpfe in der Hand hat.«

»Und das gibt Ihnen das Recht, eine alleinerziehende Mutter zu töten? Eine Unschuldige?«

»Unschuldig? Sie haben ja keine Ahnung! Außerdem interessiert es Sie sicherlich, dass Sie indirekt an ihrem Tod beteiligt waren.«

»Ich … verstehe nicht.«

»Mitte September kam Sebastian zu einer geschäftlichen

Unterredung zu mir ins Marlowe. Ich hatte mit Ihrer üblichen Verspätung gerechnet, aber leider hat Frau Memenga Sie an diesem Tag vertreten. Sie war wie immer viel zu früh dran und hat unser Gespräch belauscht.«

Mein Kopf schwirrte. Hatte Lisa die beiden zur Rede gestellt? Aber warum hatten sie sie dann nicht gleich zum Schweigen gebracht und noch wochenlang gewartet, bis sie sie unschädlich machten?

Der Habicht erriet meine Gedanken. »Ihre Freundin war eine miese Erpresserin! Zumindest bis zu ihrem tragischen Unfall.« Er lächelte.

Snake und seine Leute, die sich ohne ein Wort zu sagen im Hintergrund hielten, grinsten und stießen die Fäuste aneinander.

»Und Frederik Bergmann?«, fragte ich. »Was hat er verbrochen, außer das Zeug zu nehmen?«

»Er hat die Rohstoffe beschafft und war mein Koch, als ich noch ohne Karel auskommen musste, aber leider hatte er seine Sache etwas zu gut machen wollen. Sein Stoff war so rein, dass die ersten Junkies an einer Überdosis krepierten. Chemiker eben. Ich habe ihn selbst davon kosten lassen, nachdem ich meinen Goldesel wiederhatte, und es hat ihn sozusagen umgehauen.«

»Und warum haben Ihre Leute ihn dann vor mein Fenster gesetzt?«

»Ich fand es einfach passend, nachdem Ihnen schon meine vorherigen Grüße so gut gefallen hatten.«

»Sie waren wirklich sehr kreativ.«

»Keine Sorge, Ihr Ableben werden wir ähnlich kunstvoll in die Wege leiten. Ich könnte Sie verhungern lassen. Hier wird Sie niemand finden, und wir können die gemeinsame Zeit richtig genießen.« Er ließ seinen Blick über meinen Körper gleiten und zwinkerte mir vielsagend zu. »Ich rechne mit mehreren Wochen.«

»Sie sind doch pervers!«

»Das habe ich nie bestritten. Ach ja, Snake sagte mir, Sie

hätten sich ihm gegenüber wenig kooperativ verhalten. Ich musste ihm eine Sache versprechen.«

Snake zog sein Klappmesser aus der Tasche und ließ es lässig auf- und zuschnappen.

Habicht lachte, als er meinen Gesichtsausdruck sah. »Keine Sorge, er wird Sie nicht umbringen. Zumindest nicht gleich.«

»Ich werde dir ein Lächeln ins Gesicht zaubern, das du nie vergisst, Schlampe!« Snake tat so, als würde er mit dem Messer seine Mundwinkel einschneiden, und riss den Mund zu einem stummen Schrei auf.

Als die erste Träne über meine Wange rann, schlich sich ein Ausdruck so tiefer Befriedigung auf Habichts Gesicht, dass ich ihm am liebsten vor die Füße gekotzt hätte. Allein die Sache mit dem Verhungern hielt mich davon ab.

Habicht klatschte in die Hände und schlug einen geschäftigen Tonfall an. »Es tut mir leid, aber die Fragestunde ist vorbei. Wir lassen Sie und Herrn Svoboda mal wieder allein, Sie haben sich sicherlich viel zu erzählen.«

Ich sah ihnen nach, bis sie hinter der grauen Tür verschwanden, dann sank ich auf die Knie und weinte.

»Elli, was machst du denn hier?«

Ich zuckte zusammen. Karl stand am Gitter seiner Zelle und sah auf mich herab. Sein Gesicht war eingefallen und ähnelte einem Totenschädel, tiefe Furchen durchzogen seine Haut.

Ich wischte mir die Tränen von den Wangen und rang mir ein Lächeln ab. »Eigentlich wollte ich dich hier rausholen.«

»Aber wieso bist du dann auch eingesperrt?«

Weil ich eine Idiotin war, die mit Scheuklappen durch die Gegend lief. »Lange Geschichte.«

»Ich laufe dir bestimmt nicht weg.« Karl deutete auf seine Zelle, lächelte und sah für einen Moment wieder so aus wie der Karl, den ich kannte.

Wir setzten uns Rücken an Rücken an das Gitter. Es tat gut, Karls Körperwärme zu spüren. Ich erzählte ihm alles, was sich seit seinem Verschwinden ereignet hatte.

»Dann bin ich hier aufgewacht, und den Rest kennst du«, schloss ich meine Erzählung. Mein Mund war trocken vom Sprechen, und ich hätte alles für ein Glas Wasser gegeben.

»Und das hast du alles für mich getan?«, fragte Karl.

»Ja, für dich und für Lisa. Was hast du eigentlich herausgefunden, was du mir am Telefon nicht sagen wolltest? An dem Abend, als wir uns bei meinem Auto treffen wollten?«

»Lisa hatte immer wieder Andeutungen gemacht, dass ihre Geldsorgen sich in Luft aufgelöst hätten. Ich habe sie scherzhaft gefragt, ob sie Geld aus der Kasse nehmen würde. Sie hat nur gelacht und gesagt, dass es schon etwas mit ihrem Chef zu tun hätte, ins Detail gehen wollte sie allerdings nicht. Ich dachte, sie hätte ein Verhältnis mit einem reichen Kerl, aber als ich dann bei dem Zusammenstoß im Marlowe gesehen habe, dass es sich bei eurem Chef um Sugarboy handelt, war die Sache für mich klar. Es war nicht das erste Mal, dass er jemanden aus dem Weg räumen ließ.«

»Ich wünschte, ich hätte dir irgendwie helfen können«, sagte ich.

»Das hast du doch. Und du hast O'Malley bei dir aufgenommen. Das vergesse ich dir nie.«

»Er ist mit mir aus dem Haus gerannt, als ich vor Sebastian abgehauen bin. Hoffentlich kommt er zurück.«

»Er kommt immer zurück.«

»Du bekommst ihn wieder, wenn wir hier raus sind«, sagte ich.

»Nee, das lass mal lieber. O'Malley wünscht sich ein festes Zuhause. Der freut sich, wenn er bei dir bleiben darf.«

»Das darf er. Es fühlt sich jetzt schon so an, als hätte er immer bei mir gewohnt.«

»Das ist gut, das macht es leichter.«

»Wie meinst du das?«

Karl atmete tief durch. »Ich glaube, ich komme hier nicht mehr raus, Elli.«

Ich drehte mich um. Zu schnell, wie mir mein Kopf mitteilte. »Warum sagst du das? Wir kommen hier beide raus!

Du wirst wieder clean und kannst noch mal ganz von vorn anfangen, wenn der Habicht im Gefängnis sitzt. Du musst nie wieder davonlaufen.«

Ich wusste nicht, woher ich diesen Optimismus nahm, meine Worte überzeugten mich nicht einmal selbst. Habicht würde mich töten und Karl nur so lange am Leben lassen, wie er ihm nutzte. Wenn das Meth ihn endgültig zerstört hatte und Habichts Handlanger herausgefunden hatten, wie sie ohne Karl Green Piko herstellen konnten, war auch er wertlos.

»Noch einen Entzug schaffe ich nicht, Elli«, entgegnete Karl mit ausdrucksloser Stimme. »Du kannst dir nicht vorstellen, wie das war. Du kannst dir nicht vorstellen, wie tot man sich als lebendiger Mensch fühlen kann.«

»Ich besorge dir Hilfe. Phil kennt bestimmt ein paar wirklich gute Adressen.«

»Der Polizist?« Ein Schleier legte sich auf Karls Züge, und die Augen sanken tief in ihre Höhlen zurück. »Die Bullen wollen mich bloß wieder einsperren.« Sein Blick irrte hin und her, er lief zur Vorderseite seiner Zelle, blieb dort wie angewurzelt stehen und starrte auf das Gitter. »Ich bin schon eingesperrt!« Wie ein verstörtes Tier lief er auf und ab. »Verdammt!« Er rüttelte an den Gitterstäben. »Verdammt, verdammt, verdammt!«

Das Scheppern hallte noch nach, als Karl sich mit finsterem Gesichtsausdruck und verschränkten Armen auf die Matratze fallen ließ.

Die Leuchtstoffröhren über uns summten. Ich hatte jegliches Zeitgefühl verloren. Suchte schon jemand nach mir? Es konnten eigentlich erst Stunden seit meiner Entführung vergangen sein, aber die kamen mir vor, als lagen sie ein halbes Leben weit entfernt.

Knirschende Schritte näherten sich. Ich musste nicht aufsehen, um zu wissen, wer es war. Sebastian war so oft durch meine Träume gewandert, dass ich ihn aus einer ganzen Armee herausgehört hätte.

Ich rappelte mich auf und trat ans Gitter. Ich hätte ihm gerne ins Gesicht gespuckt, aber dafür war mein Mund zu trocken.

»Ich habe dir etwas zu trinken mitgebracht.« Er hielt mir einen Plastikbecher hin.

»Damit ich nicht verdurste, bevor ich die Gelegenheit bekomme zu verhungern? Sehr rücksichtsvoll.« Ich riss ihm den Becher aus der Hand und leerte ihn in einem Zug.

»Ich wollte nicht, dass das passiert. Warum musstest du so verbissen auf Sugarboys Spur bleiben, Elli? Ich habe wirklich versucht, dich von der Sache abzubringen.«

»Spielt das jetzt noch eine Rolle?«, fragte ich.

»Vielleicht nicht. Kann ich irgendwas für dich tun?«

»Du könntest die Zellen öffnen und uns laufen lassen.« Wenn ich dazu überhaupt noch imstande war. Der Schmerz in meiner rechten Seite pochte zwar momentan nur dumpf vor sich hin, aber dafür fühlten sich meine Beine so schwer an, als hingen Betonklötze an ihnen.

Sebastian lächelte traurig. Er schüttelte den Kopf und senkte den Blick. »Du weißt, dass das nicht geht.«

»Wie konntest du dich nur mit dem Habicht einlassen? Ausgerechnet der!« Ein drückendes Gefühl senkte sich auf meinen Schädel, und meine Augenlider wurden schwer. Ich blinzelte mehrmals.

»Das verstehst du nicht.«

»Richtig. Ich verstehe nur, dass er mich umbringen wird.« Meine Zunge war schwer, und ich musste mich anstrengen, um einigermaßen verständlich zu sprechen. »Willst du auch dabei zusehen, wie ich in diesem Loch verhungere?«

»Das werde ich nicht zulassen.«

Ich sah auf den Becher in meiner Hand, dessen Umrisse zu einem weißen Fleck verschwammen.

Mit einem Mal verstand ich.

»Und um das zu verhindern, gibst du mir Gift?«

Der Becher rutschte aus meinem Griff und knallte auf den Boden. Kurz darauf folgte ich ihm nach.

23

»Kann ich Ihnen helfen?«

Ich wischte mir die Tränen aus den Augen und sah auf.

Ein Mann in zerschlissenem Strickpulli und ausgebeulter Jeans musterte mich. Bestimmt einer der Penner, die sich am Georgswall herumtrieben, weil sich hier der Tagestreff für Obdachlose befand.

Ich saß auf einer Sitzbank vor dem Rathaus und suhlte mich in Selbstmitleid. »Danke, alles in Ordnung.«

Der Penner legte den Kopf schief. »Die Leute, die ich kenne, weinen nicht, wenn alles in Ordnung ist.«

»Sie kennen mich aber nicht.« Ich atmete tief durch. »Hören Sie, ich hatte einen beschissenen Tag und möchte einfach meine Ruhe haben.«

»Ganz, wie Sie möchten. Ich kann auch schweigen.«

Ohne zu fragen, setzte er sich neben mich. Ich rückte so weit wie möglich an den Rand der Sitzbank. Wenigstens stank dieser Penner nicht. Sein Haar sah gepflegt aus, grau und ordentlich gekämmt.

»Ich habe kein Geld«, sagte ich.

»Dann sind wir schon zu zweit.«

»Sie vertrödeln Ihre Zeit, wenn Sie darauf warten, dass ich Ihnen etwas gebe.«

»Ich will kein Geld von Ihnen.«

Er schlug die Beine übereinander und sah zwei Jungen zu, die sich ein Wettrennen um das Wasserspiel am Rathaus lieferten.

»Kinder«, sagte er lächelnd. »Ist es nicht erstaunlich, wie sorglos das Leben sein kann?«

»Kann ich nicht behaupten.«

»Ich wette, Sie sorgen sich wegen irgendwelcher Dinge, die Sie sowieso nicht beeinflussen können.«

»Das haben Sorgen so an sich, sonst würde man die Umstände ja ändern.«

»Wollen Sie mir erzählen, was Sie bedrückt?« Er sah mich aufmunternd an.

»Hören Sie mal, ich vertraue meine Sorgen doch nicht jemandem an, den ich gar nicht kenne. Besonders keinem –«

»Penner?«

»Obdachlosen.«

Der Fremde machte eine wegwerfende Handbewegung. »Man sollte die Dinge immer beim Namen nennen.«

Er streckte die Beine aus, legte die Füße übereinander und lehnte sich zurück. Mit geschlossenen Augen genoss er den Sonnenschein, der auf den Fontänen des Wasserspiels tanzte und der so gar nicht zu meiner Stimmung passte.

Ich wurde nicht schlau aus diesem Typen. Und aus mir. Einerseits hätte ich ihn gern weggejagt, aber andererseits hatte er etwas zutiefst Beruhigendes an sich, und seine Worte trafen einen Nerv bei mir.

Ich musste sowieso auf meine Cousine warten, mit der ich mich hier am Rathausbrunnen verabredet hatte, also konnte ich die Zeit auch gleich sinnvoll nutzen und die erste Fuhre Herzschmerz abladen. »Ich heiße Elli.«

Der Penner lächelte zufrieden, öffnete die Augen und streckte mir seine Hand entgegen. »Karl.«

Ich zögerte kurz, griff dann aber zu. Seine Haut war erstaunlich weich, die Fingernägel sauber und gepflegt.

»Ich nehme an, es geht um einen Mann«, sagte er.

»Woher wissen Sie das?«

»Ach Elli, eine junge Frau sitzt an einer belebten Straße mitten in der Stadt und weint sich die Augen aus. Frauen weinen nicht gern in der Öffentlichkeit. Das kann nur heißen, dass sie mit dem Kerl zusammenlebt und nicht in die gemeinsame Wohnung gehen kann. Hat er Sie betrogen?«

»Woher –«

»Reine Lebenserfahrung«, unterbrach er mich, ehe ich die gleiche Frage erneut stellen konnte. »Männer mit hübschen Frauen wissen nie zu schätzen, was sie haben. Sie sind verwöhnt, kriegen den Hals nicht voll.«

Die Bilder, die durch Karls Auftauchen verschwunden waren, schoben sich in mein Bewusstsein zurück. Ich hatte Jörg überraschen wollen und mir den Nachmittag freigenommen. Bereits auf der Treppe zu unserer gemeinsamen Wohnung wunderte ich mich über die Geräusche, die aus dem Wohnzimmer drangen. Keuchen und Stöhnen. Na toll, erst gestern hatte Jörg mir versprochen, sich ab sofort mehr mit der Arbeitssuche und weniger mit Pornos zu beschäftigen, und jetzt hing er schon wieder vor so einem Ruckelfilm. Die Wohnzimmertür war nur angelehnt. Ich schob sie auf und spähte durch den Türspalt. Mein Blick ging zum Fernseher, aber der Bildschirm war schwarz. Erst dann realisierte ich, was sich keinen Meter vor mir auf dem grauen Teppich abspielte: Jörgs nacktes Hinterteil schaute mir zwischen zwei gespreizten Schenkeln entgegen und stieß rhythmisch vor und zurück. Ich stand da wie erstarrt, unfähig, auch nur einen Ton herauszubekommen.

»Haben Sie sich wenigstens von dem Burschen getrennt?«, riss mich Karl aus meinen Gedanken.

»Er weiß nicht, dass ich ihn erwischt habe.«

»Und nun überlegen Sie, einfach nach Hause zu gehen und so zu tun, als sei nichts gewesen.«

»Sind Sie ein Mentalist? Können Sie Gedanken lesen oder so?«

Karl schüttelte den Kopf. »Es steht Ihnen ins Gesicht geschrieben.«

»Aber was soll ich denn sonst machen? Die Alternative wäre, zu meinen Eltern zurückzuziehen, und das will ich auf keinen Fall.«

»Haben Sie keine Freundin, bei der Sie unterkommen können?«

Ich hatte viele Bekannte, aber nur wenige echte Freunde. Und noch weniger, bei denen ich unangemeldet auftauchen konnte, um mich bei ihnen einzuquartieren. »Ich könnte meine Cousine um ihr Gästezimmer bitten, wir sind ohnehin gleich verabredet. Eigentlich wohne ich in Großefehn.«

»Und ihre Cousine lebt hier in der Stadt?«

»Nein, sie befindet sich momentan aber fast täglich in Aurich, weil sie sich am Aufbau des neuen Kontaktzentrums in der Wallstraße beteiligt. Eigentlich lebt Alexa in Greetsiel und arbeitet dort als Künstlerin.«

»Das klingt doch vielversprechend, Küstenluft ist immer gut, um den Kopf freizubekommen. Am besten, Sie suchen sich auch gleich eine sinnvolle Beschäftigung, damit Sie nicht aus Langeweile zu dem Kerl zurückkehren. Nach einiger Zeit setzt man nämlich bei jedem Blick zurück die rosarote Brille auf.«

»Keine Sorge, ich weiß mich zu beschäftigen«, sagte ich.

»Sehr schön. Was machen Sie denn?«

»Ach, so Zeitvertreib halt.«

»Aha, es ist Ihnen peinlich. Jetzt wird es interessant.« Karls Augen blitzten. Er stützte das Kinn in die Hand und dachte angestrengt nach. Vielleicht tat er auch nur so – ganz sicher war ich mir nicht, ob an dieser Mentalist-Sache nicht doch etwas dran war. »Ihr Hobby ist Ihnen sehr wichtig, und Sie träumen davon, eines Tages mehr daraus zu machen, sonst würden Sie es nicht so eifersüchtig hüten. Singen?«

Ich lachte. »Bloß nicht!«

»Malen?«

Ich winkte ab. »Das überlasse ich meiner Cousine. Bei mir reicht es nur für Malen nach Zahlen.«

»Schreiben?«

»Gewonnen.«

»Das sollte Ihnen nicht peinlich sein.«

»Haben Sie eine Ahnung! Ich habe ein paarmal den Fehler gemacht und anderen Leuten davon erzählt. Jeder tut es als Spinnerei ab und sagt, ich solle meine Energie lieber für die richtige Arbeit aufwenden.« Ich zog meine Zigarettenschachtel aus der Jackentasche. »Auch eine?«

Karl lehnte ab. »Was arbeiten Sie denn?«

Ich zündete die Zigarette an und blies den Rauch aus. »Ich bin Bürokauffrau bei Möbel Langner.«

»Hört sich interessant an.«

»Der langweiligste Job der Welt. Wenn ich genug Mumm hätte, würde ich kündigen und etwas machen, das mir Spaß macht.«

»Also schreiben?«

Ich schnippte die Asche von meiner Zigarette. »Zum Beispiel.«

»Und was hält Sie davon ab?«

»Ist das Ihr Ernst? Ich kann doch nicht einfach meinen Job aufgeben. Der ist ziemlich gut bezahlt.«

»Elli, solange Sie sich auf Ihr Sicherheitsnetz verlassen, wird Ihr Traum immer ein Traum bleiben, ganz einfach deshalb, weil Sie es nicht nötig haben, mehr daraus zu machen. Warum nutzen Sie den Bruch mit Ihrem Freund nicht gleich für einen kompletten Neuanfang?«

»Soll ich darauf hoffen, irgendwann vom Schreiben leben zu können? Ich habe ja noch nicht einmal ein einziges Buch fertig geschrieben.«

»Dann haben Sie jetzt die passende Gelegenheit dazu. Geben Sie dem Schicksal doch eine Chance, es gut mit Ihnen zu meinen. Sie könnten sich einen Teilzeitjob suchen, mit dem Sie gerade so über die Runden kommen. Die freie Zeit könnten Sie zum Schreiben nutzen. Das sollte Anreiz genug sein.«

Hörte sich nicht gerade verlockend an. Jeder wusste, dass man lieber Lotto spielen sollte, als ein Manuskript an einen Verlag zu schicken.

»Und was ist mit Ihnen?«, fragte ich. »Wovon träumen Sie?«

Karl lachte, und die Falten um seine Augen spannten sich wie Fächer auf. »Wollen Sie mich etwa in Lohn und Brot bringen?«

»Es muss ja keine Tätigkeit sein. Man kann sich auch einfach materielle Dinge wünschen.«

Karl überlegte einen Moment. Er sah an den spielenden Kindern vorbei zum Carolinenhof-Einkaufscenter, bis sich ein Lächeln auf sein Gesicht stahl. »Ich hätte gern eine Anzughose. Und dazu einen Pullover mit Rollkragen. Und einen Mantel, alles in Schwarz oder Grau.«

Ich lächelte. »Sollte ich jemals auch nur einen einzigen Cent mit dem Schreiben verdienen, kaufe ich Ihnen die Klamotten.«

»Abgemacht.« Er streckte mir die Hand entgegen. »Dafür helfe ich bei der Organisation Ihrer ersten Lesung.«

Ich schlug ein. Natürlich würde es nicht dazu kommen. Ich war viel zu feige, dem Rat einer Person zu folgen, die ich erst seit einer Viertelstunde kannte.

Außerdem war dies eine Begegnung, an die man sich zwar gern erinnert, die aber nur ein Mal stattfindet. Nach dem heutigen Tag würde ich Karl vermutlich nie wiedersehen.

24

Ich erwachte auf einer Matratze unter einer dünnen Decke, der Traum von meiner ersten Begegnung mit Karl hallte noch nach. In meinem Inneren herrschte ein taubes Gefühl, das meine Gedanken und meinen Herzschlag lähmte. Ich lebte, so weit, so klar. Aber wo war ich? Und was war passiert?

Langsam setzte die Erinnerung ein. Karl. Peter Habicht. Sebastian.

Snake.

Panisch tastete ich meine Mundwinkel ab. Keine Schnitte. Ich strampelte die Decke weg und setzte mich auf. Der Schmerz in meinem Kopf und meiner Seite kehrte mit voller Wucht zurück, und ich musste mich abstützen.

Peter Habicht saß in einem Stuhl vor meiner Zelle, die Beine übereinandergeschlagen, eine Tüte Chips auf dem Schoß. Er wischte die Krümel von seinen Hosenbeinen und beugte sich vor, die Ellenbogen auf die Knie gestützt. »Kennen Sie dieses Gefühl beim Aufwachen, wenn das Herz noch nicht ganz im Takt ist und man sich fragt, wie sich der Tod anfühlt? War das auch gerade Ihr erster Gedanke?«

»Nein«, log ich. »Ich habe mich nur gefragt, wem ich dieses Luxusbett zu verdanken habe.«

»Sebastian wollte, dass Sie es gemütlich haben. Ich muss Zugeständnisse machen, nehme ich ihm doch gerade das liebste Spielzeug.«

»Also haben Sie Snake und seine Leute eine Matratze und eine Decke in meine Zelle schleppen lassen?« Bah, lieber nicht dran denken, womit sie die Sachen verseucht hatten.

»Sie irren, Fräulein Vogel. Nur der König und sein Kronprinz haben die Zellenschlüssel.« Habicht zog einen Schlüsselbund aus seiner Hosentasche und klimperte damit herum. »Aber wenn Sie mich jetzt bitte entschuldigen wollen, ich habe noch etwas im Büro zu erledigen. Auf Karels Gesellschaft müssen Sie gleich auch vorübergehend verzichten.« Habichts Mund verzog sich zu einem grausamen Lächeln. »Er hat Küchendienst. In ein paar Tagen geht Green Piko an den Start, da brauchen wir entsprechende Vorräte.« Er stand auf und verschwand durch die graue Tür.

Karl saß teilnahmslos auf seiner Matratze. Ich tat es ihm gleich und dachte über meine Situation nach. Seltsamerweise war mein erster Gedanke, was ich machen sollte, wenn ich mal pinkeln musste. Habicht hatte sicherlich nicht vor, mich aufs Klo gehen zu lassen; es würde ihm höchste Freude bereiten, wenn ich mir in die Hose machte. Aber das war Zukunftsmusik. Ich hatte – abgesehen von dem Zeug, das Sebastian mir gegeben hatte – seit Stunden nichts getrunken, und es würde noch einige Zeit dauern, bis mein Körper etwas loswerden wollte. Falls er jemals wieder die Gelegenheit dazu bekam.

Sebastian und Snake betraten den Kellerraum und blieben vor Karls Zelle stehen. Sebastian schloss die Zellentür auf, wobei sein Blick auf mir ruhte. Ich starrte finster zurück. Wie hatte ich mich nur so in ihm täuschen können? Und warum zum Teufel sorgte sein Anblick immer noch dafür, dass sich mein Herzschlag beschleunigte?

Snake schlug mit der flachen Hand gegen das Gitter. »Aufstehen, Penner!«

Karl erhob sich schwerfällig. Snake zog sein Messer aus der Hosentasche und ließ die Klinge an den Gitterstäben meiner Zelle aufreizend langsam auf und ab gleiten. Das schleifende Geräusch ging mir durch Mark und Bein.

»Ich komme bald zurück und kümmere mich um dich.« Snake lächelte. »Ich muss nur erst den Penner beaufsichtigen, danach haben wir alle Zeit der Welt.«

Karl und Sebastian tauschten einen Blick und gingen nebeneinander an meiner Zelle vorbei, Snake folgte ihnen. Kurz darauf verschwanden die drei rechts hinter einer Tür.

Ich sah mich fieberhaft nach einer Fluchtmöglichkeit um. Snake sollte sich nicht um mich kümmern! Sein fauliger Geruch hing noch immer in der Luft, und beim Gedanken an das, was er mit dem Messer vorhatte, tanzten schwarze Punkte vor meinen Augen.

In meiner Zelle gab es nur die Matratze und die Decke. MacGyver hätte daraus eine mittelgroße Atombombe bauen können, aber meine Chancen, etwas Gescheites hervorzubringen, gingen gegen null.

Ich konnte nicht einschätzen, wie viel Zeit mir bis zu Snakes Rückkehr blieb. Bewachte er Karl, während dieser das Meth kochte? Dann konnten Stunden vergehen, vielleicht sogar Tage, da Snake und Karl drogenbedingt nicht müde wurden. Andererseits hatte Snake gedroht, schon bald zurückzukehren.

Mit den Händen rüttelte ich an den Gitterstäben meiner Zelle. Keine Schwachstellen. Ich trat mit aller Kraft gegen die Türangeln, was bis auf eine Menge Lärm, einen schmerzenden Fuß und ein fieses Stechen in der Rippengegend keine Folgen hatte.

Auch wenn ich mir einredete, die Situation nur durch besonnenes Handeln überstehen zu können, überwältigte mich die Panik. Ich schrie vor Verzweiflung und warf das Deckenknäuel quer durch die Zelle, bevor mich der Schmerz in meiner Seite zu Boden riss.

Ein leises Klirren ließ mich innehalten.

Auf den Steinen, nur einen Meter von mir entfernt, lag ein kleiner silberfarbener Schlüssel. Ich kroch hin und hob ihn auf. Konnte es sein, dass … Nein, das war unmöglich.

Oder doch nicht?

Ich steckte den Schlüssel in das Schloss der Gittertür.

Er passte.

Vorsichtig drehte ich ihn, und die Tür schwang mit einem leisen Quietschen auf.

Nur der König und sein Kronprinz haben die Zellenschlüssel, hallte Habichts Stimme in meinem Kopf wider. Er hatte mir seine Schlüssel gezeigt, also konnte dieser nur von Sebastian stammen.

Moment.

Was, wenn das eine Falle war und Habicht jetzt ein perverses Katz-und-Maus-Spiel mit mir veranstaltete?

Ich hatte keine Wahl. Besser diese Chance nutzen und das Risiko eingehen, als auf Snake und sein Messer zu warten.

Ich schlich an Karls Zelle vorbei auf die graue Metalltür in der linken Wand zu. Snake war rechts runtergegangen, und ich wollte möglichst schnell möglichst viel Abstand zwischen uns bringen. Ich legte die Hand auf die Klinke und drückte sie hinunter, mein Herz stolperte.

Ich landete in einem fensterlosen L-förmigen Flur mit kahlen weißen Wänden und einem grau versiegelten Betonboden. An beiden Enden wurde der Flur von doppelflügeligen Glastüren begrenzt. Ich entschied mich für den geradeaus liegenden Weg, da eine grüne Schiebetür hinter dem Glas verdächtig nach einem Aufzug aussah. Wo Aufzüge sind, gibt es auch Treppen. Und die führen nach oben.

Ich ließ die Metalltür hinter mir geöffnet, um keine unnötigen Geräusche zu verursachen, schlich den Flur entlang und spähte durch die Glastür.

Keine Menschenseele in Sicht, nur eine massive Treppe mit rotbraunen Fliesen und einem grünen Metallgeländer, daneben eine Nische in absoluter Dunkelheit. Die Stufen führten nur hinauf, also hatte ich mit meiner Vermutung, mich in einem Keller zu befinden, richtiggelegen.

Leise öffnete ich die Glastür. Der automatische Schließer zog sie zurück, sobald ich hindurchgegangen war. Ich hielt dagegen und ließ sie vorsichtig ins Schloss zurückgleiten.

Ich hatte gerade den ersten Treppenabsatz erklommen, als sich Schritte und Stimmen von oben näherten. Ich huschte zurück und glitt in die Dunkelheit neben der Treppe, stieß gegen einen dort abgestellten Tisch und biss mir auf die Faust, um einen Schmerzenslaut zu unterdrücken.

»Snake ist schon ganz wild auf die Alte.« Überlange Hosen und Sneakers bewegten sich an meinem Blickfeld vorbei.

»Ja, das wird echt heftig, Alter.«

Einer der beiden zog die Glastür mit so viel Schwung auf,

dass sie gegen die Wand knallte und in der Arretierung hängen blieb.

»Ey, Alter, wieso is'n die Kellertür auf?« Die Schritte entfernten sich rasch.

Ich stürmte aus meinem Versteck, schleuderte um das Treppengeländer herum und preschte die Treppe hoch. Ich nahm zwei Treppenstufen auf einmal und landete im Erdgeschoss.

»Die Alte ist weg«, brüllten die Typen im Kellerraum. »Snake!«

Ein dumpfes Donnern ertönte, und der Boden unter meinen Füßen vibrierte. Für den Bruchteil einer Sekunde hielt ich inne, nicht sicher, ob ich umkehren oder weiterrennen sollte. Was war da unten passiert? Der Boden hatte gebebt, als ob eine U-Bahn unter dem Gebäude hindurchgefahren wäre. Ich wägte ab, welche Chancen ich hatte, Karl aus dem Drogenlabor zu befreien. Die Antwort war simpel: gar keine. Sugarboys Leute würden ihm vorläufig nichts tun, dafür war er zu wertvoll für sie. Ich konnte ihm nur helfen, wenn ich so schnell wie möglich die Polizei benachrichtigte.

Eine Außentür. Verschlossen.

Ich rannte nach rechts, immer den Flur entlang. Durch eine Fensterfront sah ich hinaus in die Dunkelheit. War es Nacht, Morgen oder Abend?

War es Morgen? Abend? Ich wusste es nicht, mein Zeitgefühl hatte sich komplett verabschiedet.

Peter Habicht trat aus einer offen stehenden Tür. »Was war denn das für ein Lärm?« Er sah mich verdutzt an. »Sie?«

Ich nutzte den Schwung und rammte ihm mit aller Kraft meine Schulter in die Eingeweide, er prallte rückwärts gegen den Türrahmen, heulte auf und sackte zu Boden. Ich hätte gerne noch einmal nachgetreten, aber Sterne tanzten vor meinen Augen, und jede weitere Anstrengung hätte mich vermutlich niedergestreckt. Ich zwang mich zu einem tiefen Atemzug und gönnte mir einen Blick auf Habichts schmerzverzerrtes Gesicht, bevor ich meine Flucht um die nächste Ecke fortsetzte.

»Stehen bleiben! Legen Sie die Hände hinter den Kopf!«

Wieder einmal blickte ich in den Lauf einer Pistole. Dahinter sah ich eine Gruppe Männer mit Sturmhauben und Helmen, die alle eine solche Waffe in der Hand hielten. Und jede einzelne war auf mich gerichtet.

»Eleonore Vogel?« Einer der Maskierten trat einen Schritt vor.

»J-ja.«

»Wir haben sie«, sagte der Mann in ein integriertes Mikrofon in seinem Helm.

»Karl ist noch unten.« Ich stützte die Hände auf die Knie, um dem Schmerz in meiner Seite entgegenzuwirken. »Im Keller.«

»Wo ist Sugarboy?«

Ich streckte den Arm in die Richtung, aus der ich gekommen war. »Es ist Peter Habicht. Mindestens vier seiner Leute sind außerdem hier. Unten bei Karl.«

Ein Polizist löste sich aus der Gruppe und fasste mich am Arm, die anderen setzten ihren Weg fort.

»Mir ist schwindelig«, sagte ich.

»Wir sind gleich draußen, die frische Luft wird Ihnen guttun. Ein Krankenwagen steht bereit.« Er legte einen Arm um mich und dirigierte mich den Flur entlang.

»Au! Bitte lassen Sie mich los, ich habe mich an den Rippen verletzt und bekomme keine Luft.« Ich löste mich von ihm und humpelte allein weiter.

Der Ausgang. Endlich.

Ich hielt mir die Seite, japste nach Luft und stolperte unbeholfen auf die Glastür zu. »Ich mag ja nicht den besten Orientierungssinn haben, aber ich wusste, dass ich auf dem richtigen Weg war.« Ich streckte die Hand nach der Klinke aus. Von der Gegenseite kam mir ein Sanitäter entgegen. Als er mich bemerkte, beschleunigte er seinen Schritt und öffnete die Tür, bevor ich es tun konnte. Netter Kerl.

Ich ließ mich dem netten Kerl in die Arme sinken, dann gingen bei mir wieder mal die Lampen aus.

25

Die Sonne kitzelte mein Gesicht und blendete mich. Ich rümpfte die Nase und öffnete die Augen. Ich lag in einem weichen Bett unter einer strahlend weißen Bettdecke, fühlte mich sicher, warm und geborgen. So wie es aussah, war ich im Himmel gelandet. Keine Zombies, kein Sugarboy.

Nur Phil.

Er saß auf einem Stuhl an der Wand und beobachtete mich.

Sein Blick erhellte sich, als er bemerkte, dass ich wach war. »Hey, da bist du ja wieder.« Er stand auf und trat an mein Bett.

»Bin ich tot?«

»Nein, ziemlich lebendig.« Er lächelte und strich mir über das Haar. Ein dunkler Bartschatten lag in seinem Gesicht, die Haare standen zerzaust in alle Himmelsrichtungen. Er sah aus, als habe er nächtelang nicht geschlafen.

»Ich habe Kopfschmerzen«, sagte ich.

»Du hast eine Gehirnerschütterung. Und eine Platzwunde an der Stirn, sie musste genäht werden. Aber das Schlimmste ist deine gebrochene Rippe. Du hattest mächtig Glück, dass sie dir nicht die Lunge durchbohrt hat.«

Ich fuhr mit der Hand über das Pflaster an meiner Stirn. Mit einem Mal setzte die Erinnerung ein. »Wo ist Karl?« Ich wollte mich aufsetzen, aber ein heftiges Pochen in meinem Schädel drückte mich in die Kissen zurück.

Phil legte mir eine Hand auf die Schulter. »Du musst dich schonen.«

»Wo ist Karl?«, wiederholte ich, diesmal energischer.

Phil setzte sich seitlich aufs Bett und starrte auf seine Füße.

»Ist ihm was passiert?«, fragte ich. »Liegt er auch hier im Krankenhaus?«

Phils Blick huschte zum Fenster, zu den Wänden und blieb am Kunstdruck einer reetgedeckten Windmühle an der Stirnseite des Zimmers haften. »Es hat eine Explosion gegeben.«

»Ich erinnere mich. Es gab einen dumpfen Knall, der ganze Boden hat gezittert.«

Phil nickte. »Die Explosion hat im Drogenlabor stattgefunden.«

Mein Herz setzte einen Schlag aus, als ich begriff, was das zu bedeuten hatte. »Ist Karl schwer verletzt?«

Phil presste die Lippen zusammen und schluckte. Endlich sah er mich an. »Es tut mir leid, Elli. Er ist tot.«

Ich hatte keine Tränen mehr.

Phil beantwortete meine Fragen mit ruhiger Stimme und klärte mich über die Ereignisse der vergangenen Nacht auf.

Tatsächlich hatte meine Entführung nur knapp sieben Stunden gedauert. Nachdem ich neben dem Geländewagen k. o. gegangen war, hatten mich Habichts Leute in die alte Brauerei vor den Toren der Stadt verschleppt, die sich seit Neuestem in seinem Besitz befand. Der ideale Platz, um Meth herzustellen und unliebsame Personen einzukerkern.

»Aber woher wusstet ihr, dass ich dort war?«, fragte ich.

»Dein Schutzengel hat dich verpetzt.« Phil deutete auf die Kette seiner Oma, die neben mir auf dem Nachttisch lag.

Für so abergläubisch hatte ich ihn gar nicht gehalten. Ich nahm die Kette in die Hand und hielt sie Phil hin. »Die brauche ich wohl nicht mehr. Danke, Oma Winter«, sagte ich zur Zimmerdecke. Und danke, dass du mich nicht verflucht hast, ergänzte ich stumm.

»Du kannst sie behalten«, sagte Phil. »So wie ich dich einschätze, werde ich noch manches Mal froh sein, wenn du sie trägst.«

»Aber es ist ein Familienerbstück.«

Phil wand sich. »Nicht direkt.«

»Was soll das heißen?«

»Meine Oma ist neunundsiebzig Jahre alt und kerngesund. Wir treffen uns manchmal zum Bowling.« Phil setzte ein entschuldigendes Lächeln auf. »Genau genommen hat sie die Kette nie in der Hand gehabt.«

»Aber du hast doch gesagt, dass sie dir die Kette auf dem Totenbett …«

»Ich konnte dich nur so dazu bringen, sie zu tragen. Im Anhänger befindet sich ein Peilsender.«

»Ist das dein Ernst?«

»Was dachtest du? Dass sie mir im Traum erschienen ist und mir gezeigt hat, wohin man dich verschleppt hat? Immerhin haben wir dich gefunden. Der Erfolg gibt mir recht.«

»Wenigstens einer.« Ich verstaute die Kette in der Schublade meines Nachttischs. »Woher wusstet ihr überhaupt, dass ich in Schwierigkeiten war?«

»Das hast du einem deiner zahlreichen Verehrer zu verdanken. Wie es aussieht, stalkt dich ein gewisser Jüngling namens Tim. Er war auf seiner allabendlichen Runde zu deiner Wohnung und sah deine geöffnete Wohnungstür. Weil er dich nicht finden konnte, hat er Henry, den Türsteher der Cobra, angerufen. Der ist für ihn wohl so was wie ein Sicherheitsexperte, weil er das Schlangenmaul bewacht. Henry wiederum hat Alexa Bescheid gegeben. Sie hatte kurz zuvor eine SMS von dir erhalten, in der stand, dass Sebastian bei dir ist und für dich kocht, und als sie daraufhin niemanden in der Wohnung antraf und ein Messer auf dem Boden fand, hat sie Alarm geschlagen. Wir konnten den Peilsender orten, mussten aber auf das SEK warten. Wir durften nichts riskieren.«

»Was ist mit Sugarboy und seinen Leuten passiert?«

»Snake hat schwere Verbrennungen, die Ärzte wissen nicht, ob er durchkommt. Seine beiden Speichellecker sind mit dem Schrecken davongekommen, sie sitzen in Untersuchungshaft und singen wie die Vöglein. Oh, entschuldige.«

Ich lächelte. »Kein Problem. Hauptsache, ich muss diesen Namen nie wieder aus Habichts Mund hören.«

»Du hast Habicht einen ordentlichen Stoß versetzt.« Stolz

schwang in Phils Stimme mit. »Er hat eine Wirbelsäulenprellung und kann sich kaum bewegen. Sobald er aus dem Krankenhaus entlassen wird, wandert er in den Knast.«

»Und Sebastian?«

»Weg.«

»Weg?«

»Es gibt nicht die geringste Spur von ihm. Wir haben das gesamte Gebäude, seine Wohnung und die Cobra auf den Kopf gestellt, er ist wie vom Erdboden verschluckt.«

In mir kämpften widersprüchliche Gefühle. Ich war mir ziemlich sicher, dass Sebastian mir die Flucht ermöglicht hatte, aber daran, dass er entkommen konnte, während Karl sterben musste, würde ich noch eine ganze Weile zu knabbern haben.

»Du musst ein paar Tage zur Beobachtung im Krankenhaus bleiben«, sagte Phil.

Ich zog eine Grimasse. »Na toll. Und wer kümmert sich um O'Malley?«

»Alexa stellt sein Futter vor die Haustür.«

»Ach ja, er ist weggerannt, als ich aus der Wohnung geflohen bin.« Offensichtlich hatte ich bei meinem letzten Zusammenbruch ein paar Erinnerungen eingebüßt.

»Keine Sorge, er kommt bestimmt zurück.«

Ich nickte und dachte an Karls Worte. »Er kommt immer zurück.«

Ich stocherte in der matschigen Pampe herum, die mir als Kartoffelgratin angekündigt worden war. Alexa saß auf einem Stuhl neben meinem Bett, die Ellenbogen auf die Armlehnen gestützt und die Finger ineinander verschränkt, Diana hatte sich am Fußende meines Bettes niedergelassen. Beide musterten mein Essen mit mitleidigem Blick.

»Ich habe dir ja gleich gesagt, dass zwischen Phil und Helena nichts läuft«, sagte Diana. »Er ist schließlich nicht Jörg.« Sie machte einen übertriebenen Würgelaut. Ob dieser allerdings Jörg oder dem Kartoffelgratin galt, konnte ich nicht ausmachen.

»Woher hätte ich denn wissen sollen, dass er sich nur an ihre Fersen geheftet hat, um Informationen über ihre Drogenrecherche aus ihr herauszubekommen?«, fragte ich. »So wie er auf ihre Anmache angesprungen ist, musste ich ja vom Schlimmsten ausgehen.«

Diana strich die Decke über meinen Beinen glatt. »Möchtest du über Sebastian sprechen?«

»Lieber nicht.«

»Kaum zu glauben, was für Abgründe hinter den schönsten Fassaden klaffen«, sagte Alexa. »Man sieht es den Menschen einfach nicht an.«

»Hast du zufällig mal ein Bild von ihm gemalt?«, fragte ich.

Sie hob den Blick. »Nein, natürlich nicht. Wie kommst du darauf?«

»Ach, nur so ein Gedanke.« Hätte ja sein können, dass er seine Seele dafür hergegeben hatte.

Ohne anzuklopfen, stürmte meine Mutter ins Zimmer, mein Vater folgte ihr in einigen Schritten Entfernung.

»Wo ist mein Kind? Ich will mein Kind sehen!« Sie steuerte auf mich zu. Ich schaffte es gerade noch, den Teller zur Seite zu stellen, bevor ich unter Küssen und Umarmungen begraben wurde.

»Vorsicht, meine Rippe!«

Meine Mutter ließ von mir ab, als sie sicher war, dass ich nicht an der Schwelle zum Tod stand. Sie wandte sich Alexa und Diana zu, um ihnen eine Moralpredigt zu halten, weil sie es zugelassen hatten, dass ich mich sehenden Auges in Lebensgefahr begab. Mein Vater schüttelte den Kopf und schob sich an ihr vorbei. Er war kein gefühlsduseliger Mensch, aber als er mich nach einer langen Umarmung losließ und seine Augen feucht glänzten, musste auch ich mir die Tränen aus den Augenwinkeln wischen.

Verlegen deutete er auf meinen Teller. »Das Essen hier ist zum Abgewöhnen, oder?«

»Aber immer noch besser als bei Muttern.«

Er beugte sich zu mir und senkte die Stimme. »Wenn wir

nachher in die Innenstadt fahren, hänge ich deine Mutter ab und bringe dir Pommes vorbei.« Er zwinkerte mir verschwörerisch zu.

»Du bist der Beste.« Ich lächelte.

Meine Mutter beäugte den Teller auf meinem Nachttisch. »Was ist das denn? Ach du liebe Güte, was für eine Pampe! Ein Glück, dass ich dir was Vernünftiges mitgebracht habe.« Sie zog eine blaue Tupperschüssel aus ihrer Umhängetasche und reichte sie mir.

Mein Magen knurrte verräterisch, und ich öffnete den Deckel. In der Schüssel befand sich ein Salat, auf dem ein lächelndes Gesicht aus Fetawürfeln thronte.

»Greif ruhig zu«, sagte meine Mutter.

»Gleich.« Meine Augen brannten. Leider hatte meine Mutter mal wieder Essig mit Essigessenz verwechselt.

»Na gut. Dann mache ich eben erst unsere Ankündigung.«

Sie stellte sich neben meinen Vater, und er legte ihr mit einem breiten Grinsen den Arm um die Taille.

»Da wir hier gerade alle beisammen sind, möchte ich euch mitteilen, dass Rüdiger und ich im kommenden Frühjahr heiraten werden.«

Meine Kinnlade fiel runter, und die Tupperdose landete scheppernd auf dem Boden.

»Starke Sache!«, sagte Diana.

»Woher der Sinneswandel?« Hätte Alexa nicht ohnehin schon gesessen, diese Nachricht hätte sie garantiert umgehauen.

»Wisst ihr, nach den jüngsten Ereignissen ist mir eins klar geworden: Wenn man etwas zum Guten verändern will, muss man sich den Dingen stellen, die einem Angst machen.« Sie strich liebevoll über die unversehrte Hälfte meiner Stirn. »Und endlich eine richtige Familie zu sein ist die schönste Veränderung, die ich mir vorstellen kann.«

»Wollt ihr dann beide Rosenfeld heißen?«, fragte ich. Insgeheim beneidete ich meinen Vater um diesen Namen. Ein Name mit Geschichte, hatte doch schon Klaus Störtebekers Henker so geheißen. Vom Namen Vogel hatte ich mir im Laufe der Jahre jede Verballhornung anhören müssen, die der Name hergab, Sugarboys »Vöglein« war dagegen harmlos.

Meine Mutter schüttelte lachend den Kopf. »Wir wollen es ja nicht gleich übertreiben.«

26

Karls Beerdigung lag wie ein dunkler Schatten hinter mir, und die Erinnerung an diesen Tag versank mehr und mehr in dichtem Nebel.

Ich starrte auf die Kränze, die das Grab bedeckten. Die Spruchbänder waren inzwischen verwaschen und ausgeblichen, die Blumen verwelkt. Vier Kränze. Einer von Karls Schwester und Nichte, einer von Alexa, Diana und mir, einer von Heini, Willi und einigen anderen Pennern, die ihre Tageseinnahmen dafür hergegeben hatten, und ein Kranz, den eine Gärtnerei ohne Angabe des Auftraggebers geliefert hatte. Ich hatte den starken Verdacht, dass es sich dabei um Sebastian handelte, konnte es aber nicht beweisen. Seit den Vorfällen in der alten Brauerei hatte niemand mehr von ihm gehört.

»Frohen dritten Advent, mein Freund.« Ich legte ein Tannengesteck auf das Grab.

Bald würde hier ein Grabstein stehen. Es gab keine bessere Verwendung für das Geld, das ich von der schönen Helena für meinen Leichenwasser-Stuhl bekommen hatte.

Eine Hand legte sich auf meine Schulter, und Phil zog mich an sich. »Wir sollten gehen, es wird kalt.«

Ich nickte, nahm seine Hand, und gemeinsam überquerten wir den Friedhof. Ein Stück von uns entfernt erhob sich das Mausoleum der Familie Cirksena, ein zehneckiger Backsteinbau. Die Cirksenas waren das letzte Fürstengeschlecht Ostfrieslands, also hatten sie sich diese Ruhestätte wohl verdient.

Als wir an Lisas Grab vorbeikamen, hielt ich kurz inne und rückte einen Blumenstrauß gerade, dessen Bodenvase in Schräglage geraten war. Ich hatte Lisa wegen der Erpressung zunächst eine Mitschuld an Karls Tod gegeben, aber vielleicht waren ihre Motive gar nicht so selbstsüchtig gewesen, wie ich gedacht hatte. Immerhin hatte sie nur für ihre Tochter sorgen wollen.

Snake war nicht auf diesem Friedhof beerdigt worden, seine Leiche wurde eingeäschert und irgendwo anonym beigesetzt. Es verschaffte mir eine morbide Befriedigung, dass er eineinhalb Wochen nach Karls Tod seinen Verletzungen erlegen war.

Die Sonne schob die Wolken beiseite, und trotz der Trauer, die mich jedes Mal an Karls Grab überfiel, spürte ich, wie sich eine tiefe Ruhe in mir ausbreitete. Und Zuversicht. Wenn ich etwas tun konnte, um Karls Andenken zu wahren, dann war es schreiben. Nicht über ihn, sondern für ihn. Trotzdem hatte sich der Held meines zweiten Romans vom blonden Schönling in einen grauhaarigen Obdachlosen verwandelt.

Die Verkaufszahlen von »Fremd und Gänger« waren seit Karls Tod in die Höhe geschnellt, denn halb Ostfriesland wollte etwas von der Frau lesen, deren Leben sich selbst in einen Krimi verwandelt hatte.

Wir stiegen in Phils Alfa Romeo und fuhren die regennasse Bundesstraße entlang, die sich wie eine silberne Schlange durch die Häuserreihen wand.

O'Malley erwartete uns vor meiner Wohnungstür, eine tote Ratte zwischen den Vorderpfoten.

»Nicht schon wieder!«, stöhnte ich. »Eigentlich müsste er inzwischen den ganzen Stadtteil leer gefangen haben.«

O'Malley maunzte und rieb sich an meinen Waden. Ich tätschelte seinen Kopf. Beim Anblick einer Ratte gleich in totale Panik auszubrechen hatte ich mir abgewöhnt – dafür schleppte er einfach zu viele an.

»Kannst du die Ratte verschwinden lassen, bevor die anderen kommen?« Ich blinzelte Phil treuherzig an.

Er seufzte. »Nützt es was, wenn ich Nein sage?«

»Du willst doch wohl nicht, dass Diana und Alexa von einer toten Ratte begrüßt werden, wenn sie mit Wilbert und Henry vorbeikommen.«

»Ich kann immer noch nicht glauben, dass deine Cousine was mit diesem Glatzkopf hat.«

»Er ist ihre Muse, sie sind kein Paar. Zumindest behauptet sie das.«

Ich hatte die vier zum Adventstee eingeladen. Okay, das war ein Alibi. Um spätestens vier Uhr würde das Teegeschirr der Feuerzangenbowle weichen, denn neben aller Trauer gab es auch einen Grund zum Feiern: Ich hatte es auf die Titelseite des Magazins der Norddeutschen Autorenvereinigung geschafft. Ohne Photoshop, dafür mit einem riesigen Pflaster auf der Stirn.

Wir betraten den Flur, O'Malley flitzte an uns vorbei und sauste ins Wohnzimmer. Ich schloss die Tür und wollte mich an Phil vorbeischlängeln, doch er versperrte mir den Weg, ein schiefes Lächeln im Gesicht. Ich küsste ihn flüchtig und wollte ihn zur Seite schieben, als er meine Hand umfasste und mich an sich zog. Vorsichtig, da mein Rippenbruch noch nicht vollständig verheilt war. Phils Kuss ließ erahnen, dass er noch andere Dinge im Sinn hatte.

Ich schob ihn von mir weg und stellte sicher, dass ich noch alle Klamotten am Leib hatte. »Wir haben keine Zeit für so was, sie kommen gleich.«

Ich kannte Phil inzwischen – und ich kannte mich. Wenn wir erst mit »so was« anfingen, hörten wir nicht so schnell wieder damit auf.

Phil küsste meinen Hals. »Keine Sorge, Süße. Wenn es sein muss, kann ich mich sogar beeilen.«

Danksagung

Mein erster und wichtigster Dank gilt euch, liebe Leserinnen und Leser, dass ihr aus der Vielzahl an Büchern ausgerechnet dieses ausgewählt habt. Hoffentlich hat euch Ellis Geschichte gefallen und gut unterhalten.

Dem Emons Verlag danke ich für das entgegengebrachte Vertrauen, die kompetente Betreuung und die außerordentlich nette Kommunikation.

Die Vermittlung des Manuskripts erfolgte durch die Literaturagentur Kai Gathemann aus München, herzlichen Dank dafür.

Frau Obsen danke ich für das wachsame Auge und die klugen und hilfreichen Anmerkungen während des Lektorats.

Meiner Familie und meinen Freunden möchte ich einfach Danke sagen, dass sie ein Teil meines Lebens sind. Zum Schreiben bestärkt hat mich besonders meine groß(artig)e Schwester Stefanie, und mein Lebensgefährte Thorsten stand mir so manches Mal mit Rat und Tat zur Seite. Tony, ich bin so dankbar, dass du der Mann an meiner Seite bist und dass wir diesen wunderbaren kleinen Menschen haben.

Mein größter Dank gilt meiner Mutter Frieda Aden, die im Dezember 2017 völlig unerwartet mit nur sechsundfünfzig Jahren verstorben ist. Sie hat meine Liebe zu Büchern von Anfang an gefördert und mich bestärkt, als ich im Kindesalter die ersten unbeholfenen Kurzgeschichten geschrieben habe. Es schmerzt mich sehr, dass sie dieses Buch, das es ohne sie wahrscheinlich nicht geben würde, nicht mehr lesen kann – sie hatte sich so darauf gefreut. Danke für alles, Mama!